위기에서 세상을 구하는

아들을 위한
어머니의 기도

위기에서 세상을 구하는 아들을 위한 어머니의 **기도**

펴낸날 2019년 3월 15일

지은이 신광옥
펴낸이 주계수 | **편집책임** 이슬기 | **꾸민이** 김소은

펴낸곳 밥북 | **출판등록** 제 2014-000085 호
주소 서울시 마포구 양화로 59 화승리버스텔 303호
전화 02-6925-0370 | **팩스** 02-6925-0380
홈페이지 www.bobbook.co.kr | **이메일** bobbook@hanmail.net

© 신광옥, 2019.
ISBN 979-11-5858-527-3 (03810)

※ 이 도서의 국립중앙도서관 출판시도서목록(CIP)은 e-CIP 홈페이지(http://www.nl.go.kr/
   cip)에서 이용하실 수 있습니다. (CIP 2019006704)

위기에서 세상을 구하는

아들을 위한
어머니의 **기도**

신광옥

작가 노트

　2019년 1월 정부는 드디어 국민소득(GNI) 3만 달러 시대를 열었다고 발표했다. 인구 5000만 명 이상 규모를 가진 국가들 중에서 미국·독일·일본 등에 이어 세계에서 일곱 번째란다. 일 인당 GNI가 3만 달러를 넘는 나라는 경제협력개발기구(OECD) 회원국 중 23개국뿐이다. OECD 비회원국인 모나코, 리히텐슈타인, 싱가포르, 카타르, 마카오 5개국을 포함하면 한국은 2019년 1월 현재 세계에서 29번째에 해당한단다. 1963년 100달러를 넘어선 이래 55년 만에 300배로 성장했다. 제2차 대전 이후 독립한 신생국가들 중에서 이렇게 경제 강국으로 성장한 나라는 한국밖에 없다고 한다.

　공히 선진국 대열에 들어선 셈이다. 세상에서 가장 가난했던 나라가 반 세기 만에 선진국으로 진입했으니 참으로 대단하다. 그 가난의 시작에서 출발한 베이비부머가 오늘의 결과를 바라보면 다른 어떤 세대보다도 감회가 깊을 것이다. 어느새 환갑 줄에 들어선 베이비부머, 살아온 세월만큼 살아갈 세월이 만만치 않다. 이미 은퇴를 시작했지만, 노령화 사회로 급격하게 진입하면서 살 날이 40여 년이나 남았다니, 기쁘다고 해야 할지 아니면 슬프다고 해야 할지 모르겠다. 더구나 이런 날이 올 거라는 생각도 하지 못하고 무작정 수명만 늘어난 부모를 여전히 부양해야 하고, 자식들의 결혼 연령은 높아져 가장의 짐을 내려놓지 못하고 있다.

예전에는 환갑을 넘기면 집안의 최고령자로서 '에헴' 하며 뒷자리에 앉아 대접만 받았는데.

국민소득 3만 달러 시대라지만 각자에게 체감되는 지수는 그다지 높지 않단다. 경제 전문가들은 이제 4만 달러를 향해 나아가야 한다지만 스페인, 이탈리아, 그리스 등 한국보다 앞서 3만 달러를 넘어선 나라 중에는 후퇴를 경험한 경우가 적지 않다. 여기서 더 나아갈지 아니면 후퇴할지 지금으로서는 알 수 없다. 전문가 대부분은 이제 경제성장은 한계에 왔다고 한다. 여기에서 더 나아가기 위해서는 과거의 방법을 고수하지 말고 새판을 짜야 한다. 성장보다는 성숙이 절대 필요한 시점이다. 그동안 키우느라고 몰아주기도 하고, 불법도 눈감아 주었지만 이제 나라를 구성하는 각 계층이 각자의 역할 찾기에 주력해야 할 때라고 본다. 비록 그 과정이 고통스럽더라도 가야 할 길이라면 발걸음을 내디뎌야 할 것이다.

하나님은 인간을 창조하시면서 그 역할을 명백하게 구분해 주었다. 남자는 땀을 흘려 일을 해서 식솔을 먹여 살리고, 여자는 자식을 낳고, 남편에게 순종하고, 자식은 부모에게 효도하고, 부모는 자식을 훈육하고, 부부는 절대 사랑하고. 돈을 많이 벌어 부자가 된 자들에게는 땅에 가난한 자가 끊이지 않을 것이니 나누어 주라 하고, 나라를 통치하는 자에게는 오로지 공정하라고.

하지만 먹고살 만하니 이제는 그 역할이 싫단다. 남자는 땀 흘려 일해서 식구를 먹여 살리기보다는 경제력이 있는 여자를 배우자로 맞으려 한다. 여자는 남자에게 구속되어 살림하느니 남자와 등등하게 사회생활을 하겠단다. 그러니 자식은 국가에서 키워달란다. 가진 자는 더 가지려고 온갖 불법적인 방법을 동원하고, 통치자는 엉뚱하게 국민을 잘살게 해준다면서 온갖 부정을 눈감으며 자기 공적 쌓기에 열을 올리고 있다.

이제 보니 하나님이 오늘날의 인간들에게 시대에 뒤떨어진 역할을 부여했다고 주장하는 것을 왜 그때 명시하셨는지 알 것 같다. 사실 남자는 어깨에 자신을 바라보는 식솔의 짐이 없으면 베짱이처럼 놀고 싶어 한다. 여자들은 애를 낳고 살림을 하느라 자기 자신을 찾지 못하는 생활이 죽기보다 싫단다. 자식은 사랑하지 말라고 해도 절대적인 사랑의 대상이다. 그래서 하나님은 자식 사랑에 물불을 안 가리는 인간들에게 딱하다는 듯이 훈육하라고 하신다. 심지어 "때려라, 죽지 않는다"고 하시는데. 죽을 것처럼 사랑해서 결혼을 했는데 평생 원수라고 서로에게 소리친다. 그래서 하나님이 맺어준 부부 인연을 인간이 끊지 말고 죽기까지 사랑하라고 당부했건만….

사실 부족한 자는 이런 역할에 대한 저항을 절대 시도하지 않는다. 인간은 그저 작은 재능만 있어도 이 역할을 넘어 하나님이 그은 경계선을 허물고 들어가 능력이라는 이름으로 빼앗거나 지배하려 한다. 오히려 자신의 역할을 지키며 묵묵히 사는 사람을 무능하다고 매도하며….

이런 역할에 대한 혼돈이 생긴 이유는 제2차 대전 이후로 냉전 체제가 붕괴하면서 통합된 이슈 없이 세계가 풍요로워지자 개인의 능력 발휘가 가장 중요시되는 시대가 되었기 때문이다. 신분 사회에서 능력의 사회로 전환되면서 전통적으로 내려온 역할을 부인한다. 그러다 보니 부와 권력의 쏠림 현상은 가속되고 남녀에 대한 편 가르기가 도를 넘었다. 여자들은 남자처럼 사회적인 자리를 고집하면서 남편의 자리가 없다고, 자신의 자리는 절대 양보하지 않으면서 자식의 자리가 없다고, 딸의 자리를 양보하지 않으면서 아들의 자리가 없다고 슬퍼한다. 한 알의 밀알이 썩어야 열매를 맺지만, 누구도 썩고 싶어 하지 않는다.

이제 자신의 이름이 아닌 것은 참을 수가 없단다. 그래서 집안에서는 서로 자기 역할이 싫다고 뛰쳐나오고, 사회를 이끄는 계층은 역할 바꾸기에 주저하지 않는다. 능력만 되면 무엇이든 하겠단다. 그래서 관료가 정치하겠다고, 교수가 가르치는 것을 중단하고 관료가 되겠다고, 정치하는 자는 권력에 붙어 관료가 되겠다고 이리저리 줄타기하며 무리 지어 떠돈다. 아이도, 어른도, 노인도 텔레비전에 나오는 연예인을 바라보며 자신의 정체성을 찾는다며 현실 도피에 나선다. 그래서 연예인처럼 성형하고 화장을 하는 것이 대세라고 한다. 대통령도, 정당 당수도 성형을 하고 유권자들은 연예인처럼 인기몰이에 성공한 자에게 열광하며 우리를 통치해달라고 아우성이다.

먹고살 만하다는데 예전보다 행복하지 않단다. 선진국에 진입했다지만 자살률이 세계 1위란다. 국민 행복지수는 최하위권이란다. 숫자가 무엇이 중요한가? 그러니 능력 있다고 하는 자들이 능력이 없어 하루 벌어 하루 먹고 사는 소시민의 자리마저 빼앗지 말았으면 한다. 시대가 바뀌어도 변치 않는 사실은 1%가 99%를 끌고 간다는 점이다. 부디 아흔아홉을 가진 자가 하나 가진 자의 것만 빼앗지 않아도 세상은 살 만한 곳이다. 그래서 나라를 이끄는 자들에게 자신의 자리를 지키는 아름다운 사회를 만들어 달라고 부탁한다. 아버지는 아버지답게, 어머니는 어머니답게, 자식은 자식답게, 교수는 교수답게, 학생은 학생답게, 국회의원은 국회의원답게, 공직자는 공직자답게, 큰 재벌은 큰 재벌답게….

목차

3장 스스로 존귀하다 하신 하나님의 형상을 닮은 인간

4장 그중에 제일은 사랑이라

C.S. 루이스는 《기적》에서 인간이 상상할 수 없는 고통에 직면해야

기적을 체험한다고 한다. 결국, 기적 이전에 도저히 인간으로

극복할 수 없는 지경까지 가야 하는 것이 먼저란다. 그래서 추호도 기적을

믿지 않는다면 결코 '기적'의 증거를 보여 달라는 말을 하지 말라고 한다.

대한민국의 오늘의 현실이 기적이었다면 그만큼 고통의 시간을

살아왔다는 건데….

1장

살아온 기적

피청구인 대통령 박근혜를 탄핵한다

"피청구인 대통령 박근혜를 탄핵한다."

2017년 3월 17일 11시 이정미 대법관이 이렇게 선포했다. 드디어 헌법재판관 전원 합의체로 박근혜의 대통령 직함을 박탈했다. 그 장면을 지켜보던 국민의 마음은 양 갈래로 나뉘었다. 환호와 비통으로. 당연히 탄핵을 당해야 마땅하지만 해방 이후로 이 나라 역사를 함께해온 국민들의 마음은 착잡하다. 그녀를 향한 애증의 감정, 세계 어느 나라에도 없는 우리나라 국민만이 품는 고유의 정서일 것이다. 그러면서 그녀가 대통령으로 확정되던 그날을 떠올렸다.

2012년 12월 19일 오후 9시를 채 넘기지도 않은 시각에 제18대 대통령으로 그녀가 확정되었다는 소식과 함께 모든 매체는 그녀가 살고 있는 삼성동 집을 비추었다. 치열하고도 긴 싸움의 승자가 된 그녀가 대문을 나서는 모습을 초조하게 기다리는 화면에는 그녀가 살아온 세월을 담은 사진들이 한 장씩 펼쳐졌다. 육영수 여사가 단상에서 쓰러지는 화면에 이어, 떠나는 아내의 꽃상여 옆에 서 있는 박정희 전 대통령의 참담한 모습, 이어서 그 아버지가 또 그렇게 죽자 어린 동생을 뒤로하고 아버지 묘소에 흙을 덮는 박근혜 대통령 당선자의 모습을 볼 수 있었다.

그 모습을 지켜보면서 베이비부머들은 그것이 그녀만의 사진이 아니라는 것을 알고 또 놀랐다. 대한민국 부흥의 역사와 함께 때론 잊고 싶었던 사진들이지만 세월이 이만큼 흐른 지금 문득 감회에 젖어 울컥했다. 박근혜 당선자를 반대하는 입장을 취했던 나였지만 순간 하나가 되어 열망으로 바뀌는 것이었다. 부디 이 나라를 잘 통치해 주기를… 그래서 베이비부머가 그토록 사랑했던 에코 세대를 위해 부강한 나라가 되게 하기를….

베이비부머가 청년이었던 1970년대 전후인 그 시절은 참으로 우울했다. 박정희 통치를 받으며 사상의 지배를 받고 행동의 제약을 받고 때론 고문을 받다가 목숨을 잃어도 저항하지 못했는데 돌연 박정희 향수에 빠져든 이유는 무엇일까? 아마도 과거가 용서될 만큼 나라 살림이 풍요로워졌기 때문이 아닌지…? 더구나 민주 정권에서 겪은 IMF 외환위기가 독재정권 때 이룬 경제성장에 대한 향수를 불러일으켰는지도 모른다. 또한 이후로 들어서는 지도자가 절반의 승리로 대통령이 되면서 불신의 골이 깊어지고 더하여 부패는 더 심해지면서 박정희에 대한 아픈 기억이 승화된 모양이다.

어느새 60줄에 들어선 베이비부머는 386세대가 주축이 되었던 노무현 대통령의 무능과 이명박 대통령의 탐욕과 부패를 바라보면서 차라리 독재가 나았다는 결론을 내렸는지도 모른다. 박근혜가 대선 후보 시절, 토론에 대처하는 모습을 보고 의심이 가기는 했었다. 본인이 하고 싶은 말은 꼼꼼히 한다고 하지만 상대가 던지는 예상치 못한 질문에 전혀 대응하지 못하는 것을 보고도 설마 했는데… 예상보다 자질이 많이 떨어졌다. 그래도 저 정도일 줄은 몰랐다며 사람들이 의아해하지만 그저 각자의 이해관계만 따지고, 보고 싶은 것만 보고 판단했을 뿐이다.

18년 동안 여린 꽃처럼 보호를 받던 남매들은 순식간에 벌판으로 떨어진 고통에 직면했으리라. 그래도 다행이라면 명분이 없는 군사 정권으로 이어졌기에 그만큼 보호를 받았는지도 모른다. 500년을 이어온 조선의 왕실 가족들도 궁궐에서 쫓겨나 도움의 손길도 전혀 없이 살아가야 하는 잔혹한 정치사에서 그나마 운이 좋았다고 할 수밖에… 박정희 사후 그의 업적처럼 경제가 좋아졌던 것도 그녀에게 유리하게 작용했다. 그래서 독재자의 딸이지만 오랜 칩거 후에 세상에 나왔을 때 국민들은 열광했다. 권좌에 있던 부모가 차례로 비명횡사했다는 동정어린 정서가 결집되면서, 그녀가 손을 내밀면 무조건 표를 준다는 선거의 여왕으로 부상하였다.

그녀가 대통령이 되는 순간 많은 수식어가 붙었다. 그중의 하나가 바로 '세계 최초의 부녀 대통령'이었다. 아버지의 운명까지 짊어지는 역사적 사명을 띠고 있는 그녀였다. 차라리 국회의원까지만 했더라면 통치자에게 호통을 치는 자로 남아 권세를 유지하며 박씨 일가의 마무리를 멋지게 완성하고 두고두고 역사에 남겨졌을지도 모른다. 언제나 과한 것이 문제다. 공든 탑이 높을수록 무너지면 그만큼 고통스러울 텐데 어쩌자고 마구잡이로 쌓기만 했는지….

피의 메리

통치자가 되려는 여성 지도자는 모두 엘리자베스 1세를 롤 모델로 삼는다. 박근혜 전 대통령도 엘리자베스와 같은 통치자가 되고 싶다고 했다. 그러나 이복 언니인 메리는 그녀보다 먼저 영국의 국왕이 되었다. 그녀는 영국의 최초 여성 국왕의 자리에 올랐으나 피의 메리라는 별칭을 얻는다.

메리 1세는 아버지 헨리 8세가 그녀의 어머니 캐서린과 이혼하기 전까지는 아버지의 사랑을 한몸에 받았다. 이유는 헨리 8세와 캐서린 사이에 태어난 다섯 명의 아이 중에서 유일하게 유아기를 무사히 넘긴 생존자였다. 더구나 몸이 허약했던 메리에게 부모는 지극한 사랑을 쏟았다. 메리가 다양한 분야에서 재능을 보이자 아버지 헨리 8세는 그런 딸을 몹시 자랑스러워했다. 그래서 그녀가 아홉 살 때 웨일스의 루들로우 성에 독립적인 궁정을 꾸며주었는데, 이는 통상적으로 잉글랜드의 왕위 계승자만이 누릴 수 있는 특권이었다.

그러나 헨리 8세가 캐서린과의 결혼을 근친상간을 근거로 해서 무효를 선언했다. 캐서린은 원래 헨리 8세의 형수였다. 그런데 형이 죽자 형수와 결혼해서 자식까지 낳고 살다가 갑자기 근친상간이라는 이유를 들이대고 이혼을 해 버렸다. 당연히 캐서린의 딸인 메리도 순식간에 왕위 계승자에서 서녀로 전락해 버렸다. 변덕이 심한 헨리 8세는 캐서린과 이혼 후에 5차례나 혼인했기에 메리는 목숨을 위협받는 풍전등화의 삶을 산다. 하지만 헨리 8세가 죽고 왕권을 계승한 이복동생 에드워드가 16살이라는 어린 나이에 죽자 1553년 7월 19일, 메리는 영국에 최초의 여왕으로 추대된다. 그때 그녀의 나이 37살이었다.

우여곡절 끝에 영국 통치자가 된 메리는 어머니의 이혼을 정당화한 당시 영국의 국교인 성공회를 탄압하기 시작했다. 독실한 가톨릭 신자였던 그녀는 국교를 가톨릭으로 바꾸려는 끝없는 탄압으로 화형장에 하루도 불이 꺼지지 않았다. 그런 잔혹한 숙청으로 피의 메리라는 별칭까지 얻는다. 더구나 신하들의 반대에도 불구하고 가톨릭 복귀를 위해 11년이나 연하인 스페인의 펠리페 2세와 정략결혼을 하는 무리수를 두었다. 그래서 국민들이 반대하는 스페인과 동맹을 맺고 프랑스와 전쟁을 벌였다가

패하자 유럽 본토에 갖고 있던 마지막 발판인 칼레마저 잃는다.

그렇게 5년을 통치했지만 메리는 그때까지 아이가 없었다. 더구나 임신에 대한 집착으로 몇 차례의 상상임신까지 하더니 결국 난소암으로 1558년 11월 17일 런던에서 죽고 말았다. 영화 〈엘리자베스〉(1999년 개봉)에서 메리는 5년간의 폭정으로 수많은 사람을 죽이고도 자신의 소생에 대한 집착을 버리지 못하는 마지막 모습을 처절하게 보여준다.

한때 여왕의 자리에 있었던 그녀지만 500년이 훨씬 지난 지금까지 영국인의 조롱거리로 불리는 노래가 있다. 유명한 아동소설인 《비밀의 정원》에 삽입되었던 '거꾸로 장이 메리'라는 자장가다.

"메리, 메리, 거꾸로장이, 너희 집 정원은 어떻게 자라니? 은종들로, 새조개들로, 그리고 줄지어 서 있는 예쁜 처녀들로."

'너희 집 정원'은 임신을 하지 못하는 그녀의 자궁을 암시하며 은종과 새조개는 모두 가톨릭 성당을 상징하는 것들이다. 줄지어 서 있는 예쁜 처녀들은 당연히 그녀를 수행하는 시녀들이라고 볼 수 있다. 역사의 도도한 흐름을 뒤집으려고 헛된 노력만 하다가 끝내 좌절하고 말았던 여왕을 조롱하고 있는 것이라고 해석할 수 있다.

역사는 반복된다. 첫 번째는 비극으로 두 번째는 희극으로. 카를 마르크스의 말이다. 박근혜 정권의 국정 농단과 민주주의 해명은 절망이자 희극이다. 박정희의 후광으로 대통령에 선출되었다가 초등학생 사이에서도 우스갯소리로 전락한 피의자 대통령, 그녀의 집권 시절 권력 1순위자인 최순실이 법정으로 들어가면서 억울하다고 소리칠 때 곁에서 보고 있던 중년의 청소 근로자가 '염병하네!' 하고 소리친다. 전문가도 연출하지 못하는 풍자극을 생중계로 본 국민들의 마음은 그저 착잡하기만 하다.

엘리자베스 1세

1558년 11월 17일 대관식을 마치 엘리자베스가 웨스트민스터 홀에서 걸어 나와 초조하게 기다리는 국민들 앞에 섰을 때 한 국민이 탄식했다. "세상에, 왕이 저렇게 어린 여자라니." 이는 반신반의하는 국민들의 근심 어린 외침을 대변하는 말이었다. 영화 '엘리자베스'에서 그녀의 당시 모습이 잘 재현되어 있다. 서구인이 가장 싫어한다는 붉은 머리카락과 볼품 없이 병약해 보이는 체구에 표정이 없는 엘리자베스. 당시 그녀의 나이는 고작 22살이었다.

그녀는 아버지 헨리 8세의 두 번째 부인, 앤 불린에게서 난 딸이다. 대권을 승계할 아들에 집착한 헨리는 엘리자베스를 출산한 앤 불린을 25차례나 간통을 했다는 죄목으로 참수시킨다. 태어나자마자 어머니를 잃은 엘리자베스는 유년기를 궁정에서 멀리 떨어진 곳에서 유배 생활을 했다. 비록 아버지로부터 버림받아 홀로 은둔 생활을 해왔지만 엘리자베스를 가르치던 가정교사들은 그녀의 지적 능력과 배움에 대한 지칠 줄 모르는 욕구가 대단하다고 평가했다. 생사를 넘나드는 혹독한 시련기에 그녀는 라틴어, 프랑스어, 그리스어, 에스파냐어, 이탈리아어, 웨일스어를 능통하게 익히고, 철학과 역사에 깊은 관심을 가졌다고 한다.

그런 그녀가 45년간의 치세를 마쳤을 때 유럽 변방의 조그마한 섬나라가 유럽에서 가장 부유하고 강력한 나라가 되어 '해가 지지 않는' 대영제국으로 성장했다. 그 후 5세기가 흘렀어도 그녀는 효율적인 통치자의 완벽한 사례로 평가되고 앞으로 그럴 것이다. 그래서 그녀에 관련된 수많은 책과 드라마, 영화가 제작되었다. 2000년도에 발간된 앨런 액슬로드의 지필서 《Elizabeth I CEO》에는 통치자로서의 그녀의 역할이 상세하게 서술되어 있다. 그래서 박근혜 대통령도 후보 시절에 공공연히 그런 대통령을 꿈꾼다고 했다. 대한민국과 결혼했다면서. 그 용어는 다름 아닌 엘리자베스 1세에서 비롯된 것이다.

엘리자베스는 통치를 시작하면서 두 가지 안건을 심도 있게 고민했었다. 종교와 결혼이었다. 첫째, 종교는 양심에 입각해서 타인의 의해 좌우될 수 없다는 믿음을 가지고 있었다. 더하여 사람들의 마음 깊은 곳에 비밀스러운 것을 억지로 들여다볼 필요가 없다고 했다. 하지만 정치적인 차원에서 개신교를 국교로 만들었으나 메리처럼 종교에 대한 가혹한 탄압은 하지 않았다.

둘째, 그녀의 결혼에 관한 것이었다. 당시는 국가 간의 정략결혼이 절대적인 시절이었기에 의회에서는 결혼을 하라고 압박을 가했다. 하지만 그녀는 '한 시대를 통치했던 여왕이 평생 처녀로 살다 생을 마감했다는 비석이 세워질 수 있다면 그것으로 만족한다'고 거절 의사를 분명히 했다. 하지만 대관 이후로 후계자와 관련하여 여왕의 결혼 문제는 온갖 기기묘묘한 소문을 낳았다. 이미 사생아를 낳아 기른다거나 혹은 난잡한 사생활을 즐긴다거나 혹은 자궁이 기형적인 안드로겐 내성 증후군이라는 얘기 등등… 그래도 그녀는 결코 굴하지 않았다.

그토록 많은 업적을 남긴 그녀가 임종을 2년 앞두고 의회에서 한 연설은 황금의 연설이라 불린다.

"단언컨대 나만큼 국민을 사랑한 군주는 없을 것이다. 나를 여왕으로 만들어 준 하나님께 감사드리지만 내게 가장 큰 영광은 백성의 사랑을 받으며 통치할 수 있었던 것이다. 하나님께서 나를 왕좌에 앉히셨던 것보다 내게 전적으로 애정을 보내준 백성의 여왕이 되어 그들을 보호하고 위험에서 구할 수 있었음에 더 기쁘다. 내가 부여한 권한이 백성들에게 불만이 되고, 특권이 탄압이 되는 상황을 결코 좌시하지 않을 것이다. 내가 내린 특권을 오용하고 남용하는 자들을 결코 그대로 두지 않을 것이다. 하나님께서 내게 주신 책무를 이행하고 하나님의 영광을 드높이고 백성을 안전하게 지키라는 양심의 명령이 없었다면 이 왕관을 누구에게든 주어버렸을 것이다. 나는 내가 백성들에게 도움이 되는 날까지만 살아서 통치할 생각이다. 나보다 더 강하고 현명한 군주는 과거에도 있었고 앞으로도 있을 것이지만 나만큼 백성을 사랑한 군주는 과거에도 없었고 앞으로도 없을 것이다.”

1603년 3월 24일 새벽 3시 그녀가 세상을 떠났다. 68세의 그녀는 생명을 연장할 수 있는 약도 있었지만 일체 거절했단다. 그즈음 정신이 황폐해지고 사는 데 지쳐서 무엇을 해도 기쁘지도 만족하지도 않다는 말을 하고는 했단다. 그래서 죽음 앞에서도 왕의 위엄을 지키려는 마지막 모습을 보여주었다고 한다. 굵은 빗줄기가 창을 때리던 그 새벽에 엘리자베스는 벽쪽으로 고개를 돌리더니 다시는 깨어나지 못할 깊은 잠에 빠져들었다고 한다. 양과 같이 순하고 다 익은 사과가 나무에 떨어지듯 평온했단다.

사는 것에 최선을 다했으니 죽음도 당당하게 받아들이는 그녀답게 인간의 마지막 위엄을 지키며….

통치자는 여자도 남자도 아닌 그저 통치자일 뿐이다 ─────

박근혜가 우여곡절 끝에 대통령으로 당선되자 세기의 여성 지도자와 처지가 비슷해 보여서 위기에 빠진 이 나라에서 지도력을 발휘할 줄 알았다. 결혼도 하지 않고 보살필 가족도 없어서 오로지 국민만 바라본다니 정말 그런 줄 알았는데 임기도 마치기 전에 이건 또 무슨 일인지. 설마 이 정도일 줄 몰랐다는 국민의 탄식은 차치하고 진솔하지 않은 마지막 태도도 타락하는 자의 추한 모습을 다 보여준다.

사람들은 통치자가 여자냐 남자냐를 가지고 갑론을박하고 박근혜 대통령도 스스로 여자임을 강조하면서 통치자의 역할 수행에 대한 편 가르기를 했다. 하지만 통치자는 여자도 남자도 아닌 그저 통치자일 뿐이다. 사람들은 흔히 성경의 가르침이 여자에게 불리한 남성 위주라고 주장하지만 성경에는 역할에 대한 구분과 지침만 있을 뿐이다. 남편과 아내, 부모와 자식, 통치자와 제사장, 가진 자와 가지지 못한 자 등, 더하여 인간과 자연, 개인과 국가 간의 문제 등으로 세분화하여 역할 분담을 강조한다. 이런 세력 간의 다툼이 아니라 질서와 조화를 강조해야 더 나은 세상으로 발전한다는 것이다.

그래서 인간의 살아온 생을 평가하는 잣대는 흔히 얘기하는 재물이나 권세나 명예의 크고 작음이 아니라 역할 수행에 대한 것뿐이다. 단순한 예를 들면 수조를 가진 재벌도 그가 배설한 대·소변을 치워 주는 존재가 없다면 자신이 치워야 한다. 스스로 존귀한 사람이 어디에 있겠는가? 이 세상에서 존귀하게 하는 사람이 없으면 존귀하다고 주장하는 자도 없다. 하지만 생을 살고 난 후에 평가를 받을 때 존귀한 자로 만든 자가 더 높은 점수를 받는다고 했다.

그래서 창조자인 하나님은 역할에 대한 불만을 품지 말라고 했다. 흔히 토기장이와 토기로 비유되는데 대접으로 빚었는데 주전자처럼 살겠다고 하고 종지는 대접처럼 살겠다면 만든 토기장이가 결국 깨버리고 만다. 사실 그릇이 크다고 좋은 것도 아니고 작다고 나쁜 것도 아니다. 작은 그릇은 어디에서나 다양하게 쓰인다. 그러나 그릇이 크고 화려하면 필요한 자리 외에는 쓰이기가 어렵다. 그래서 재수가 없으면 한 번도 쓰이지 못하고 장식장에서 먼지를 뒤집어쓴 채 있다가 취향이 다른 주인으로 바뀌면 순식간에 버려지는 꼴이 될지도 모른다. 큰 그릇으로 타고났는데 제 역할도 하지 못하면 만든 자도 만들어진 그릇도 고통스럽기는 마찬가지다.

사람들이 가장 탐내는 것은 당연히 권력을 담는 그릇일 것이다. 권력을 가졌던 자들의 뒷모습이 너무 초라해서 '그까짓 권력이 무언데' 하며 혀를 차지만 권좌에 3일 만 앉아 있어 보면 자리의 위력을 체감한다고 한다. 그래서 군수쯤 되는, 크지 않은 권력도 일단 쥐고 나면 대를 물려주고 싶다고 한단다. 재물을 아무리 많이 가진 자도 권력 앞에서는 힘을 쓰지 못한다. 그래서 정주영 회장이 그 나이에 권력에 도전한 것은 권력에 대해 욕심이 있어서라기보다는 권력의 횡포에서 벗어나고 싶었기 때문일 것이다. 권력 앞에서는 수조의 재물도 한낱 물거품처럼 사라질 수도 있는 것이다.

더구나 한 나라를 통치할 수 있는 권한은 하늘에서 내린다고 한다. 힘의 논리가 작용한 과거 시대에는 주로 남자가 통치권을 가졌지만 산업혁명 이후는 힘보다는 정교하고 섬세함이 요구되는 시대이다 보니 오히려 여성이 통치자로 적합하다는 논리도 있다. 그래서 최근에도 남자보다 우수하다는 평을 듣는 여성 통치자도 많다. 당연히 통치자는 성별의 구분이 없이 그저 통치자의 역할만 있을 뿐이다. 역사상 그 역할을 가장 잘 수행한 통치자로 엘리자베스 1세를 꼽는데 그녀는 여자로서 결혼을 하지 않았다.

박근혜는 18년 동안 대통령의 딸로 살았고, 18년 동안 칩거하였으며, 18년 동안 정치를 하였다가 대한민국 18대 대통령이 되었다. 스스로 엘리자베스 1세와 같은 치적을 남기겠다고 했지만 어쩌면 메리와 흡사한 결말을 보여주고 있다. 평생 남을 웃긴 찰리 채플린은 "인생이란 멀리서 보면 희극이고 가까이서 보면 비극"이라고 말했다. 큰일을 했다지만 다가가 보면 그저 슬픔뿐인 고뇌의 인생인데….

하나님이 보호하사 우리나라 만세

카이로스

2016년 10월 박근혜 대통령 퇴진을 위한 촛불 집회가 시작되었다. 언제나 그랬듯이 저러다가 말겠지 하는 무심한 시선으로 광장을 바라보기만 했다. 그렇게 한 달 두 달 이어지더니 열기는 좀처럼 꺾이지 않고 동전만 한 크기가 누룩을 뿌린 반죽처럼 불어났다. 날은 추워지는데 촛불의 열기는 오히려 뜨거워지고 소문은 흉흉해질 즈음 결국 정권교체까지 이끌어냈다. 더구나 세계 곳곳이 유혈 사태로 얼룩진 그때, 비폭력 무저항이라는 성과를 달성하고 광장의 촛불은 꺼졌다.

어떻게 이런 일이? 4·19혁명, 5·16혁명, 5·18광주민주화운동에 이어 6·10항쟁을 지켜본 베이비부머 세대는 그저 어이가 없다는 표현밖에 할 수 없었다. 그러나 촛불 세력만으로 기득권인 박근혜 정권이 포기하지 않았을 것이다. 5·18민주화운동에서 볼 수 있듯이 무소불위의 권력을 동원한 최후까지 가는 시나리오도 충분히 검토했을 것이다. 박근혜 정권의 실권자 대부분은 박정희의 통치술에 길들어 있는 자들이었다. 비록 성공하지 못했을지라도 그들의 방식으로 피를 부르는 최악의 상황까지 끌고 가면서 정면 승부를 점쳤을 것이다.

봄부터 시작한 촛불은 혹한의 겨울까지 이어졌어도 결코 지칠 줄 모르고 한편에서는 계엄령이 내려진다는 흉흉한 소문이 돌 즈음에 우연히 최순실의 태블릿 PC가 발견되었다. 최순실이 황급하게 폐쇄한 사무실에 쓰다만 휴지처럼 버린 판도라의 상자. 그것은 누가 봐도 우연한 사건이었다. 인간이 보기에 황당할 만큼 우연이겠지만 어쩌면 하나님에게는 계획일지도 모른다. 흔히 시간을 둘로 나눈다. 크로노스와 카이로스다. 크로노스는 일반적으로 흘러가는 시간이고 카이로스는 하나님이 개입하는 시간이란다. 그러나 하나님은 아무 때나 인간의 사건에 개입하지 않는다. 인간들의 계획대로 내버려 두지만 더는 두고 볼 수 없다는 바로 그때 개입하는 카이로스. 하나님을 모르는 비기독교인도 인류 역사 이래로 써온 말이다. 하늘이 무섭지도 않으냐는….

우리나라는 대륙의 동쪽 끝에 간신히 매달린, 작은 반도 국가다. 이 작은 나라가 오천 년 역사를 품고 오늘에 이르렀다. 우리 민족을 정의하자면 퉁구스계의 몽골족으로 한반도를 중심으로 남만주 일부와 제주도 등의 부속된 섬에 거주하는 단일민족이다. 그러나 지구상에 인류학적인 측면에서 보면 3부류로 나뉜다. 흔히 백인, 흑인, 그리고 황인으로 나뉘는데 황인종은 다시 언어로 옛 시베리아족과 새 시베리아족으로 나뉜다고 한다. 새 시베리아족은 2개의 어족, 즉 우랄어족과 알타이어족으로 나뉜다. 우리나라는 터키족·몽골족·퉁구스족의 언어 구조와 관련된 알타이어족(Altaic Language Family)에 속한다.

이렇게 인간이 추적한 분류가 있다면 노아의 아들인 셈의 후예일 거라는 설도 있다. 하나님은 물로 인간을 심판하며 살린 노아의 가족들이 흩어지게 한다. 성경에는 노아의 장남인 셈의 후예들 중에 벨렉과 욕단이 출생하면서 그때 세상이 나뉘었다고 기록되어 있다. 큰아들 벨렉은 중동 지역에 남아 현재 이스라엘 민족의 조상이 되고 욕단은 동쪽으로 이동하였다고 했다. 이후로 벨렉의 자손이 어떻게 예수의 족보까지 이어지는지

성경에 자세히 설명되어 있지만 욕단의 후예에 대한 언급은 전혀 없다. 그러나 최근 여러 측면에서 한민족에 대한 연구가 이어지고 있는데 욕단의 후예가 중앙아시아를 가로질러 동쪽의 끝인 한반도까지 왔다고 한다. 특히 아리랑 고개를 넘어간다는 우리 민요에서 보면 아리의 알은 하나님의 엘을 의미하는 것이고 이랑은 함께라는 의미란다. 하나님은 욕단의 후예가 중앙아시아의 고원을 벨트처럼 두르고 있는 수많은 산을 넘어 동방의 끝에 도달하여 정착할 때까지 함께 했다는 의미가 아닐는지….

이를 믿느냐 안 믿느냐는 개인적인 선택이다. 남겨지지 않은, 수만 수천 년의 기록을 인류학자나 역사학자가 주장하는 것도 그저 추정일 뿐이다. 논리적으로 성립하는지 아닌지도 불분명하다. 단지 그것을 주장하는 사람들보다 받아들이는 사람이 그만큼 무지하거나 무관심하여서 사실처럼 인지되는지도 모른다. 최근에 한민족이 노아의 후손일 거라는 추정과 함께 하나님의 절대적인 보호하에 있었다는 것은 결과를 보고 나온 학설이다. 특히 우리나라의 애국가를 보면 '하나님이 보호하사 우리나라 만세'라고 되어 있다. 물론 작자 미상이다. 안익태가 1930년에 애국가를 작곡했지만 가사가 미상인 것도 상식적으로 이해할 수 없다.

일제강점기에 국민의 오랜 정서와는 전혀 다른 뜬금없이 하나님이 보호하신다고 했다. 또한 우리나라에 무궁화가 일본의 벚꽃처럼 많지도 않은데 삼천리강산에 무궁화가 화려하단다. 무궁화는 성경에 나오는 샤론이라는 꽃이다. 무궁화(rose of Shron)는 예수를 지칭한다.

하나님이 보호하시는 우리나라의 민초들을 위해 태블릿 PC 사건에 개입하신 바로 그때가 카이로스가 아닐지? 하나님은 그렇게 위기 때마다 대한민국 민초들과 동행해 주시는 것이 아닐지?

이만하면 지도자 운이 있었던 것은 아닌지 ─────

1997년 IMF 외환위기가 터지자 세계의 언론은 대한민국의 운명을 바라보며 지도자 운이 없다고 했다. 하지만 오히려 지도자 운이 있었던 것은 아닌지. 전쟁으로 폐허가 된 이 땅을 60년 만에 경제 대국 10위권까지 끌어 올렸는데 어찌 지도자 운이 없단 말인가? 남의 나라 지배를 받다가 3년간의 전쟁까지 치르고, 당시 100달러라는 국민소득에서 시작했으니 세계 역사에 그 유례가 없다고 할 만큼. 오히려 세계적인 인지도가 떨어져서 평가절하를 받는 것인지도 모른다. 아마도 대한민국이 유럽에 있었다면 대처나 처칠 같은 세계적인 지도자들이었다고 추앙을 받을 것이다.

여기에서 과거의 대통령들을 돌아보자. 친일 잔재를 청산하지 못했다는 이승만 박사는 35년간의 일제강점기가 종식되고 해방을 맞이한 대한민국의 초대 대통령으로서 국가의 기틀을 마련했다. 전쟁이 나자 한강 다리를 폭파하며 남으로 피신한 그의 무능함으로 인해 이 나라에 휴전선이 만들어졌다는 비판도 있지만 역으로 38선 이남을 공산주의로부터 지킬 수 있었다. 총으로 권력을 잡고 18년 5개월 동안의 독재를 했던 박정희 장군은 비록 민주주의를 이 땅에 심는 것을 소홀히 했지만 경제적 기반을 마련했다. 권력의 공백을 기회로 스스로 대통령이 된 전두환 장군은 자신의 무식함을 인정하고 능력 있는 관료를 발탁하여 효율적으로 활용한 지도자였으며, 시작은 참람했지만 한 번만 하고 물러나는 용기를 보여주었다. 친구 덕분에 대통령이 된 노태우 장군은 군인 같지 않은 기회주의자로 평생을 살았지만 보통 사람도 정권을 잡을 수 있다는 선례를 남겼다.

평생 대통령이 꿈이었다는 김영삼은 정계에 진출한 지 40여 년 만에 대통령이 되면서 이 땅에 민주주의를 실현했다. 그러나 수십 년 동안 누적된 모순을 막지 못하고 IMF 외환위기로 막을 내리게 되었다. 행동하는 양심이라기보다는 물러설 줄 모르는 끈기와 욕심으로 대통령이 된 김대중은 노벨상까지 받았지만 무척이나 힘겨운 생을 살았다. 그러나 호남의 한을 대한민국에 불식시켰다. 운동권 돌격대에 적합한 성격이지만 기어코 대한민국 최고의 권좌에 오른 노무현, 자기 뜻에 맞지 않으면 무척이나 힘들어했지만, 소신을 지키면서 정치를 할 수 있다는 것을 증명해 주었다. 최선이 아니라 최악의 선택으로 되신 분 이명박, 자기 사람을 고집하느라 소모전이 크지만….

여기까지 우리가 선택하거나 혹은 모셨던 분들은 나름대로 극한의 빈곤으로부터 탈출해서 잘 살게 하려는 의지는 강했다. 1968년에 탄생했던 국민 교육헌장에서 '우리는 민족 중흥의 역사적 사명을 띠고 이 땅에 태어났다'로 시작되는 구절을 아침마다 외웠던 베이비부머는 최소한의 공동선이 무엇인지를 알고, 이것을 지키는 것이 모두에게 큰 혜택이 된다는 것을 체득했다.

그러나 또다시 생각하면 어디 그분들만의 공이겠는가? 지도자들의 연결 고리를 가만히 들여다보면 정말 때마다 적절한 시기에 교체가 되었다는 생각이 든다. 해방과 전쟁이라는 혼란의 신생국가에서 선거를 통한 직선제 대통령제를 만든 이승만은 청년이 주축이 된 4·19혁명으로 권좌에서 물러났다. 그는 1~3대 대통령으로서 민주주의의 토대를 만들었다지만 부패하면서 결국 민주주의를 염원하는 대학생들의 혁명으로 밀려났다. 이후로 이어진 박정희의 18년 장기독재가 암살이라는 결론으로 매듭지어졌다. 사실 당시로써는 그도 정권을 더는 끌고 나갈 수 없을 만큼 진

퇴양난에 처한 것 같았다. 개인적인 불행에 이어 은밀한 사생활도 도를 넘다 보니 정치적으로 유신헌법이라는 무리수를 둘 수밖에 없었다. 권력을 스스로 놓기에는 너무 멀리 왔는데 그렇게 그가 비명횡사를 하고 40여 년의 세월이 흘렀다. 한 개인으로 보면 억울할지도 모르지만 모두가 아쉬워하는 그때 타인의 의해 암살되었다는 것도 오히려 적절했는지도 모른다. 명분이 있든 없는 장기 집권의 끝이 아름답게 마무리되기가 어려운데 오늘날까지 박정희 신드롬을 일으키는 이유가 그렇게 속절없이 떠났기 때문이 아닌지….

그 혼란기에 정권을 잡았던 전두환 전 대통령은 7년이라는 자기 약속을 지키기 어려운 개인적인 현실이었음에도 그런 용단을 내렸다. 그래서 그도 이 나라 민주화에 공헌했다. 5·18민주화운동이라는 엄청난 고통의 짐을 감내하고 자리에서 내려왔다는 것은 시작의 무모함과 일맥상통한다. 사람들은 이 나라 경제성장의 공을 오로지 박정희 전 대통령에게 돌리지만 그가 시해당한 지 몇 개월이 지난 1980년 봄에 이 나라는 경제적으로 부흥하기 직전이었고 정치적으로는 독재정권을 종식하려는 성난 민심이 봇물처럼 터지려는 순간을 맞이하고 있었다. 또한 당시 북한의 대남공작은 극에 달했다. 오죽하면 박정희 전 대통령이 핵개발을 계획했겠는가?

그런 상황이었기에 장기집권을 하던 지도자가 사라진 그 봄은 참으로 혼란과 공포 그 자체였다. 계엄령이 선포되고 한밤중에 원인을 알 수 없는 총성이 도심에서 울리고 대낮에 광화문 네거리에 무장한 군인을 태운 탱크가 당당하게 돌아다니고 그토록 극성스럽게 저항했던 모든 대학의 정문은 굳게 봉쇄되었다. 그런 상황이니 당연히 시민들은 행동에 제약을 받았지만 불안한 마음에 서로의 눈치만 보고 있었다. 되돌아보니 그때야

말로 대한민국의 최대 위기가 아니었나 싶다. 그리도 바라던 독재가 끝나는 시점인데 사람들은 오히려 그렇게 불안에 떨었다.

그런 혼란을 틈타 정권을 잡은 전두환 장군은 장충체육관에서 열린, 통일주체국민회의에 의한 간접 선거에 대통령 단일 후보로 나와 12대 대통령으로 당선되었다. 플래카드를 사선으로 길게 매달고 기쁨에 찬 부부의 모습을 지금 보면 어찌 그리도 말도 안 되는 일이 벌어졌는지 한탄스럽고 한편으론 어찌 그리도 촌스러운지… 당시 한복을 요란스럽게 차려입고 단상에 섰던 이순자 여사는 이것이 정녕 꿈이 아니냐며 꼬집어 달라며 호들갑을 떨었다는 후문이다. 과정이 어찌 되었든 전두환은 강한 공권력으로 혼란기를 수습했다. 스스로 행정에는 문외한이라는 것을 천명하고 자리에 적합한 사람을 찾아 힘을 실어주었다. 그의 역할은 극도로 혼란해진 사회를 정화해 나가는 것이었다. 박정희가 그렇게 속절없이 죽자 정치 공백으로 사회는 극도로 혼란한 상황이었다. 일차적으로 사회 교란 행위를 근절한다는 목적으로 삼청교육대를 창설하여 동네에서 힘깨나 쓴다는 오빠들이 무더기로 끌려갔지만 더러는 선량한 피해자도 많았다. 국가 요직에 있었던 관료들이 한꺼번에 죽는 아웅산 사태도 발생했다. 전두환은 간신히 목숨을 건졌다지만 당시 홀로 귀국하는 참담한 모습은 두고두고 기억에 남는다.

노태우 대통령이 우유부단했다는 것은 이미 잘 알려진 사실이다. 어떤 우수한 인재가 완벽한 정책을 제시해도 정작 본인이 내려야 할 결정을 내리지 못했단다. 그래서 그의 책상에는 결재를 받아야 할 서류가 수북이 쌓여 있었고 이내 서랍에서 잠자는 서류가 한둘이 아니었단다. 그래도 민주화 열망으로 바싹 달아오른 상황에서 적절하게 김을 빼서 폭발을 면하게 한 공로가 분명히 있다. 적절한 때에 한 템포 쉬면서 오히려 국민 통합의 기회를 준 것인지도 모른다.

반면에 김영삼 대통령은 큰 틀의 결정을 잘했다고 한다. 평생 정치만 해 왔던 탓에 국가경영은 미흡했지만 금융실명제나 부동산실명제와 같은, 일제강점기부터 해묵은 과제를 과감히 해결했다. 당시 기득권자들이 맹렬히 반대했지만 그는 특유의 무지한 소신으로 밀어붙였다. 그가 IMF 외환위기로 정치 인생을 마무리를 짓는 바람에 그의 모든 공이 묻혀버린 것이다. 사실 그와 함께 일을 했던 공직자들은 누구보다도 그가 선진으로 가는 국가의 기준을 많이 정립했다고 평가했다. 또한 그분이 자신을 위해 비자금을 확보하지도 않았고 퇴임 후의 자신을 위한 그 어떤 것도 하지 않았다고 한다. 물론 아들이 문제를 일으키기는 했지만….

자기 약속을 수시로 바꾸고 대통령이 된 김대중 전 대통령은 햄릿처럼 고뇌형이란다. 무리수를 두기는 했지만 큰 틀의 원칙은 깨지는 않았다. 그토록 생에 집착을 보이더니 그도 자연인으로 돌아갔다. 살아생전에는 그토록 논란거리가 되더니 그가 죽었다는 소식에 모든 국민은 애도했다. 그저 소문만 남긴 채 남들이 사는 날수를 충분히 채우고 대한민국 지도자들 중에서 최고의 예우를 받으며 국립공원에 편안히 안장되었다. 이변이 없는 한, 그는 대한민국의 민주화를 완성하고, 적을 끌어 앉은 정치가로서 세계 평화에 기여한 인물로 남을 것이다. 그만하면 대한민국 현대 정치사에서 마무리를 잘한 지도자가 아닐지.

다행히 그들과 함께 대한민국은 꾸준히 성장하여 오늘에 이르렀다. 일본의 지배를 받다가 민족 간에 총부리를 겨누는 전쟁을 치르면서 300만이라는 인구가 죽고 폐허가 된 이 땅이 60년 만에 세계 선진국과 어깨를 겨누는 경제 대국으로 자리를 잡았다. 그저 기적이었다고 할 만큼….

정권이 바뀌고 충돌할 때마다 크고 작은 위기는 있었지만 애국가의 가사처럼 '하느님이 보우하사 우리나라 만세'다. 분명 눈에 보이지 않는 커다란 힘이 작용했던 것이다.

지도자보다 우수한 민초들

이 나라의 발전이 어디 지도자 덕분이겠는가? 어떤 지도자도 마다치 않고 묵묵히 따라왔던 이 나라 국민의 위대한 발자취였다. 18년간 통치를 했던 박정희 대통령이 살해당했을 때 나는 대학교 4학년이었다. 독재 정권을 타도한다면서 막상 그가 죽으니 온 나라 사람들은 불안과 두려움에 떨며 눈물을 흘렸다. 할아버지, 할머니가 울고 부모님마저도 슬퍼하니 어린 동생들도 따라 울었다. 전쟁을 경험했던 세대이기에 통치자가 속절없이 죽자 국민들은 마치 부모를 잃은 어린 자식 같은 심경이었다.

학교에 갔지만 이미 휴교령이 내려져 학교 정문이 굳게 봉쇄되었다. 흉흉한 소문만 떠돌고 갈 곳을 잃는 대학생들은 굳은 표정으로 정문 주변을 서성이다가 여학생들은 근처 다방으로 가고 남학생들은 낮술을 먹으러 선술집으로 몰려갔다. 독재정권이 무너지면 새로운 세상이 도래하리라는 믿음은 온데간데없고 앞이 보이지 않는 현실에 직면하자 모두가 암울하기만 했다. 그래도 주도권을 가진 자들은 국민들보다 빠르게 움직이면서 전두환 정권을 탄생시켰다.

전두환 정권이 들어서면서 나는 졸업을 하고 학교 병원에서 간호사로 근무하기 시작했다. 학생에서 사회인의 신분으로 바뀌었지만 세상은 이전보다 더 혼란스러웠다. 달라진 것이 있다면 명분 없이 정권을 잡은 공권력에 학생들은 더는 숨지 않았다. 체제에 저항하는 시위 학생들은 학교를 요새로 삼아 전투 태세로 저항했다. 그래서 대학가는 마치 전쟁터와 같은 일상을 연출했다. 대낮에 시위 진압대와 맞서는 대학생들과 투석전은 물론 화염병을 날아다니고 이어서 최루탄이 포탄처럼 쏟아지는….

그러니 학교 주변에 사는 주민이나 상인들은 매캐한 냄새와 소음으로 인해 말할 수 없는 곤욕을 치렀다. 특히 학교와 붙어 있는 병원의 피해는 그 이상이었다. 시간 근무자들이 시위 때문에 출퇴근을 방해받는 것은 다반사이며 독한 최루탄의 냄새가 병원으로 흘러들어와 수술 환자들에게 재채기를 유발해 상처 봉합에 영향을 미쳤다. 특히 안과 주치의들은 환자들의 재채기로 안압이 올라 실명까지 유발되지 않을까 하는 마음에 가슴을 졸였다. 그래도 그때는 누구도 그들을 비난하거나 통제하지 못했다. 어쩌면 오랜 세월 한민족은 참는 것에 길들어 있는지도 몰랐다. 그렇게 1980년의 봄은 지나가고 있었다.

한열이도 가고 익수도 가고…

그때를 떠올리면 두 젊은이가 생각난다. 중환자실에 근무하면서 내 나이 20대 중반에 20대 초반 젊은이들의 죽음을 지켜보았다. 이한열의 죽음과 정익수의 죽음이었다. 둘은 같은 날 같은 장소에서 죽었지만 전혀 관련이 없는 사람들이다. 한열이는 대학생이었고 익수는 대학을 가고 싶은 젊은이였다. 한열이는 시위 도중 최루탄 파편이 머리에 박혀 죽었고 익수는 선천성 심장질환으로 죽었다. 그러나 매년, 이한열이 죽은 6월 항쟁 기념일 즈음에 나는 익수를 생각한다.

이한열이 시위 도중 뇌에 박힌 파편을 제거하는 수술을 받을 때까지 그의 사고를 그렇게 심각하게 받아들이는 분위기는 아니었다. 민주주의를 향한 대학생들의 시위 형태는 1980년대 이후로 극명하게 나뉘었다. 1980년 이전에는 눈에 띄지 않고 정적이었다면 이후에는 동적이었다. 이전에는 공권력의 절대 지배하에 있었다면 이후에는 시위 주도자의 지배하에 있었다. 마치 완장을 찬 것처럼 캠퍼스를 활보하며 자신들의 정당성을 주장하고 시위가 과격해지면 캠퍼스의 기물을 부수기도 하고 심지어는 시위대를 피해 가는 학우들에게 기회주의자라는 독설도 거침없이 내뱉었다. 이전세대는 시위 중에 다치면 행여나 기관원의 눈이 띨까 두려워 몸을 숨기기에 바빴는데 이후 세대들은 응급실로 달려와 당당하게 치료를 요구했다. 심지어 인근의 불량배에게 맞고 와서도 기관원에게 맞았다고 할 정도였으니… 그래서 응급실은 시위 도중 다친 학생들로 북새통을 이뤘다.

이한열도 그렇게 응급실로 들어왔다. 정문을 사이에 두고 시위대와 진압대가 옥신각신하는 일상이 저무는데 그날은 무리를 따르지 못한 이탈자가 카메라에 잡혔다. 뿌연 최루탄에 휩싸이고 파편이 난무한 전쟁터와 같은 교정에 몸을 가누지 못하는 학생과 그를 부축하는 학생…머리에서 흐르는 피가 선명한 모습이 담긴 사진이 뉴욕 타임스 1면 머리기사에 실리는 행운이 찾아왔지만 그렇게 쓰러진 이한열이 응급 수술 후 뇌사 상태에 빠지는 불행한 사태가 벌어졌다.

당시는 언론 통제가 가능했던 시절이라 그 한 장의 사진 유출은 전 세계의 이목을 집중시키기에 충분했다. 더하여 '4·13' 호헌 조치에 반대하며 대통령 직선제를 외치며 몸으로 저항하던 386세대에 일명 넥타이부대가 가세하게 되었다. 넥타이 부대? 그 용어도 생소하지만 이들은 대한민국 경제 재건의 첫 수혜자들이다. 농경사회에서 산업사회로 진입하는 대한민국에서 태어난 국민이 대학이라는 전문 학습 과정을 거치고 급속히 팽창하는 기업체에 쏟아져 들어간 정통 화이트칼라이자 한국전이 끝난 53년부터 태어난 이 땅의 베이비부머 세대다. 70년대 학번인 그들도 유신 정권에 반대하는 운동을 해왔지만 후배인 386세대의 운동권을 바라보는 시선도 그다지 우호적이지 않았다. 학생에서 직장인 되었고, 80학번의 무모한 투쟁 방법에 냉소적이었던 베이비부머가 드디어 그들에게 동참한 것이다.

결국 전두환은 더는 정권은 유지할 수 없다고 판단하고 친구인 노태우에게 실권을 이양하며 국민 모두가 열망하는 직접선거를 하기로 했지만 이한열은 좀처럼 깨어날 기미가 보이지 않았다. 그가 세상 여론의 중심에 서자 가장 다급했던 사람은 바로 차기 대권 주자였던 노태우였다. 선거를 코앞에 둔 그는 병원까지 몸소 찾아와 한열이가 어떤 형태로든 목숨만은 유지하게 해달라고 간청했다. 결국 의료진도 그를 신경외과 중환자실에서 내가 근무하는 중환자실로 이동시켰다. 당시는 병원 내에서 최고의 시설로 주로 심혈관계 환자들이 입원하는 곳이지만 한열이도 이미 뇌 치료 단계를 넘어 생명과 직결되는 심혈관계에 대한 집중 치료가 필요했기 때문이었다.

익수가 누워 있는 방과 한열이 누워 있는 격리실은 복도를 사이에 두고 있다. 불 꺼진 어두운 방 안에 우두커니 앉아 있는 익수는 언제나 복도에서 흘러간 빛으로만 볼 수 있다. 익수는 불빛이 싫다고 했다. 말은 하지는 않지만 자신의 모습이 보이는 것이 싫은 것 같았다. 그래서 그 방을 출입하는 의료진은 아주 특별한 시술이 아니면 불을 켜지 않고 그의 어둠을 존중했다. 익수는 한열이가 입실하기 1주일 전에 입실했다. 한열이가 폭풍처럼 들이닥치고 그 방에는 밤낮없이 모여 있는 수많은 의료진으로 익수의 방은 더 쓸쓸한 듯싶었다.

익수의 의료 기록은 다음과 같다. 20세 남자 선천적 심장질환, 10년 전 미국에서 선천적 심장 기형을 수술받음. 5년 전 심장 기능이 저하되어 인공심장 박동기를 본 병원에서 부착함. 최근 들어 호흡 곤란이 오고 복수가 차서 입원함. 입원 후 활력 상태가 급격히 저하되어 집중 관리가 필요하며 심장내과 중환자실로 이송함.

한열이가 입실하면서 중환자실 전체가 어수선했던 그날부터 나의 밤 근무가 시작되었다. 밤 10시에서 다음날 오전 7시까지 근무를 하는 것이었다. 밤 10시에 근무 인계를 받고 그날 인계받은 환자의 챠트를 정리하는데 익수가 나를 불렀다. 나는 익수를 담당하는 간호사였다. 소변을 보았단다. 소변기 바닥에 깔린 소변을 계량컵에 따르니 20cc 눈금에 간신히 도달했다. 내가 양을 기록하니 그가 실망한 듯 말했다. "겨우? 한참을 쥐어짰는데 그것밖에 안 나왔어요?" "그래도 이게 어디냐? 수고했어. 자, 이제 그만 누워서 쉬어. 이거 봐라. 몸도 힘든가 보다. 이 땀 좀 봐라." 나는 그의 이마에 맺힌 땀을 닦아주며 자리를 정돈하여 주었다. "안 누워?" 그래도 눕지 않는 익수를 향해 물었다. "숨이 차요. 조금 더 앉아 있을래요."

익수는 심부전증으로 인한 부작용이 온몸에 나타나고 있었다. 심장으로 들어온 피가 좌심실에서 대동맥을 통해 힘차게 분출된 후 신장으로 가서 소변과 함께 몸에 쌓인 노폐물이 빠져나가야 하는데 좌심실이 그 기능을 제대로 하지 못하는 것이다. 이 같은 부실로 체내에 적체된 수분이 복부나 폐로 고이면서 숨이 차고 신장으로 가는 혈류량이 적다 보니 소변은 거의 나오지 않고 있었다. 바싹 여윈 목에 툭 불거진 양어깨 밑으로 매달린 가느다란 팔, 그리고 깊게 팬 쇄골 밑으로 바싹 마른 가슴, 그 아래로 급격하게 배가 불러 있다. 마치 만삭처럼. 터질 듯 부른 배 위로 드러난 혈관들은 마치 오랜 가뭄에 갈라진 논바닥 같다.

내가 자리에 앉으려는데 그가 나를 향해 손짓하며 물이 먹고 싶다고 말한다. 그날 먹은 양을 기록된 기록을 보니 더는 주면 안 되었다. 나는 냉동고에서 사각 얼음을 하나 꺼내어 입에 넣어 주며 말했다. "이것으로 입이나 달래. 오늘 먹을 양은 다 마셨어." 그는 말없이 입안에 얼음을 굴리면서 행복한 미소를 짓는다. '착한 것…'

너무 일찍 철이 들었나. 나는 익수가 아무리 고통스럽더라도 짜증을 내는 것을 본 적이 없었다. 그는 태어나면서 병자였다. 어머니 뱃속에서부터 심장의 기형을 갖고 태어난 것이다. 태어난 시기도 익수에게는 불운이었다. 그가 태어난 1960년대만 해도 이 나라 의료 환경이 워낙 열악하여 심장 개복술은 엄두도 내지 못했다. 1970년대에 그는 심장 수술을 받기 위해 미국으로 떠났다. 당시에는 그것만으로도 엄청난 행운이었다. 미국에서 운명하는 심장재단의 주선을 통해 수술을 받게 된 것이었다. 하지만 당시 7살이던 익수는 그때의 기억을 이렇게 떠올렸다. "너무 무서웠어요. 엄마도 없고 말도 할 수 없고 들을 수도 없고 나와 다르게 생긴 괴물 같은 사람들만 있었어요." 지옥으로의 여행과 같았던 익수의 수술 이야기와 함께 익수 엄마의 푸념이 내 기억에 아직도 생생하다. "보낼 때는 하늘이 주신 기회라 생각하고 살 수 있다는 희망을 품었죠. 하지만 비자 만기에 쫓겨 한 달 만에 입국한 아이는 전보다 쇠약해 보였어요. 그 낯선 환경에서 그토록 큰 수술을 받고 시간에 쫓겨 들어왔으니… 차라리 보내지를 말 것을. 그 어린 게 몸도 마음도 아주 심하게…." 그녀는 그 대목을 더는 넘기지 못하고 눈물을 쏟았다. 그리고 말했다. "나중에 들은 얘긴데요. 그때 미국 흉부외과 수련의들의 연습용으로 제때 수술을 받지 못하는 후진국 아이들을 데려다가 수술을 시켜 주었다고 하더군요." 전혀 사실이 아닌 것도 아니었다. 실제로 당시 수술에 대한 정확한 기록을 찾을 수 없었다.

나라가 가난하다 보니 겪는 고통이었다. 그렇게 수술을 받고 온 익수의 심장은 그의 엄마 말처럼 정상적인 기능을 하지 못했다. 그래서 인공심장 박동기를 달아야 했다. 박동기를 달고 얼마간 생명을 연장했는데 그것도 한계에 도달한 모양이었다. 그렇게 서러운 시절을 지나 1980년대부터는 이 나라 경제성장과 함께 심장 개복술(open heart surgery)을 할 수 있는 시설과 인력이 확보된 것이다. 의료진은 익수의 심장을 다시 열어보자는 의견의 일치를 보았다. 재수술 결정은 익수에게 해 줄 수 있는 마지막 카드였던 셈이다. 의료팀은 점차 상태가 악화되고 있는 익수의 보호자에게 설명을 하고 동의를 구하였다. 그리고 수술을 집도할 흉부외과 팀에 의뢰했다.

모두들 희망을 잃지 말자고 했지만 믿는 사람들은 없는 듯했다. 익수도 그러는 것 같았다. 그는 수술 전 검사를 받고 와서는 혼잣말로 중얼거렸다. "수술? 수술하면 나아지려나? 그래서 이 복수도 빠지고 햇빛 쏟아지는 땅 위에 흙먼지를 날리며 뛰어 볼 수 있을까?" 이내 그는 창밖으로 보이는 대학 캠퍼스를 바라보며 중얼거렸다. "대학생들처럼 저기 캠퍼스도 걸어 다닐 수 있겠죠?" 이어서 극성스럽게 튀어나온 배를 의심스럽게 바라보았다. '그럼, 그렇게 되고말고. 너는 꼭 그렇게 될 거야.' 그때 내가 이렇게 말해주지 못한 것이 못내 아쉽다.

모두의 기대와 바람으로 어우러진 그 소망은 끝내 이루어지지 못했다. 가능성에 대한 검사를 수차례 하던 끝에 흉부외과는 결국 불가 판정을 내렸다. 테이블 다이(수술 도중에 사망)의 가능성이 99%라는 것이었다. 그 사실을 알던 날 자정을 넘기기 전에 익수의 호흡이 멈추었다. 동시에 한열이의 심장도 그 치열한 정치판에서 더는 버티지 못하고 멈추고 말았다. 일 분 일 초라도 더 끌어 보겠다고 온갖 촉진제를 들이부었지만 더는 심장을 움직이게 하지 못했다.

1987년 7월 그 밤에 그토록 살고자 했던 익수도 가고, 그토록 살리고자 했던 한열이도 갔다. 한열이의 심장이 멈추자 중환자실 문밖에서는 기자들이 아우성을 쳤고, 중환자실의 전화들은 일제히 울리기 시작했다. 또한 한열이의 엄마가 오열하는 소리가 중환자실에 메아리쳤다. 익수 엄마는 아들의 마지막을 조용히 바라보며 눈물만 쏟았다. 한열이 엄마가 많은 사람의 부축을 받으며 실려 나가고 익수 엄마는 새어 나오는 울음을 손으로 막으며 방을 나갔다.

이한열의 장례는 학교 본관에서 참으로 화려하고 성대하게 치러졌다. 본관 앞에 커다란 공연 무대 같은 것이 설치되고 각계각층의 사람들이 자리를 잡고 앉았다. 그날만큼은 화염병과 최루탄을 주고받으며 싸워대던 적들이 서로 머리를 맞대고 점잖게 앉아 있었다. 양옆에는 갖가지 구호를 내건 깃발이 겹쳐 놓였는데 작은 바람에도 펄럭이며 자리 다툼을 하고 있다. 아침에 시작한 행사는 해가 중천에 오를 때까지 마이크를 돌려 잡고 소리를 지르더니 드디어 행렬이 백양로를 빠져나가기 시작했다. 무대에 있던 사람들도 깃발도 구경꾼들도 행렬을 이루며 정문을 빠져나가는 모습을 오래도록 지켜보았다. 여름이 막 시작되는 그날은 어쩌면 햇빛도 그리 곱게 쏟아지던지. 한 젊은이의 죽음이 이 나라 민주주의 완성에 한 획을 그은 만큼 참으로 성대하고 화려한 장례 행렬이었다. 하지만 나는 그 아침에 그 길을 따라 퇴근하면서 익수를 생각하며 울었다.

누가 이 나라 선진화의 역사를 지도자들 덕분이라 하겠는가? 누가 이 나라 민주화가 지금의 산자의 산물이었다고 하는가? 그 세대를 그렇게 살았던 젊은이들도 있었고 오로지 국가를 사랑하는 국민 개개인이 기득권을 포기하지 않았던가. 전두환 정권과 노태우 정권이 그렇게 요란스럽게 가고 민주화가 시작되면서 국민들은 또 한차례 두려움에 떨어야 했다. 그것은 해묵은 지역감정이 해소되는 정권교체였다. 김대중 정부에 절대적으로 반대하는 자들은 차라리 그가 당선되면 이민을 가겠다고 했지만 실제 나라를 떠난 자도 없고 그를 반대하면서 거리로 뛰쳐나오는 자도 없었다. 국민들은 모두 그의 취임식을 바라보며 오로지 나라 살림을 잘해 주기를 기원했다.

이후 노무현도, 이명박도 절반의 지지로 정권을 잡았지만 그토록 거세게 반대를 했던 자들도 결과에 승복하면서 그들에게 마음을 모았다. 오로지 후손에게 물려 줄 나라를 위하여….

이제 정말 지도자 운이 없다 없다 하겠구나

아, 차라리 그때 당선되지 말았더라면

김영삼 정부의 출범은 이 나라의 첫 민주정권이라는 것에 의미가 있다. 한때는 민주화의 동지였던 김영삼에게 패한 김대중은 눈물을 흘리며 정계 은퇴를 선언했다. 하지만 영국 생활을 끝내고 돌아와 국민에게 한 자신의 약속을 뒤집고 다시 대권에 도전했을 때 사람들은 그를 대통령병 환자라고 했었다. 그런 비난에도 불구하고 병든 노구를 이끌고 기어코 대통령이 되고 말았다.

그래서 간혹 당시의 경쟁자였던 이회창이 김대중을 누르고 대통령이 되었더라면 이 나라는 어떻게 흘러갔을는지 궁금하기도 하다. 김영삼 전 대통령은 정치로 잔뼈가 굳지 않고 정통 엘리트로 살아온 이회창이 자신의 후계자로 마음에 들지는 않았지만, 당시로는 선택의 여지가 없었던 모양이다. 더구나 IMF 외환위기 사태에 직면한 국가 초유의 상황에서 대쪽이라는 별칭과 함께 청렴한 이미지를 부각한 이회창 후보는 자신이 당연히 대선에서 승리할 것으로 생각하고 있었다. 그런데 엉뚱하게 같은 당의 이인제가 경선까지 불복하고 경쟁자로 나오고 말았다.

이인제는 예의도 염치도 없이 박정희라는 이미지를 국민에게 부각하며 자칭 리틀 박정희가 되어 전국을 휩쓸고 다녔다. 하지만 결국 본인도 안 되고 더불어 이회창도 고배를 마시게 했다. 덕분에 최초의 야당 대통령을 당선시키는 역사적인 사건을 만들었다. 이후로 대통령이 3번이나 바뀐 지금도 이인제는 여전히 정치권에서 맴돌고 있다. 사람들은 그때 이인제가 경선에 승복하고 이회창을 도왔다면 5년 후에는 대통령이 될 수 있었다고 말한다. 지금쯤 그는 '그때는 남은 세월이 구름처럼 많았는데 왜 멀리 보는 대인의 기질이 없었을까' 하며 후회할지도 모른다.

이회창의 불운은 거기서 끝나지 않았다. 5년이라는 세월이 흘러 김대중 정권의 교체를 열망하는 많은 무리가 이회창을 추종하며 다시 뭉쳤다. 이번에는 아무도 그를 넘보지 못할 거라는 믿음으로 시작했다. 노무현이 적수가 되리라고는 전혀 생각하지 않았다. 노무현도 그 벽을 실감했는지 노선이 전혀 다른 정몽준과 손을 잡았다. 그런데 노무현과 함께 가던 정몽준이 대선을 앞두고 돌연 사퇴하면서 이회창을 패배하게 만들었다. 어쩌면 그때 이회창이 승리했다면 대한민국의 정치는 지금과 다르게 전개되었을지도 모른다. 어쩌면 노무현 전 대통령은 그렇게 죽지 않았을지도 모른다. 그가 절벽에서 몸을 던졌다는 소식을 전해 듣고 문득 그런 생각을 했다. 그에게 기회가 너무 일찍 왔거나 그것을 감당하기에는 그릇이 작았거나….

대중의 눈에 비친 노무현 전 대통령의 모습에는 화가 많았다. 누군가로부터 억울한 소리를 들으면 버럭 화를 내고 팔을 걷어붙이고 한 판 붙자고 대들었다. 청문회에서 당시 권력을 향해 정의를 향해 소리치던 젊은 국회의원, 노무현의 모습에 국민들은 열광했다. 그는 살아있는 권력에 당당히 도전하는 젊은 정치인의 패기로 오랜 세월 습관적으로 억눌렸던 국민들의 감정을 승화시켜 주었다. 그러나 그는 대통령이 되어도 그 모습을 그대로 가지고 유지했다. 자신의 정책을 인정해 주지 않으면 국민을 향해 못 해먹겠다고 버럭 화를 냈다. 자기 성질대로 하고 싶은 말을 거침

없이 해대는 자식의 위치에서 이 꼴 저 꼴 다 보면서 참는 아버지의 위치로 자리가 바뀐 줄 그는 몰랐다. 그는 비판하는 것만 배웠지, 비판을 받고 그것을 수용하는 자세를 배우지 못했던 것 같다.

차라리 이회창 후보에게 패배를 당하고 품는 자세를 배운 후 차기 대통령이 되었다면 또 누가 알겠는가? 재기하기에 적당한 나이였기에 적은 수의 표 차로 졌다면 그는 충분히 차기를 넘볼 수 있었을 것이다. 오히려 5년간의 자숙으로 그는 인격적으로 성숙해질 수 있었고 대중의 인지도도 높아지면서 또 경제적으로도 비자금을 탐내지 않을 만큼 나아졌을지도 모른다. 너무 재산이 없기도 했지만 대통령 재임 중에 치른, 두 자녀의 혼사도 때가 좋지 않았다. 아버지가 최고 권력자가 되었으니 그동안 아버지 때문에 고생한 자식에게 여유 있는 삶을 보장해 주고 싶은 것은 아비의 당연한 마음이다.

노무현은 전임자에 비하면 형편없는 액수인데 수사를 받는 것이 억울하다고 했다. 그러나 국민들은 김영삼이 재임 중에 비자금을 만들었다고 하지 않는다. 김대중은 엄청난 규모로 감추고 있을 것이라고 했으나 결코 찾을 수 없다고 한다. 노무현은 액수와 무관하게 받았느냐 안 받았느냐의 문제다. 그가 대통령이 될 때는 전혀 받지 않을 지도자라는 국민의 믿음이 컸던 만큼 배신감도 큰데 그가 적은 액수라고 한 것 때문에 분노를 키웠다.

만일 그가 청빈한 이미지의 대통령으로 끝까지 남았더라면 재임 중의 실정을 만회했을지도 모른다. 대통령을 했던 자의 쓴소리니 그 영향권은 또 얼마나 컸겠는가? 그렇게 누구에게도 빚을 지고 나가지 않고 퇴임했다면 그의 소리는 얼마나 기존 정치권에 위협이 되겠는가? 그러면 어쩌면 국민은 다시 그에게 구름떼처럼 몰려 귀를 기울일지 누가 알겠는가. 지미 카터는 재임 중에 최악의 평가를 받았지만 퇴임 후에는 더 높은 평가를 받았는데….

걸핏하면 화를 내고

노무현 전 대통령이 자살했다는 소식에 온 국민은 충격에 휩싸였다. 경위야 어떻든 통치자가 자살로 자신의 삶을 마무리를 짓는 초유의 사태는 대통령이 부하에게 죽임을 당한 10·26사태 때보다 국민의 마음을 더 아프게 했다. 오천만 국민을 이끄는 한 나라의 최고 권력자로서 수많은 사람의 운명을 좌지우지했었다. 임기 중에 그는 자기 공약을 지키겠다고 일반인들은 상상도 하지 못하는 돈을 썼다. 또한 세계 곳곳을 다니고 한 나라의 수장으로 극진한 대접을 받고, 퇴임한 후에는 고향에 가서 멋진 집을 짓고 살았다. 그런데 수사를 받던 도중에 스스로 목숨을 끊다니….

이제 정말 이 나라의 지도자 운이 없는 국민이 된 모양이다. 한 나라의 통치자였던 그는 비록 억울했어도 참고 살았어야 했다. 죽고 싶다고 스스로 목숨을 끊을 위치가 아니었기 때문이다. 그는 절반의 민심으로 대통령이 되는 순간 목숨이 자신의 것이 아닌 것을 퇴임 후에도 알지 못했다. 다윗은 하나님이 가장 사랑한 통치자다. 비록 왕이 되기 전에는 골리앗과 맞서 싸울 만큼 정의롭고 용맹했지만 즉위한 후에는 인간으로서 하지 말아야 할 짓을 많이 한 왕으로도 유명하다. 심지어 전쟁에 나간 장수의 아내를 취하여 임신이 되자 온갖 수법으로 책임을 떠넘기려다가 결국은 남편인 장수를 죽게 만든다. 그 결과 다윗도 그에 상응하는 벌을 받게 된다. 그는 장남에게 왕권을 찬탈당하고 궁에서 쫓겨나고, 아버지의 왕권을 빼앗은 아들은 궁에 남겨진 아버지의 후궁들을 백주에 윤간한다. 당시 왕권을 차지하면 전임자의 여인들을 취해야 왕권을 완전히 회복한다는 전례에 따라….

다윗은 아들에게 왕권을 빼앗기고 쫓겨나 오지에서 간신히 목숨을 연명하고, 그가 품었던 여인들마저 그런 수모를 겪게 하는 고통을 겪는다. 결국 다윗은 왕권을 회복한다. 반란을 평정해서 궁으로 돌아왔지만 역적이 된 아들이 처참하게 죽자, 이번에 다윗은 아비의 마음이 되어 식음을 전폐하고 슬퍼한다. 인간들이 큰 자리를 원하지만 큰 만큼 고통도 크다. 그래서 흔히 큰 그릇이 그릇대로 살지 못하는 것도 슬픔이지만 작은 그릇에 너무 큰 것이 담기게 되면 결국 깨지고 만다. 결국 인생의 시작과 과정도 모두 맺힌 열매가 그 결과를 입증한다. 간음자요, 살인자였고 한때 백성으로부터 버림까지 받았던 다윗이지만 살아남았다. 몸이 따뜻해지지 않을 정도의 나이까지 산 다윗은 아들 솔로몬에게 왕권을 물려주었고 이스라엘 역사상 가장 위대한 왕으로 기록된다.

사실 국민들이 노무현을 대통령으로 뽑았던 이유 중 하나는 김대중의 노욕에 신물이 났기 때문이라는 점이다. 그래서 그의 주장처럼 청빈하고 정의롭게 살면서 편중된 세상을 바꾸어 소외된 사람도 살만한 세상이 되는 줄 알고 표를 주었는데 그도 끝내 국민들의 마음을 아프게 했다.

노무현 전 대통령을 다시 생각해 보니 그는 자식들에게 기죽지 말라고 큰소리 꽝꽝 치면서 본인의 기도 죽지 않는, 가난한 집의 아버지와 같았다. 그래서 그나마 얻어먹을 것도 먹지 못하게 만들었다. 비록 자식에게 부잣집인 옆집의 순돌이에게 기죽지 말라고 하지만 정작 아버지는 순돌이 아버지에게 가서 머리를 숙이고 먹을 것을 더 많이 가져와야 한다. 자식을 먹이려면 아버지는 간, 쓸개 다 빼야 자식 입에 남보다 좋은 것을 먹일 수 있다. 그런데 그는 어찌 된 일인지 큰 나라 대통령 부시에게 가서 우리는 동등한 형제 관계라며 어깨를 으쓱이다가 그나마 얻어먹을 것도 빼앗기게 했다. 자식들은 집안 형편이 조금 나아져서 아버지에게 처신을 지키라니까 이번에는 못 해 먹겠다고 소리를 치던 그였는데….

걸핏하면 울고

이명박 대통령은 취임하자마자 한복을 곱게 차려입고 아침 방송에 출연하여 자신이 살아온 이야기를 하더니 질금질금 우는 모습을 보여주었다. 그날 꼬까옷을 입고 주름진 눈 밑을 닦는 모습은 아무리 봐도 한 나라를 이끄는 수장의 모습이 아니었다. 대통령은 한 개인을 떠난 자리다. 한 어머니의 아들임을 자랑하기보다는 국민을 이끌고 처음 치르는 전투에 임하는 수장의 마음을 가졌어야 했다. 그리고 그 길은 전혀 가보지 않은 거대한 전쟁터와 같은 길이다. 비록 본인이 대통령이 된 것이 부모에게 자랑스럽고 돌아가신 분에게 아쉬움을 남긴다지만 한나라를 통치하는 자리에 있는 자가 개인적인 감정을 그토록 쉽게 표현할 수 있는지 이해를 할 수 없었다.

당시 대한민국의 어머니들은 다 그렇게 살았다. 그런 어머니들의 아들들 중에 자신이 그토록 큰 인물이 되었다면 오히려 국민에게 미안한 감정이 들어야 하는 것이 아닌가? 그의 어머니가 시장에서 좌판을 깔고 장사를 했다는 것은 선거 유세 때마다 써먹은 단골 메뉴다. 그것으로 개천에서 용이 된 자신을 드러내며 없이 태어난 국민에게 희망을 준 것은 사실이다. 하지만 후보에서 대통령이 된 그를 바라보는 세상 인심은 시기하는 마음으로 바뀐다는 것도 알아야 한다. 인간의 속성은 타인의 슬픔은 나누어도 진정 기쁨을 함께 나누지 못한다. 전도자도 인간이 하는 모든 일은 다 시기하는 마음에서 온다고 말한다.

우리 부모들은 아무리 고통스러워도 자식들 앞에서는 눈물을 보인 적이 없었다. 또한 자식도 어머니 앞에서 우는 것을 아주 싫어했다. 행여나 자식이 눈물을 비추면 호되게 야단쳤다. "사내자식이 울기는…." 안중근이 옥중에서 약한 모습을 보이는 서한을 본 그의 어머니가 행여나 아들이 자신 때문에 약해질까 봐 단호히 죽을 각오를 하라고 수의를 보냈다는 일화도 있는데… 5천만의 요구를 어깨에 짊어진 채 산적한 국내외 현안을 생각하면 잠이 오지를 않을 텐데 부부가 비단옷을 입고 나와 연예인처럼 즐거워하다 엄마 생각에 울기까지 하니….

그런 감성을 가진 이명박은 자신을 내세울 만한 곳이면 큰 자리든 작은 자리든 가리지 않았다. 그의 임기 중에는 유난히 규모가 큰 국제행사가 많았다. 나라를 알려 경제효과를 보겠다고 했지만 엄청난 세금을 쏟은 만큼 실익이 있었는지는 알 길이 없다. 때론 지나쳐서 1960~70년대처럼 대한민국을 알아주지 않았던 시대를 살았던 개인의 한풀이라는 생각도 들게 한다. 또한, 세계대회에서 우승하고 돌아온 스타성이 있는 젊은이들에게 둘러싸여 사진 찍는 것을 좋아했다. 물론 나라의 위상을 드러낸 스포츠 스타들을 바라보면 참으로 대견하고 자랑스럽다. 하지만 최고 통치권자가 전면에 나서 좋은 태를 그렇게 내는 것은 보기에 아름답지 않았다. 자식이 많은 부모는 잘나가는 자식이 있어도 못 나가는 자식 때문에 드러내 놓고 좋아하지를 못한다.

21세기의 스타들은 1960년대 꽁보리밥만 먹고 누구도 도와주지 않는 환경에서 세계를 제패했던, 버짐 핀 얼굴들이 아니다. 당시는 아무도 도울 수 없는 이 초라한 나라에서 거대한 세계 무대에서 상이라도 타 오면 그 자체로도 온 국민에게 용기를 준 사건이기에 국민 모두가 가슴이 벅차올라서 강요하지 않아도 거리로 뛰쳐나가 태극기를 흔들며 열광했었다. 하지만 지금은 전혀 다른 상황이다. 국가가 나서지 않아도 기업이 광고를 위해 그들에게 엄청난 비용을 주며 활용하고 있다. 그런데 통치자까지 나서 그들을 껴안고 즐거워하는 모습은 참으로 가볍다. 청년실업으로 고통받는 또 다른 젊은이를 생각하며 그저 눈에 띄지 않게 빙그레 웃어만 주면 안 되는지?

국민들이 그에게 표를 주면서도 부도덕한 것은 알았다. 비록 남의 눈은 속였지만 그를 경제를 아는 지도자라 생각했으며, 이에 따라 국민의 살림살이가 나아질 줄 알고 표를 주었다. 그랬는데 살림살이는 나아지지 않고 부도덕한 것은 역대 어느 대통령 못지않았다. 같은 친인척 비리라 해도 그들 가족의 죄질은 이전보다 더 나쁘다. 이전에는 없는 자가 욕심을 부렸지만 그들은 가진 자가 더 갖겠다고 하는 추한 모습을 극명하게 보여주었다. 퇴임과 함께 국회의원을 5번이나 했고 나이 80살을 바라보는 형이 구속되었다. 그래도 그때까지는 자신은 덫에 걸리지 않을 줄 알았을 것이다.

세력이 규합한 캠프 정치

대권을 잡으려면 캠프부터 차리기 시작한다. 예전처럼 소속 당이 주도하여 선거를 치르기보다는 일종의 사조직처럼 움직인다. 물론 당의 도움을 받기는 하지만 당직자가 아닌 추종자들이 선거전에 뛰어들면서 각자의 몫을 챙기려는 것이다. 국가 발전을 위해 올바른 정책을 수립하고 지도력을 확립하려는 순수한 결집이라는 명분을 내걸고 선거가 끝나면 해체된다고 말하지만 임기를 마칠 때까지 그들의 관계는 결코 끝나지 않는다. 각계 지도자나 혹은 전략가라 자처하는 자들은 결코 현실 정치에 참여하지 않겠다고 해 놓고서도 승리한 자와 함께 입성하려고 신발 끈을 고쳐 맨다.

노무현은 캠프정치로 승리했다고 해도 과언이 아니다. 김대중이나 김영삼처럼 오랫동안 정치를 함께해온 끈끈한 인연으로 맺어진 동지애가 아니라 단기적으로 각자의 이익과 맞물리면서 모여든 세력들의 규합이다. 그들이 기존 정당의 틀을 깨고 자신들의 정체성을 내세워 세몰이를 하면서 기존의 권위주의적인 정치권에 신선한 바람을 일으켰다. 그들도 미처 예상하지 못했던, 대선에서의 승리를 거두게 되자 노란 풍선을 흔들며 환호했다. 그러나 노무현 전 대통령은 임기 내내 그들의 자리를 돌보아 주느라 정작 국민을 위해 일을 할 수 있는 적합한 관리자를 인선하는 데 실패했다. 그는 어쩌면 두 마리 토끼를 쫓을 수 있다고 생각했는지도 모른다.

그러다 보니 마땅히 정치 기반이 없던 이명박의 경우에도 시작할 때부터 많은 인물이 캠프에 구름떼처럼 몰려들어 자리다툼을 할 정도였다. 더구나 386세대 정치에 신물이 난다는 정통 보수라 자처하는 자들이 5

년 내내 비판을 하다가 드디어 때가 되었다며 날을 세우고 달려들었다. 8년의 임기를 채운 클린턴은 온갖 추문에도 식을 줄 모르는 인기 속에서 퇴임했는데 그 뒤를 이은 보수 성향의 부시는 클린턴의 정책은 무조건 '노' 했다고 한다. 당연히 이명박도 노무현이 추진했던 것은 무조건 '노'다. 그래서 정책을 추진했던 전임자의 정책이 더는 진행되지 않아 무용지물이 되는 경우가 허다하다.

2012년 대선을 앞두고 대선 주자들이 여지없이 세몰이에 나섰다. 나라 경제는 어둡다지만 그들의 잔치는 화려하기 그지없었다. 이미 보수와 진보라는 구호를 앞세우고 다시 통합이라는 이름으로 노인 표도 내 것, 젊은이 표도 내 것이 되어야 한다며 표가 되는 것이라면 간, 쓸개 다 빼고 달려들었다. 당연히 시작 전부터 준비된 박근혜가 손을 들고나오고 이어서 노무현을 등에 업은 문재인이 손을 들었다. 그러더니 안철수가 국민의 뜻이라면 고민해 보겠다고 한참을 망설이다가 드디어 선거판에 뛰어들었다. 그래서 이번도 삼각편대로 가는 모양이라고 생각했는데 어느 날 안철수가 국민의 뜻도 묻지 않고 스스로 포기하고선 문재인을 돕겠다고 나섰다.

그러나 안철수가 완주하면 이겼을지 또 누가 알겠는가? 항상 뚜껑은 열어보아야 하는 것이다. 열세였던 김대중은 이인제 때문에 살았고, 노무현은 정몽준이 막판에 떨어져 나가면서 살았다. 막상 선거가 노무현의 승리로 끝이 났지만 당시 정몽준이 포기하지 않고 그대로 나갔더라면 그가 가장 유력했다는 게 후문이다. 생각해 보면 정몽준 후보도 가진 게 많아 지레 겁을 먹은 것이다. 바닥을 경험한 사람은 더는 잃을 것이 없어 마지막 승부수를 던지지만 가진 자는 승부수에 약하다. 결국 누구 때문이 아니라 다 자기의 성향 때문에 성공도 하고 실패도 하는 것 같다.

18대 대선에서는 마치 박정희와 노무현이 살아 움직이는 듯했다. 역사성을 가진 당의 정체성은 사라지고 죽은 사람을 내세워 서로의 입지만을 올렸다. 박근혜는 죽은 부친의 후광으로 18대 대선에서 승리했다. 패한 쪽은 서로에게 삿대질하며 언제 그랬느냐는 듯이 오물을 뒤집어쓴 손을 털고 나갈 때를 기다릴 것이다.

언제나 그들만의 리그다. 국민들은 누가 되든 아무런 상관이 없다. 그들의 세력이 커지고 하고 싶은 것이 많으면 많을수록 국민은 세금을 내느라고 허리띠를 졸라매야 한다. 예전에 지도자는 국민에게 먹을 것을 주었다지만 이제는 국민의 것을 빼앗는 자리가 되고 마는 것은 아닌지….

권력은 결코 개인의 것으로 끝나지 않는데…

부자는 망해도 3대를 간다는 말이 있다. 하지만 권력 찬탈에 실패하면 3족이 멸한다. 부자는 망해도 목숨은 부지하지만 권력자가 권좌에서 물러나면 목숨은 물론 자손까지 위협을 받는다. 성경에서는 왕의 권력은 하나님이 부여한다고 했다. 국민을 다스리는 통치권을 준 자에게 당부하는 한 가지는 오로지 공의와 정의로 다스리라는 것이다. 물론 통치자가 공정성을 잃고 자기 기념비에 집착하면 여지없이 멸문지화를 당한다. 성경에 나오는 사울이 바로 그런 인물이다. 하나님으로부터 왕의 기름을 받았지만 자기 기념비에 집착하다가 집안이 몰락하고 말았다.

수많은 사람이 권력을 잡으려 하지만 권력가의 말로가 좋은 적이 거의 없다. 부자는 가난한 자의 노동력을 착취하고 먹을 것을 빼앗지만 권력을 쟁취하려면 목숨까지 해칠 수밖에 없다. 그런 권력이니 잡은 자도 죽을 때까지 편할 날이 없다. 영국을 45년간 철권통치를 했던 엘리자베스 여왕도 죽는 날까지 침대 밑에 칼을 두고 잤단다. 누군가 그건 옛날 호랑이 담배 피우던 시절의 정치사라고 하지만 지금도 피만 보지 않았을 뿐 말로 하는 반대파의 저주는 그 어느 것보다 아프고 고통스럽다.

그런 권력은 절대 나누지 못한다는 게 특징이다. 하나님은 재물을 가진 자에게 끊임없이 나누라고 당부하시지만 권력을 나누라고 한 적은 없다. 최근 들어 뜻이 다른 당들이 필요에 따라 합친다지만 합쳐서 성공한 사례는 흔치 않다. 태종 이방원은 아들 세종에게 왕위를 넘기면서 세종의 권력을 나눌 가능성이 있는 인물은 상하 고하를 막론하고 처형했다. 방원을 도와 정권을 창출했던 개국공신들은 물론 공신인 처남들도 숙청한다. 심지어 세종의 장인마저 귀양을 보내면서 세종의 권력에 영향을 미칠 사람의 씨를 말린다. 태종 이방원이 아버지 이성계를 도와 조선을 세우고 자신의 아들인 세종에게 왕위까지 물려주기까지 흘린 피가 산을 이룬다. 그러나 그런 태종 이방원의 아들, 세종은 대한민국 오천 년 역사에 길이 남는 왕으로 기록된다.

그래서 통치자의 칼끝이 어디에 있는지가 평가 기준일 것이다. 통치자가 공명정대하게 나라를 이끌지 않고 구제만 하겠다는 것은 어쩌면 게임 룰을 모르는 선수라서 그런지도 모른다. 성경에 하나님은 사랑 이전에 공의를 강조하신 분이다. 사랑 이전에 심판이 먼저인데 최근에 기독교 일부 세력들이 사랑을 내세우며 거리 행진을 하는 것은 인간 중심의 비성경적인 행동이다. 기독교인들은 인간을 위해 십자가에서 돌아가신 예수처럼 모두를 용서하라고 하지만 하나님의 입장에서 보면 인간의 죄를 위해 자기 아들을 죽여야 하는 고통이 먼저였다. 그래서 이 세상에서는 다스리는 칼이 공정하면 재물을 가진 자가 폭식하지를 못한다. 빈부격차가 심해졌다면 그만큼 통치자의 책임도 커진다.

큰 권력자나 큰 부자는 하늘이 낸다는 말이 왜 있겠는가? 당연히 세운 자의 뜻을 헤아리라는 소리일 것이다. 심판자의 기준을 정확히 알려면 위를 바라보아야 한다. 통치 권력을 준 하늘의 뜻을 알아야 하는데 철없는 자식 같은 국민의 요구만 내려다보면 내일을 기약하기 어렵다. 때론 통치자의 대의와 국민이 생각하는 대의가 같지 않을 수 있다. 돈을 벌어 식솔을 먹여 살리는 아버지와 용돈을 타서 쓰는 아들과 추구하는 바가 다르듯이. 그 역할과 방향이 때론 서로 다르기에 후대까지 고민하는 아버지의 마음을 자식은 자식의 자리에서 절대 알지를 못한다. 또한 아버지가 대세에 따른다며 아들의 요구에 따라 내려가는 것이 아니라 아들이 아버지가 되었을 때 아버지보다 잘살게 해주는 결정을 내려야 한다. 설사 아들이 대세를 따르지 않는 아버지 때문에 되는 일이 없다고 종주먹을 대더라도 길게 보는 대의를 찾아야 한다는 것이다.

엘리자베스는 의견이 분분한 사안에 결정을 내리면서 이렇게 말했다고 한다. "사람마다 생각이 제각각이죠. 누구의 판단이 최선인지는 하나님만이 압니다." 그녀는 어떤 결정을 내릴 때 주변에 모든 사람을 물리고 혼자만의 깊은 묵상의 시간을 가졌다고 한다.

그래서 전도서에서 이렇게 말하지 않던가? "내가 어떤 지방에서 가난한 사람이 억압을 받는 것과 공의와 권리가 박탈당하는 것을 보더라도 그런 일에 놀라지 마라. 높은 사람이라도 더 높은 사람에게 감시를 당하고 그들보다 더 높은 사람이 있다."

세대 간의 갈등을 부추기는 정치판

건너뛴 베이비부머의 냉소 ─────────

노무현 후보가 대통령이 되었을 때 제일 놀란 세대는 베이비부머였을 것이다. 다름 아닌 정권을 잡은 세력이 386세대였기 때문이었다. 1960년대에 태어나 18년간 유지되어온 정권이 속절없이 무너진 1980년 그 봄에 대학 생활을 시작한 그들은 오로지 반정부 투쟁에 올인한 세대다. 그러나 같은 캠퍼스에서 선후배로 공부를 했다지만 70년대 학번과 80년대 학번은 전혀 다른 의식의 뿌리를 가지고 있다.

1980년, 그 봄부터 전두환 정권에 저항하며 본격적인 정치적 투쟁에 나섰던 386세대에 반하여 베이비부머들은 대학을 졸업하며 한창 세를 키워가던 기업체에 쏟아져 들어갔다. 초급 영어 수준으로 서슴없이 미국으로 갔고, 매너도 제대로 갖추지 못했으면서 허풍스럽게 유럽에도 갔다. 또한 가족을 버리고 사막의 건조한 바람에 타들어 가는 고통도 잊은 채 중동으로 갔다. 그들은 실체도 없는 뜨거운 야망을 품고 기껏해야 대리나 과장 정도의 직위로 좌충우돌하면서 산업사회의 역군으로 부를 창출한 세대다. 고작 100달러에 불과하던 국민소득을 3만 달러로 끌어올린 시대적인 신화를 이루며 기득권을 형성했으니 세대 우월의식이 강하다.

그런 베이비부머를 바라보는 386세대는 그들을 행동하지 못하는 기회주의자라고 할지도 모른다. 사실 이를 전혀 부정할 수는 없다. 베이비부머들은 18년 독재정권이 스스로 무너질 때까지 전면 투쟁을 하지 못한 이유가 주도면밀하게 지식인을 탄압했던 장기 집권 세력의 영향도 있었지만, 무엇보다도 자신들을 쉽게 포기하지 못했기 때문이었다. 그들은 극도의 가난 속에서 유년기를 보낸 세대로 굶주림을 뼛속까지 경험했다. 더구나 당시 대학을 갈 수 있는 극소수 엘리트 계층으로 개천에서 난 용들이 대부분이었다. 많은 자식 중에 대학을 보낸 유일한 자식으로 부모는 등록금을 마련하기 위해 억척스럽게 일을 하고, 때론 소도 팔고 논도 팔고 남은 여동생은 공장으로 나가 등록금에 보탰다. 그들은 그런 자신을 지키는 것이 가족도 살고 나라도 사는 것임을 알기에 그만한 행동이 따르지 못했다.

이렇듯 386세대와 베이비부머 세대는 이념과 배고픔으로 갈린, 대한민국의 독특한 세대 차를 보인다. 1980년, 그 봄에 베이비부머가 떠난 캠퍼스는 386세대가 학생이기를 포기한 것처럼 반정부 투쟁에 매진했다. 그들은 낮에는 진압대와 대치하고 싸우다가 밤이면 교내 어디에서든 자리를 잡고 밤을 지새우기 일쑤였다. 캠퍼스 내의 기물을 무기처럼 활용하는 것을 주저하지 않고, 운동에 참여하지 않는 자들에게 경멸의 시선을 보냈다. 마치 완장을 찬 것처럼 캠퍼스를 활보했지만 결국 시대의 피해자인 셈이다. 대학이라는 전문 학습 과정을 통하여 제도권에서 안정적으로 사는 방법을 체계적으로 준비하지 못한 세대이기도 하다.

그때를 떠올리면 또 하나의 아픈 기억이 있다. 그 봄에 나도 학교를 졸업하고 사회인이 되었다. 학교 근처에 있는 병원에서 근무를 했다. 3교대 근무이기에 학교에서 일어나는 사건을 그대로 지켜볼 수 있었다. 어느 날 오후 근무를 마치고 자정이 임박한 시간에 서둘러 퇴근을 하고 있는데 학교를 둘러친 컴컴한 담벼락에 붙어 자는 남녀 중에 동아리 후배가 눈에 들어왔다. 나는 놀라서 그녀를 흔들어 깨우며 "집에 안 가느냐? 부모님이 네가 이렇게 있는 것을 아느냐? 남자들과 이렇게 있다가 무슨 일 당하면 어쩔 거냐?"라고 물었다. 그러자 그녀는 이렇게 대답했다. "부모의 자식이기 전에 나라의 운명을 짊어지고 나가는 우리를 이해해 주세요. 우리에게 연애감정은 사치이며 오로지 동지애만 있으니 그런 구태의연한 시선으로 우리를 보지 마세요."

사회인인 나는 이렇게 생각했다. '철없는 것, 그런다고 돈이 나오니? 밥이 나오니? 너 그런다고 세상 안 달라져. 남보다 더 대우받고 살라고 대학 보냈건만. 등록금 대느라고 허리가 휘는 부모님이 그 꼴을 하고 다니는 것을 알고 있니?' 그렇게 갑자기 그 봄을 전후로 같은 캠퍼스에 있던 선후배 관계가 단절되고 말았다. 그랬던 그녀가 얼마 후 학생회관 옥상에 올라가 대자보를 붙인 후 구호를 외치며 몸을 날렸다. 그런데 밑에서 받아주기로 했던 남자 동지들이 그녀를 제대로 받지 못해 그대로 시멘트 바닥으로 떨어졌다. 그 사고로 목숨은 건졌지만 척추를 다쳐 하반신이 마비되었다고 했다. 그때는 간혹 백주에 학교 정문을 바라보는 굴다리 위에서 휘발성 물질을 온몸에 휘감은 채 불을 붙이고 뛰어내리는 (용감한?)전사도 있었다. 그때마다 사람들은 온몸에 불덩이가 되어 바닥으로 떨어지는 그 험한 모습을 바라보며 가슴을 조이며 울부짖었다.

비록 그렇게 서로에게 등을 돌렸지만 이 나라를 이렇게 반석에 올리기 위해 반드시 필요했던 두 세대의 역할이었다. 그 봄 이후로 386세대가 그렇게 온몸을 날려 체제를 바꾸게 했다면 베이비부머 세대들은 나라의 경제를 위해 온몸을 날렸다. 민주주의 체제 유지에는 고비용이 절대적으로 필요하다. 당연히 지금의 정치적 민주화는 경제성장 없이는 절대 이루어질 수가 없었다.

어쨌든 386세대가 베이비부머 세대만큼 경제적인 부를 창출하지는 못했지만 그들의 방식대로 정치적인 세력을 뿌리내리는 데 성공했다. 그에 반해 어느새 보수라는 자리로 옮겨간 베이비부머는 노무현정권의 정책이 미숙하다며 사사건건 불만을 표시하는 것도 뿌리가 다른 의식의 차이인지 모른다.

탐욕의 전쟁 전 세대

노무현 정권에 절대적으로 반대하던 대부분의 베이비부머는 정동영이라는 최악을 피해서 이명박에게 표를 던졌다. 그러나 정권을 이어받은 이명박의 주축 세대는 애석하게도 베이비부머 전 세대다. 그들은 대략 1940년대 전후, 즉 6·25전쟁 전에 태어났다. 전쟁 중에 많은 아이들이 죽고 또한 전쟁으로 인해 아이가 태어나지 않은 일시적인 인구 공백 상태에서 살아남은 세대 중에 극소수의 엘리트들이 이명박 정부의 축을 이루었다. 그들은 이 나라 근대화 발전을 시작에서 가장 좋은 위치를 잡고 가장 큰 혜택을 받은 세대다. 기억도 분명하지 않은 유년시절에 전쟁을 경험하고 살아남아 1960년대 청년기를 보낸 엘리트로 1970~80년대에 활성화되기 시작한 이 나라 경제 기반에 선두주자로 초고속 승진을 하면서 사회 각 분야에 리더로 자리매김했다.

그 세대의 대표 주자가 바로 이명박 전 대통령이다. 그는 기회가 있을 때마다 자신의 인생 역전을 자랑하지만 당시의 시대적인 상황과 개인적인 운이 맞아 떨어진 것뿐이다. 벼락을 맞은 것처럼 강력한 운발로 출세 가도를 달린 그는 세상 무서운 줄 모르고 자기의 판을 계속 키워 나갔다. 그러면서 젊은이들을 향해 긍정의 마인드를 가지고 나처럼 살라고 소리치기만 했다.

그는 대통령이 되자 자기 사람으로 채우기에 급급했다. 젊은이에게 일 자리를 창출해 준다고 했지만 전쟁 전 세대가 사회의 요직을 휩쓸었다. 우리나라 최고의 대학에서 총장까지 지낸 사람이 총리 후보에 오르고 더 나아가 연봉이 높은 은행장까지 하겠다고 나선다. 대부분 정년을 채우고 최고의 영광을 누린 사람들이다. 청문회에 참석하는 70살이 넘는 노역들이 논문 표절 때문에 과거의 영광이 거짓으로 인한 것이었음이 드러나도 전혀 부끄러워하지 않는다. IMF 외환위기로 나라 경제를 망쳤다는 주범으로 지목된 전직 고위 관료도 당당하게 은행장이 되기도 한다. 주름진 그들의 얼굴에는 노기로 뭉쳐 있으면서도 입으로는 한결같이 남은 생은 국가와 민족을 위해 일해 보겠단다. 원칙도 규칙도 없이 닥치는 대로 마구잡이로 자기 사람으로 자리 나누기에 급급했던 이명박 전 대통령은 시작부터 강부자(강남부자) 내각이라는 소리까지 들었다.

그렇게 공직이나 공기업을 사조직처럼 나누어 주고받으며 5년의 임기를 마친 결과 그 빚이 고리로 이어져 눈덩이처럼 커졌다. 받은 자들이 대부분 기득권의 노인이다 보니 젊은이들처럼 절대 충성하지 못하는 줄도 모르고… 젊은이들은 세상 경험이 짧아 배신을 차마 쉽게 하지 못하는데 죽을 날이 가까운 노인은 자신을 희생하면서까지 전직 대통령을 위해 희생하고 싶은 생각이 전혀 없다. 최근에 구속당한 이명박의 등을 향한 배신의 칼이 난무하다. 심지어는 전 은행장이 매관매직에 당했다고 억울하다는 법정 진술까지 나오는 상황이다. 인생 말년에 준 자나 받은 자나 열매가 너무 추하다. 그것도 국민소득 3만 달러 시대에.

이명박, 그의 성공 신화는 영화나 드라마의 단골 소재로 등장하며 젊은이들의 가슴을 설레게 했었다. 35살에 현대건설 사장이 되었다. 그리고 43세에 회장 자리에 오르고 이어서 재선 국회의원이 되었다. 나이 60에 32대 서울시장이 되더니 17대 대통령이 되었다. 어떻게 사람으로 태어나 저런 복을 가진단 말인가? 그의 성공 신화를 바라보며 희망을 가지기보다는 참으로 불공평한 세상이라고 하나님을 원망했는데… 그러나 하나님이 끝은 있다고 하신 말을 이제 알 것 같다. 오래 살겠다고 운동도 하고 몸 관리도 꾸준히 했다는 소문이다. 더 무서운 것은 국민들의 악담이다. 박근혜를 위해 태극기를 들며 진심으로 변호하는 소수의 국민도 있다는데 이분에게는 그런 사람이 전혀 없단다.

하나님은 압제당한 자가 부르짖는 소리만 듣겠다고 하셨는데… 더구나 인생의 진 빚은 고리로 불어나서 후손에게 지워진다고 하던데… 기독교인인 이명박 전 대통령은 전도서에 나오는 글은 읽어보지를 않았는지…. "내가 해 아래서 또 다른 것을 보았는데 발 빠르다고 경주에서 이기는 것이 아니고 강하다고 전쟁에서 승리하는 것도 아니고 지혜롭다고 먹을 것이 생기지 않고 총명하다고 재물이 생기지 않고 배웠다고 총애를 받는 것도 아니다. 오직 그들 모두에게 때와 기회가 똑같이 찾아온다. 그러나 사람은 자기의 때가 언제인지 모른다. 촘촘한 그늘에 물고기가 걸리는 것처럼, 올무에 새가 걸리는 것처럼 재앙이 갑자기 닥치면 사람들은 덫에 걸리는 것이다."

베이비부머와 에코 세대 간의 갈등

20세기에 접어들어 세계 정세가 급변하면서 세대별로 나뉘는 용어가 등장한다. 제1, 2차 세계대전을 치르느라 많은 젊은이가 죽었지만 지구촌에서는 다시 평화를 기대하며 아기들이 쏟아져 나온다. 그래서 베이비부머라고 불린다. 미국에서는 1946년부터 1964년까지 출생한 세대를 베이비부머라 부르는데 한국에서는 그보다 10년이 늦은 1954년부터 출생한 세대를 의미한다. 이후로 베이비부머의 자식들인 1977~1997년 태어난 에코 세대, 혹은 디지털 문명 세대인 N세대가 있다.

대한민국의 정치사를 되돌아보니 불과 1세기 만에 엄청난 변화를 겪었음을 알 수 있다. 1910년 500년 역사의 조선이 멸망하고 일제강점기를 35년간 이어오다가 1945년 해방이 되었다. 하지만 나라를 되찾은 기쁨도 잠시 이념으로 갈리더니 이내 종족 간에 전쟁을 치르고 다시 나라는 양분되었다. 현재까지 휴전선을 지키면서 적대관계를 이어가고 있으니 엄밀하게 전시 상태인 셈이다.

해방 이후, 공화국의 1~3대 대통령인 이승만은 부패로 무너지고, 혁명으로 시작된 정권은 18년 동안 장기 집권을 하다가 어느 날 속절없이 무너졌다. 5·18 광주항쟁을 진압하고 탄생한 전두환 정권을 거치며 국민적인 민주화 열망은 점점 커졌다. 결국 김영삼 정권을 시작으로 오랜 염원인 민주화가 실현되었다. 그때까지 전쟁을 겪은 세대 위주로 정치가 이어졌다.

그러나 에코 세대가 현실 정치에 참여할 수 있는 선거권이 생기면서 대한민국의 정치는 급변했다. 정치에 무심했던 젊은 세대들은 기존 정치의 틀에서 벗어난 노무현에게 열광하기 시작했고 신기루처럼 부상한 안철수를 추종했다. 그런 에코 세대의 반란에 화들짝 놀란 베이비부머 세대가 이번에는 질 수 없다는 신념으로 판세를 흔들었다. 철없는 자식들의 선택에 방관할 수 없다며 보수라는 이름으로 박근혜 후보를 적극 지지했다. 결국 계파 간도, 정파 간도 아닌 세대 간의 싸움에서 승리하자 그들은 오로지 전쟁을 경험하지 못하고 배고픔을 모르는 에코 세대를 위한 선택이었다고 환호했다.

그러나 부모 세대가 자식 세대를 이겼다고 마냥 즐거워할 수만은 없다. 승자의 최대 기쁨은 승리에 대한 기대감이 충족되었다는 것이다. 하지만 그 기쁨은 잠시 승리가 결정 난 순간부터 승자는 미래에 대한 책임과 함께 고통이 시작되는 것이다. 패자는 진 것에 대한 순간적인 고통만 겪고 뿔뿔이 자기 길로 흩어져 내일을 준비하면 된다. 그렇게 에코 세대를 이긴 베이비부머의 고민도 박근혜 정부와 함께 시작되었다. 5년의 선택이 정말 자식들의 선택보다 나아야 하는데… 철없는 것들이 혹여 나라를 망치는 선택을 할까 봐 적극 나섰건만….

그렇게 세운 정권이 결국 5년의 임기도 채우지를 못하는 초유의 사태를 빚고 말았다. 무능한 정권에 분노한 에코 세대가 촛불을 들고 거리로 나섰다. 노사 갈등도, 빈부 갈등도, 진보와 보수의 갈등도 아닌 세대 간의 갈등이라는 것이기에 염려스럽다. 에코 세대가 탄핵을 끌어냈지만 마냥 기쁘지만은 않단다. 아버지와 노골적으로 정치적인 문제로 대립하다가 결국 얼굴까지 붉히며 감정싸움을 벌인다고 한다. 특히 아버지 세대가 분노를 표출하면서 자식 세대와 척을 지기에 자식들은 집안에서 가시방석이라고 한다. 아버지가 옛날에는 안 그러셨는데 별거 아닌 일에도 울컥울컥 화만 내신다고….

경제 발전으로 삶의 질은 높아가고 과학의 발달로 수명은 늘어난다지만 갈등은 그만큼 심해지고 있다. 빈부격차가 심화되는 것이 세계적인 추세라지만 현재 우리나라는 세대 간의 갈등이 위험 수위를 넘고 있는 듯하다. 촛불시위장 옆에서 태극기를 휘날리며 분노한 노인들의 모습이 예사롭지 않다. 세대 간의 갈등을 넘어 단절을 예고하는 듯하다. 도대체 정치가 국민에게 무엇을 해준다고 이처럼 부모와 자식이 대립하는지 안타까울 따름이다.

세대 간 단절이라면 나라의 미래가 없다는데

우리나라는 부모와 자식 간에 유대가 다른 어떤 나라보다 끈끈했던 역사성을 가진 나라다. 그러나 최근에는 세대 간 단절의 양상까지 보여주고 있다. 어쩌면 가난에 찌들었던 부모세대가 오로지 물질에 대한 가치만을 자식들에게 강요하고 정신적인 가치 교육에 소홀한 탓인지도 모른다. 미래의 발전은 지식이 아니라 인성에서 온다는 것은 이미 수많은 학자가 경고하고 있다. 더구나 과거의 고리와 단절된 미래는 결코 밝지 않다고 경고한다.

심리학자인 카를 융은 "아버지와 아버지의 아버지가 찾던 것이 무엇인지 우리가 이해하지 못하면 못할수록 그만큼 우리 자신을 이해하지 못한다"고 말한다. 그에 의하면 이해할 수 없는 부모가 되었다면 이미 나의 존재감을 상실한 것이고, 내 자식이 나를 이해하지 못한다면 그도 내 자식이 아니라는 것이다. 베이비부머가 부모를 모른 척하며 자식을 부모 자리에 올려놓고 세상에서 성공하는 것만 가르쳤다면 자식도 내가 부모에게 한 것처럼 그대로 따라 하는 것은 아닌지?

융은 인격이 배제된 사물 중심의 발전에 대해 이처럼 경고한다.

"우리의 마음은 신체와 마찬가지로 이미 존재해 온 요소들로 이루어져 있다. 개별적인 인간의 마음에서 '새로운 것'이란 아득한 옛날의 구성 요소들이 끊임없이 재결합된 것이다. 그러므로 신체나 마음은 현저하게 역사적인 성격을 담고 있으나 새로운 것에 금방 적응하지 못한다. 그런데도 발전이라는 혹은 진화라는 시대적 이름으로 거친 폭력처럼 미래를 향해 튀어나갈수록 우리의 마음에 있는 역사성은 뿌리째 뽑혀 나가게 된다. 옛것이 한 번 파괴되면 그것은 대부분 없어지고 만다. 그리고 파괴적인 전진은 결코 그칠 줄 모른다. 그것은 바로 근원의 단절로 인한 관계성 상실로 이어지면서 '문화 속의 짜증과 성급함'을 야기한다. 그리하여 사람들은 발전의 역사가 전체적으로 완성되지 않은 오늘날을 살아가면서 미래에 황금 시대가 오리라는 터무니없는 약속에 의지한다. 하지만 현대인들은 오히려 점점 깊어지는 결핍감과 불만, 초조감에 사로잡힌 채 새로운 것을 향해 어떤 제지도 받지 않고 돌진하고 있다. 앞을 향한 개혁, 즉 새로운 방법이나 '묘안'을 통한 개혁은 지금 당장 확실한 것 같겠지만 시간이 갈수록 의심스럽고 대부분 값비싼 대가를 치르게 한다. 결국 현재를 살고 있는 인간이 누려야 하는 즐거움, 만족감이나 행복을 빼앗는다. 미래를 향한 외침은 결국 허울 좋은 사탕발림에 불과하다. 문명으로 시간을 단축한 것을 예로 들면 속도로 빠르게 해서 편리해졌다지만 현대인은 이전보다 오히려 시간이 부족한 삶을 살고 있다."

문명의 발달이 인간의 삶을 편리하게 한다지만 결국 그 문명을 위한 도구로 사용되고, 더 발전된 문명을 위한 노예로 전락할 뿐이다. 문명과 함께 세상이 바뀌었다지만 세 끼 먹다가 때가 되면 죽는 인간 세계는 변한 것은 전혀 없다. 인간은 변해가는 세상 따라 변하는 것이 아니라 살아온 세월 따라 변할 뿐이다. 세상이 바뀌었다고 노인이 아이 되지 않고, 부모가 자식 되지 않는다.

비록 부모와 다른 가치관을 형성된 것이 시대의 탓으로 돌리지 말고 노인기에 접어든 부모가 현실 정치에 대한 행동보다는 자신이 돌아갈 곳을 관조하며 독립된 인격으로 자란 자식들의 선택을 존중해 주는 수밖에 없다. 설사 마음에 들지 않더라도 그 선택이 바르게 나아가도록 기도하는 것이다. 행동이 아닌 말에 힘이 있는 노인의 바른 자세가 이 혼돈의 시대에 필요한 것은 아닌지?

사람들은 현재 소유한 것으로 살지 않고 미래의 약속에 의지하며 살고있으며,

현재의 빛 속에 살지 않고 미래의 어둠 속에서 살고 있다.

사람들은 그 어둠 속에서 적절한 때에 해가 솟아오르기를 기대하고 있다.

카를 구스타프 융의 《기억 꿈 사상》

2장

살아갈 기적

아직도 가야 할 길

전이

미국의 정신과 의사 스캇 팩 박사는 스스로 말하기를 프로이트 학파도 아니며, 융의 학파도 아니며, 아들러 학파도 아니며, 행동주의도 경험주의 학파도 아니라고 했다. 그는 심리를 단순히 내적 성향을 분석하여 과학이라는 틀에 가두려는 시도보다는 변해가는 시대라는 환경에 적응하는 것을 분석했다. 그는 인간 내면의 어떤 성향보다 외부에서부터 발생하는 문제에 대한 대처력이 정신의 건강에 영향을 미친다고 했다.

제2차 대전 이후로 세상의 판이 급격하게 커지고 변화의 속도는 상상을 초월할 만큼 빨라지고 있다. 그래서 현대인들은 급변하는 시대에 적절하게 대응하지 못하는 시대병이 급격하게 늘고 있다. 스캇 팩은 급변하는 세상과 갈등이 생겼을 때 자기에게 잘못이 있다고 생각하는 신경증과 세상이 잘못되었다고 치부해 버리는 성격장애로 규정했다. 그러면서 현실을 보는 낡은 견해에 고집스러운 집착을 보이는 것은 심각한 정신질환의 원인이 된다고 했다. 정신과 의사들은 이를 일컬어 전이라고 한다.

전이에 대한 정신과 의사의 해석은 다양하지만 스캇 팩은 이렇게 설명한다. "전이란 어린 시절에 형성된 세계관이 어린 시절의 환경에는 매우 적합하나 변화된 어른의 환경에는 적절하지 못한데도 어린 시절의 것을 그대로 옮겨 적용하는 것을 말한다." 그러면서 그는 전이의 문제가 단순히 정신과 의사와 환자 간에 생기는 것만은 아니라며 다음과 같이 설명하고 있다. "이 문제는 부모와 자녀, 부부, 고용주와 고용인, 친구, 집단, 심지어는 국가 간의 문제이기도 하다. 예를 들어 국제적인 문제에서 전이의 문제가 어떤 역할을 하고 있는지 모색해 보는 것은 참으로 흥미 있는 일이다. 위대한 지도자도 모두 어린 시절을 거쳤고, 그때의 경험을 가지고 있다. 히틀러는 어릴 때 형성된 유대인에 대한 반감을 그린 지도를 가지고 지도자가 된 후 그대로 적용했다. 미국의 지도자들은 무슨 지도를 가지고 베트남전쟁을 일으키고 지속시켰을까? 만약 1930~40년대 전쟁으로 미국 경제가 살아난 그 경험으로 월남전에 개입했다면, 1960~70년대의 현실에 적절했을까?"

우리나라는 20세기에 다른 어느 나라보다 단기간에 환경이 엄청나게 변화한 나라다. 그럼에도 대부분의 지도자가 과거의 자기 경험의 지도를 가지고 나라의 미래 지도를 그린 것은 아닌지 생각해 보아야 한다. 특히 우리나라는 경제적으로 성장했다지만 유독 정치는 과거보다 못한 지도자 때문에 하향화되는 추세다. 임기도 마치지 못한 박근혜 정권이 최악이기를 바라지만 사실 하향 조정기에 들어서면서 진 바닥이 어디인지 알 수 없다.

스캇 팩 박사는 이렇게 말한다. "국민의 운명을 거머쥔 지도자들이 단순히 어릴 때 대장 노릇을 하던 골목의 지도를 가지고 나라 혹은 세계의 지도에 적용하고 있는 것은 아닌지. 더하여 자신의 판단이 진리라 생각하고 자신이 옳다는 것을 선으로 생각하고 있지는 않은지…" 그래서 그는 개인이나 세대 간의 갈등도, 국민과 지도자 간의 갈등도 전이의 문제라 했다. 세상이 변하는데 사람들은 모두 자기의 경험만을 가지고 새 지도를 그리지 않아서 갈등과 혼돈이 오는 것이다. 20세기 후반부터 세상의 변화는 점점 빨라져 가속도가 붙고 있는데 속도에 따른 지도를 그리기는커녕 그저 과거의 경험에만 매몰되어 있다.

스캇 팩은 이 변화와 혼돈의 시대에 개인이나 가정, 사회 혹은 국가가 환경 변화에 따른 지도를 그때마다 그리지 않은 이유를 단적으로 이렇게 말한다. "진실이나 현실이 고통스러울 때는 피하기 마련이다. 우리 자신의 지도를 개편하려면 그러한 고통을 극복할 수 있는 훈련을 해야만 한다. 그런 훈련을 하기 위해서 우리는 전적으로 진실에 충실해야 한다. 현재의 편안함보다는 궁극적으로 옳은 일을 추구하기 위해 우리는 언제나 진실 앞에 솔직해야 한다. 우리는 언제나 개인적인 불편을 감수하고 현재의 진실을 찾는 데 도움이 된다면 그 불편을 오히려 적극적으로 수용해야 한다. 정신 건강은 모든 희생을 무릅쓰고라도 오늘의 진실에 충실하려는 진행형의 과정이다."

그러면서 그것이 얼마나 어려운지 다시 설명한다. "우리 모두 게으름이라는 원죄 때문에 망설이고 포기하고 싶어지는 길인 인생을 통하여 아직도 계속 가야 하는 길인 삶이 고통스러울지라도 이 여행은 멈출 수 없다. 낡은 자아를 버리고 영적으로 성장하기 위해서는 때로는 벼랑 끝에 내몰리는 기분이 들지 모른다. 막다른 길에서 이것이 끝이구나 하는 생각이 들 때조차 그것은 진실이 아니며 아직도 내가 가야 하는 길은 그 너머에 있음을 잊지 말자. 그 길에서 벽이 느껴지고 한걸음 앞에 무엇이 있는지조차 알 수 없다 해도 그 고통을 두려워하고 문제를 회피해선 안 된다. 삶의 승패는 내게 던져진 문제를 얼마나 해결하느냐에 달려 있다. 나를 따라다니는 근원적인 외로움과 불완전함은 평생에 걸쳐 내가 옳다고 믿어온 세계를 수없이 무너뜨리고 새로 세우는 과정을 통해 극복할 수 있다."

스캇 팩이 쓴 《아직도 가야 할 길》은 출간한 지 30년도 넘었지만 아직도 미국에서 스테디셀러 자리를 유지하고 있다.

역사 이래로 민중의 혁명을 달성하지 못했던 민족 ───

2016년 11월 19일 본격적으로 시작된 촛불 집회를 바라보며 많은 생각을 하게 한다. 6·10항쟁, 4·19혁명, 3·1운동, 동학혁명 등 민중이 기득권자들에게 저항하기 위해 때마다 봉기한 사건이 이 땅에서도 있었지만 결코 민중이 성공하지 못했다는 평가를 받는다. 그러나 촛불로 정권을 바꾸었다. 선진 유럽에서는 경제성장보다 더 놀라운 사건이라고 평가한다.

민중의 혁명이 성공으로 끝나려면 반드시 과거가 청산되어야 한다. 유럽은 오늘까지 민주주의를 실현하는 나라들로 인정받고 있다. 그런 민주주의 틀을 세운 혁명이 바로 프랑스 대혁명이다. 1792년 8월 9일, 프랑스 민중의 대표를 자처한 지구의원들이 파리 시청을 점령하고 파리 코뮌(자치시회)을 수립하며 파리 전 지구의 민중 봉기를 호소했다. 이에 호응한 파리 시민들은 8월 10일 전면 궐기하여 튈리르궁으로 쳐들어갔다. 루이 16세 일가는 의회로 도망쳤지만 시민들이 의회까지 포위하자 결국 의회는 루이 16세 일가를 코뮌 측에 넘겨주고 만다.

국가의 틀인 왕정이 무너지면서 일시적인 혼란은 있었지만 입법의회가 해산되고 새로이 국민공회가 수립되었다. 국민공회는 왕정을 폐지하고 공화정 수립을 선언한다. 입법의회에서는 좌파에 해당되었던 지롱드파가 국민공회인 우파로 돌아섰고 반대파인 좌파에서는 막시밀리앙 드 로베스피

에르를 중심으로 하는 산악파가 새롭게 등장하였다.

그런데 지롱드파와 산악파는 루이 16세 처리 문제를 둘러싸고 격하게 대립한다. 지롱드파가 루이 16세의 처형에 반대한 반면 산악파는 확고한 혁명의 완수와 공화국 체제의 완비를 위해서는 루이 16세를 처형해야 한다고 주장했다. 루이 16세의 유죄 판결은 극도로 표가 갈렸다. 심지어 왕권 정치에 길든 당시의 민심 중에 국왕의 재판에 투표한다는 것 자체를 불경스럽게 여기기까지 했다. 그러나 산악파는 파리의 자코뱅주의자들과 과격한 민심을 등에 업고 지롱드파를 몰아붙여 결국 의회에서 진행된 투표에서 승리하게 된다. 이때 나온 유명한 말이 "국왕이 무죄라면, 혁명이 유죄가 된다"이다.

프랑스 대혁명이 민중 혁명으로 성공한 이유는 단 하나다. 그동안 왕으로 떠받들어 온 루이 16세를 죽였기 때문이다. 그가 죽고 민중이 살았기에 통치자가 된 자는 죽을 각오로 통치에 임하라는 역사적 교훈을 남긴 것이다. 중국에서는 아직도 부패한 관료에게 사형제가 적용된다. 나라 살림을 관장하는 관료가 부패하면 나라가 망한다는 것을 경험하고 만든 제도다.

우연히 하나둘씩 모인 촛불이 점점 커지는 모습을 보고 "혁명은 우연한 사건이 아니라 필연에 의해서 나온다"고 한 빅토르 위고의 말이 생각난다. 그는 레미제라블에서 다시 풀어 말한다. "신념을 고수하며 혁명에 대한 기대와 희망을 놓지 않는 것 또한 민중의식을 깨우친 혁명의 정신 때문일 것이다." 나라를 통치하고 세력을 잡은 자들은 계속 퇴보하지만 민중의 의식은 시대에 걸맞게 성숙해지고 있다.

1980년대를 전후하여 이 나라는 세계에서 가장 위험한 나라로 연일 매스컴에 소개되었다. 마치 지금의 시리아를 연상할 정도로… 그런 피의 혁명의 땅에서 불과 30여 년 만에 무저항 비폭력으로 도심을 아름답게 장식하며 평화롭게 이어지기를 몇 번째인가? 그래서 세계 역사에 남을 사건이 될 모양이다. 간디라는 개인이 아니라 민중이라는 이름으로….

그러나 대한민국의 오랜 정서가 문제다. 김영삼은 무슨 이유로 전두환과 노태우를 사면해 주었는지. 사적인 관계는 사랑으로 용서할 수 있지만 공적인 자리는 그에 맞는 책임을 져야 한다. 책임 소재를 분명하게 가리고 죗값을 치러야 후임자가 그런 죄를 짓지 않는다. 같은 죄를 반복해서 저지른다는 것은 그만한 죗값을 치르지 않았기 때문이다. 인간에게 타고난 높낮이가 어디에 있겠는가? 권한을 위임하고 위임받았다는 차이일 뿐이다. 막강한 권한을 쥐고 있던 루이 16세도 단두대의 이슬로 사라졌다. 전도자도 매질을 할 때 마음속까지 청소할 만큼 세차게 때리라고 했다. 후임자가 전임자와 같은 짓을 벌인 것은 매질이 약했던 탓이다.

예수까지 들먹이며 사랑으로 용서하라지만 하나님의 인간에 대한 사랑 이전에 공의가 우선이다. 용서를 빌면 용서는 하되 죗값은 반드시 치른다고 했다. 사랑 이전에 공의의 하나님을 두려워하는 것이 먼저이건만….

내려오자고 외치는 지도자 어디 없소?

흔히 박정희 전 대통령이 경제를 성장시켰다지만 그 원동력은 더는 잃을 것이 없다는 국민들의 절박함이었다. 인간에게 가장 두려운 것은 전쟁도 사나운 짐승도 아니라 바로 배고픔이라고 했다. 망국의 설움, 전쟁의 비애까지 느낀 당시의 국민들은 뼛속까지 배고픔을 경험한 세대답게 무엇이든 참아 낼 수 있었다. 그래서 18년 독재에 개인의 인권이 무참히 짓밟혀도 묵묵히 참아낸 힘의 결집이었다. 상식이 있는 누구라도 당시의 국민성을 바탕으로 이 나라를 이만한 반석에 올려 놀 수 있다.

지난 60여 년 동안 앞만 보고 달려와 일차 목표 지점에 도달한 것은 분명하다. 안팎으로 기적이라지만 그만한 이유가 있었다. 온 국민이 일치 단결하여 잘살아 보세를 외치며 달려와 맺은 열매가 그 과정을 말해준다. 그러나 이제는 앞만 보고 갈 수 없게 되었다. 성장기가 있으면 조정기를 거쳐야 하는 경제… 어떤 산도 한 번에 정상까지 오르지는 못한다. 작은 봉우리를 무수히 오르내려야 비로소 큰 산의 정상에 도달할 수 있다. 방향이 바뀌어 더 큰 산을 향한 능선을 타고 먼저 내려오는 것이 순서다. 예상치 못하게 빨리 오른 산이지만 포기하고 찬바람이 불기 전에 내려가야 한다. 어쩌면 60년 동안 올라오기만 했는데 내려간다는 것은 상상조차 할 수 없는 일인지도 모른다. 산이 오르기는 쉬워도 내려오는 것이 어렵다고 했다. 오를 때는 정상을 바라보고 가기에 방향을 잃지도 않고 미끄러져 구르지 않는다. 내려올 때 사고가 많은 것은 허망한 마음에 다리의 힘도 풀리고 눈도 흐려져 미끄러지거나 길을 잃으면서….

이 나라도 민족 중흥의 역사적 사명을 수행하면서 개발도상이라는 과정을 거쳤다. 허허벌판에 개발 논리를 앞세워 말뚝을 박으면 세우는 것마다 돈이 되고 업적이 되던 시절은 끝났다. 모두가 가난해서 서로 나누던 바닥인심은 사라지고 서로 더 가지려 할 만큼 먹고 살기 좋아졌다. 항상 작든 크든 가진 자들의 고민이다. 어느새 이 나라도 가진 나라에 속해 있다는 것이다. 더하여 가진 것에 대한 기대심리가 더 큰 것도 성장

세대의 가치관이다. 그동안의 초고속 성장 과정에서 퇴보라는 것을 아예 잊었는지도 모른다. 그동안 부풀리고 키우기만 하느라 생긴 기형의 버블을 걷어야 할 때가 되었는데 뒤를 잇는 지도자마다 파이를 더 키우겠다고 목청을 돋우고 있다. 성장에만 길들어 온 국민도 선진이라는 봉우리를 향해 먼저 길을 내려가는 고통을 피해가고 싶은지도 모른다. 그래서 아직은 때가 아니라며 서로를 속이고 있는지도 모른다.

여기서 냉정하게 지난 60년을 돌아보자. 예전에는 무엇이든 하면 되는 판이었지만 이제는 계획하는 대로 되지 않을 만큼 나라의 판이 커졌다. 또한 한 사람의 지도력으로 이 나라를 끌고 갈 만큼 국민이 무지하지도 배가 고프지도 않다. 하지만 여기서 나아가지 못하면 급격한 퇴보가 예견되기도 한다. 당연히 우리가 땀 흘려 이룬 이 결과를 후대에 물려주어야 하는 절박한 변곡점에서 앞이 보이지 않는다. 누군가 앞이 보이지 않으면 그 자리에 서 있으라고 한다. 안개가 끼었으면 걷히기를 기다리라고도 했다. 그런데도 성공만을 따라온 세대들은 이런 불확실함도 자신이 살아온 경험을 토대로 극복하려고 한다. 오히려 정체를 무능으로 인정하고 더 앞으로 나아가려 한다. 잘못된 지도를 들고 가는 사람은 반드시 길을 잃는다고 했다. 아무리 능력이 탁월한 사람도 방향이 잘못된 길을 바꿀 수는 없다.

그동안 짓고 세우느라 고칠 틈이 없었다. 아무리 집이 멋지고 크게 보여도 안이 썩고 부실하다면 얼마나 버티겠는가? 여러분을 위해 해 줄 것이 더는 없다고 하면서 내려오는 것부터 하자고 외치는 지도자가 어디 없을까? 60년 동안 쌓기만 하느라 여기저기 곪아 터진 것부터 고치려면 뼈를 깎는 아픔이 있지만 함께 감내하자고 외치는 자는 없을까?

리더는 흔히 성장의 충동에 사로잡히기 쉽다. 성장을 위한 성장은 세상에 자신의 존재를 물리적으로 부각하려는 잘못된 욕구에서 비롯한다. 이런 '성장병'에 걸린 리더가 너무도 많다. 이런 사람들은 돈을 많이 들여 획기적인 사업을 벌여야만 자신의 존재가 부각된다고 생각한다.

엘리자베스 1세는 아버지 헨리 8세와 정반대로 새 건물을 짓는 데 돈을 쓰는 것을 한사코 거부했다. 그녀는 꼭 필요한 보수 작업 외에만 돈을 쓰고자 했다. 양식이 있는 건물주가 대개 그렇듯이. 그녀도 언제나 먼저 견적을 직접 꼼꼼하게 따져보고 난 뒤 비용을 결정했다. 재무대신이 왕실 재산을 보관하기 위해 새 궁전을 짓는 것이 어떠냐는 제안했을 때 엘리자베스는 그럴 필요가 없다고 잘라 말했다. 궁전이라면 이미 그녀의 아버지가 충분히 짓지 않았느냐며.

통치자가 내세우는 공약을 지키느라 국민의 등골이 휜다

먹고살 만하니 대선에 출마한 후보들마다 제각기 거창한 공약을 내건다. 특히 노무현 전 대통령은 서울을 충청권으로 옮긴다는 공약으로 부동표인 충청권 인심을 얻으면서 당선되었다. 의도야 지나치게 수도권으로 편중되는 것을 분산시키려는 것이라 이해한다. 하지만 임기 5년의 대통령이 한 나라의 수도를 옮기는 국가적 과제를 공약으로 내세우는 것은 너무도 무모하다. 더욱이 그것을 임기 중에 밀어붙이는 무책임함은 지도자가 보여주어서는 안 되는 것이었다. 설사 그 공약으로 대통령이 되었다 하더라도 국민의 의견을 다시 묻고 객관적이고 공정한 판단을 내리고 국가 숙원사업으로 전환했어야 한다.

그리고 그의 임기 중에 삽 한 자루를 못 뜨더라도 화두를 던졌으니 국민의 의견을 통합하고 중지를 모으면서 인내심을 발휘하면서 국민 모두가 동참하는 염원의 사업으로 바꾸었어야 한다. 한 나라의 수도를 바꾸는, 역사 이래로 나라의 창업과 견줄만한 거대한 사업인데도 임기 중에 그 공약사업을 완성하겠다는 무리수까지 두었다. 차기 정부에서 손도 쓰지 못하게 서둘러 예산을 집행하여 토지를 매입하고 정착민을 내몰았다. 빼도 박도 못하는 상황을 만들어 놓고 퇴임하면서 그는 혼자 씨익 웃었을 것이다. 혹여 전이가 안 된 그가 국민 모두에게 길을 잃게 하고 떠난 것은 아닐까?

자서전에서 밝힌 그의 어린 시절을 보면 똑똑하지만 가슴에 분노가 많았던 아이였음을 알 수 있다. 남에게 지는 것을 싫어하면서 그로 인해 마음에 상처를 받거나 불이익을 받으면 반드시 복수를 하는 아이였다. 남보다 영특했던 아이들이 철없는 나이에 이렇게 행동하는 것은 충분히 이해한다. 그러나 나이가 들어 자신을 회고하며 그런 사실을 당당하게 써 내려 갔다는 것은 어른답지 못하다고 생각을 했다. 그가 마치 어려서부터 불의를 참지 못하는 아이였던 것을 자랑하는지는 모르지만 인간은 환경에 따라 지도를 바꾸어 그려야 한다. 나이가 들고 보니 그런 분노는 참으로 철없는 짓이라는 것을 부끄럽게 여기건만… 그런데 그는 한나라를 통치하는 위치에서 그때 그 아이의 지도를 그대로 들고 자랑하더니….

나라의 수도까지 옮긴 그가 죽고 없는데 국민들은 그가 남긴 공약을 지키느라 고군분투한다. 그 한 사람의 공약을 지키기 위해 결국 행정부가 세종시로 옮겨갔다. 입법부와 사법부도 서울에 남고 행정부의 수장이 머무는 청와대는 아직도 서울에 남아 있다. 서울과 세종시까지 거리는 간선도로까지 포함하면 2시간은 족히 가야 한다. 특히 국회와 밀접한 업무를 맡고 있는 행정공무원은 수시로 국회에 오려면 시간은 물론 길에서 허비하는 유류비도 만만치 않다. 또한 공직자들이 청와대 회의에 참석하려면 같은 기회비용을 감수해야 한다. 막상 행정부 일부가 옮겨가면서 공직자들의 탄식이 터져 나온다. "장관은 서울에, 사무관은 세종시에, 국장은 길바닥에…" 이런 최악의 효율성에 더하여 대다수 공직자는 가족이 서울에 남고 자기 혼자 가기로 결정한단다. 자식의 공부를 위해 절대 양보하지 못하는 이 나라 민족성이 아닌가. 그래서 이중 살림으로 150∽200만 원의 생활비가 추가된다고 한다.

그래, 그들이 만들고 세운 계획이고 국가 대세라니 백번 이해하고, 간다고 결정되었다면 국민으로서 이해하려 한다. 하지만 이전에 따른 손실과 불편을 최소화하는 시간을 충분히 잡아야 하는 것이 아닌가? 정권이 몇 번 바뀌는 것이 무슨 문제가 되겠는가? 국민적 숙원사업으로 모두가 바라고 기대하면서 가장 효율적이고 가장 아름다운 도시를 만들어 이전한다면 그보다 멋진 일이 어디에 있겠는가?

이어받은 이명박 전 대통령은 서울을 옮긴다는 전임자의 공약사업을 바꾸려 했는데 이번에는 충청권을 의식한 국회의원 박근혜가 반대를 하고 나섰다. 공약은 지키라고 있는 것이라며… 도대체 누구를 위한 공약인가? 나라 살림도 모르고 한 공약이 아닌가? 당선되기 전에 살림 규모도 모르는 섣부른 공약이라는 판단을 하게 되면 자신의 경솔함을 반성하고 겸허하게 번복하는 용기는 없는 걸까? 국민을 위한다면서 국민은 안중에도 없다.

다음은 엘리자베스 1세가 직접 쓴 기도이다. "주님, 제게 말씀해 주소서. 주님의 은총으로 제가 주님의 백성들에게 충직하고 진정한 마음을 실어줄 수 있도록 하시고, 백성들을 신중한 권력으로 다스리게 하여 주옵소서." 이 기도의 내용은 사적인 동시에 공적이라는 점을 주목해야 한다. 권력을 요청한다는 점에서는 사적이지만, 나라와 백성, 국가 사업을 대변한다는 점에서는 공적이다. 다음은 《위대한 CEO 엘리자베스 1세》를 집필한 앨런 액슬런의 말이다. "권력은 리더의 속성으로 행사되지 않는다면 그것 자체로 쓸모가 없으며, 더욱이 신중하게 행사되지 않으면 쓸모없는 것을 넘어 파괴적일 수도 있다. 유능한 리더는 자기가 지닌 권력을 자기의 속성으로 보는 것이 아니라 국민들을 위해 신중하게 발휘해야 할 힘으로 간주한다."

결국 진정한 지도자는 국민을 지속적인 번영으로 이끌고 나라를 꾸준히 발전시키지만 자칫 잘못하면 나라를 파탄까지 몰고 갈 수도 있다. 국민 때문에 나라가 망하지는 않는다. 잘못된 지도자 때문에 나라가 망하는 것이다.

조강지처 마음으로 나라 살림을

이명박 정부 시절, 총리 지명자가 청문회에 나와 당당하게 자신은 형님이 800명, 아버지가 1,000명이라고 자랑했다. 그는 그동안의 인맥을 과시하며 총리직을 수행하는 데 전혀 문제가 없음을 당당하게 밝힌 것이었다. 그 말을 듣고 오히려 가야 할 자리에 대한 인식이 절대 부족한 인물이라는 생각이 들었다.

그가 가려는 자리는 국민의 세금을 걷어 공정하게 관리하는 자리이다. 나랏돈을 관리 집행하는 자리니 오로지 공정에 대한 책임만 있을 뿐이다. 오히려 그런 인맥이 공정을 기하는 데 걸림돌이 될 뿐이다. 인간이기에 그동안 자신을 위해 고생한 사람에 대한 배려를 어찌 피할 수 있겠는가? 이왕이면 모르는 사람보다 아는 사람에 대한 견해에 귀를 기울일 수밖에 없다. 아는 만큼 도움을 많이 받은 만큼 공정하기 어려울 것이다. 또 그는 그 자리에서 멈추지 않고 차기 대권에 염두를 두었다는 소문이 있었다. 그러니 그 자리에서 올랐다고 자기를 키워준 사람들을 홀대할 수 있었겠는가. 어차피 함께 가야 할 운명으로 엮였는데.

그래서 공직자는 외로워야 한다고 했다. 공직을 수행하면서 끼리끼리 몰려다니며 얼굴을 익히고 인기몰이를 하면서 바람을 일으키는 것과 나라 살림을 잘하는 것과 전혀 관련이 없다. 오히려 그런 인맥이 공정성을 기하는 데 걸림돌만 될 뿐이다. 그래서 전 현직 공직자들은 그것을 천직으로 받아들이고 공직에 영향을 미칠 수 있는 단체나 모임은 자제해야 한다고 한다. 얼굴을 익히고 알면 편견도 생기고 청탁을 받으면 거절도 어렵기 때문이란다.

공직에 임한 자는 국민이 낸 세금으로 나라 살림을 일관되게 실행하고 책임지는 역할을 해야 한다. 그런데도 최근 정권이 바뀔 때마다 조직도를 바꾸고 자기 사람으로 바꾸는 정도가 도를 넘었다. 최근 어공(어쩌다 공무원)이라는 용어까지 등장하며 통치자와 함께 연공서열을 파괴한 특혜 공직자가 양산되고 있다. 이런 공직자는 국민을 위한 일을 하는 것이 아니라 통치자를 위한 일을 할 뿐이다. 이제 공직이 중립적으로 나라 살림을 이끌고, 정치로부터 자유로울 만큼 선진화가 될 때도 되었건만 오히려 정치에 더욱 휘둘리고 있는 게 현실이다.

대한민국은 역사적으로 왕과 관료가 대립하면서 나라를 이끌어 왔다. 관료들의 당파싸움으로 나라가 망했다지만 무소불위의 왕의 권력을 견제하기 위한 관료제도가 있던 나라도 흔치 않다. 그런 역사의식으로 인해 대한민국의 경제부흥에 우수한 관료의 역할도 한몫했다. 또한 등용제도를 통해 누구든지 도전할 수 있었다. 그러나 최근 들어 관행화된 관료제도의 병폐를 빌미로 폐지하면서 오히려 신분과 부가 대물림되고 젊은이들은 기회를 잃고 절망하고 있다. 비록 박정희가 일인 독재자라지만 국가를 효율적으로 통치하였고 능력 중심의 공직제도를 정비하며 나라 살림을 꾸려 갔다. 전두환은 자신을 행정의 문외한이라고 생각하는 낮은 자세로 관료에게 전권을 주었다. 각 부처의 장관에게는 조직에서 대통령이 된 듯하라고 당부했다. 마치 애굽 왕이 요셉에게 전권을 부여했듯이.

어느새 공무원 100만 시대. 숫자는 많아졌지만 제 역할을 하는 공직자는 없다. 다음은 어느 경제 부처의 한 고위 공무원의 하소연이다. "30년 공무원 재임 동안 소속 부처가 여섯 번이나 바뀌었는데, 이번에 또 달라지면 일곱 번째다. 앞날이 어찌 될지 모른다는 불안감에 잠이 안 온다."

그는 "매번 조직의 효율성을 개편의 명분으로 내세우지만 오히려 공직사회의 전문성만 떨어뜨리고 정책의 일관성을 저해하는 원인이 되고 있다"고 꼬집었다.

전문가들의 생각도 비슷하다. 한 행정학자는 "지금의 정부 조직 개편은 공직사회를 줄 세우고 길들이겠다는 성격이 강하다"며 "정권이 바뀔 때마다 정부 조직을 뜯어고치는 관행을 언제까지 반복해야 하는지 심각하게 고민해야 할 때"라고 지적했다. 그는 "지금 필요한 것은 '줄 세우기식 조직 개편'이 아니라 '행정부가 권력에 휘둘릴 수밖에 없는 구조'를 고치는 일"이라고 강조했지만 이를 경청하는 지도자는 전혀 없다.

현 정권이 시작부터 공무원 숫자를 늘려준다고 하지만 이제 공직자들은 돌부처처럼 앉아서 정권이 바뀌기만을 기다린다. 전도서에서 말하지 않던가. 사람이 타인을 조종하려다가 스스로 화를 불러온다고….

후대에 빚 안기는 정치인

이제 열심히 살아보자는 구호는 없다. 60년의 짧은 세월 동안에 일구어 놓은 것을 나누어 먹자는 외침뿐이다. 김대중 정권부터 시행된 복지정책이 노무현 정권 들어서서 급격하게 확대되더니 이후에는 자체적으로 가속도를 내고 달려가고 있다. 이제 누구도 통제가 어려운 지경에 이르렀다. 복지를 앞세워 나누자고 외치는 세력들은 대부분 정작 스스로 부를 창출해 보지 못한 자다.

정치란 국민의 세금으로 자기 이익을 구하고 인심을 쓰려는 세력의 집단이다. 그러나 하나님은 구제는 스스로 벌어 부를 축적한 자가 하고 통치자는 공정한 판단만 하라고 했다. 통치자가 되겠다는 자들은 구제에 앞장서면서 나라의 미래를 어둡게 하고 있다. 18대 대선을 앞두고 복지의 모든 것을 정부가 해결하도록 하는 공약이 현기증이 날 정도로 난무했다. 이제 어느 당이 이겨도 지난 2010년에 81조 원이었던 복지지출 규모가 1년 만에 90조 원을 넘더니 이제 복리로 규모가 불어날 판이다.

공공선택학파의 창시자로 불리며 1986년 노벨경제학상을 받은 뷰캐넌은 정부가 예산을 적자로 운영하는 것은 미래를 무시하는 것이라고 했다. 다시 말해서 지금 내가 쓰고자 하는 것은 누군가 부담해야 하는 것인데 그것은 불행하게도 내 후손이 내야 할 빚일 뿐이다. 그래서 뷰캐넌은 정치인들은 정치적인 사업가로 봐야 한다고 했다. 기업인들이 이윤을 극대화하는 것을 목표로 한다면 정치적인 사업가들은 선거에서 승리하기 위해 권력과 능력을 극대화하는 것이 목표다. 선거철만 되면 정치인들은 정부의 예산 낭비, 무분별한 공약, 권력 남용 등을 앞에서 비난한다. 하지만 막상 되고 나면 언제 그랬느냐는 듯이 엄청난 예산이 소요되는 온갖 민생 정책에 찬성표를 던진다.

이런 정치가의 이중성에 대해 뷰캐넌은 의원 개개인의 문제가 아니라 체제적인 요인에 원인이 있다고 한다. 정치가들은 자신을 뽑아준 유권자들에게 정부지출을 늘려주고 세금을 줄여 준다. 그래서 좋을 때도 나라 살림은 흑자를 내지 못한다는 것이다. 또한 나라의 재정적자가 경제에 타격을 주는데도 유권자들이 둔감한 것은 나랏빚에 따른 고통이 간접적이고 분산적이기 때문이라고 설명한다. 반면에 균형예산이나 흑자예산에 따른 고통은 직접적이다. 흑자예산을 달성하려면 세금을 더 내거나 정부지출을 줄여야 하는데 이는 곧바로 국민들에게 고통을 안겨준다. 이에 비해 적자예산은 후대의 빚으로 넘기면 된다.

SOC(사회간접자본) 사업은 설사 실패했다 해도 한계가 있는 단발성이다. 그러나 복지는 한 번 결정이 나면 어느 정권도 되돌릴 수 없다. 이제 어느 정권이든 퍼주기 공약부터 한다. 하지만 퍼주겠다는 정치권을 성토하면서 내 것은 양보하지 못하겠다는 국민 의식도 극에 달했다.

빨리 가기보다는 멀리 가라고 했다. 우리나라와 같은 급속한 발전사는 세계 역사에서 그 유래를 찾을 수 없다는 찬사까지 듣고 있다. 하지만 여기에서 한 단계 더 발전하지 못하면 그 모든 것은 한낱 물거품이 되고 만다. 지도자들은 더 크게 뛰려면 한발 뒤로 빼고 진정 후대를 위한 길이 무엇인지 고민해야 한다.

국민소득 3만 달러 시대에서 방향을 어디로 틀지 알 수 없다. 최근 들어 남미의 경제 상황이 극도로 악화되고 있다. 그들도 한때는 선진국을 넘보며 약진했던 국가들이었다. 풍부한 천연자원까지 가지고 있는 나라들이 정치력 부재로 마냥 나락으로 떨어지고 있는데….

식량 자급자족이 우선이다

내수라 함은 그 나라에서 생산된 것으로 먹고 살 수 있는 지수를 말한다. 그래서 동남아 국가들은 가난하기는 해도 내수가 든든하다고 한다. 날씨가 더워 3모작이 가능하고 과실이 풍성하고 천연자원이 풍족하기 때문에 굶어 죽지는 않는다. 그러나 우리나라는 보릿고개가 있는 나라다. 수출이 끊기면 긴 겨울과 함께 식량 부족으로 굶어 죽을 수도 있는 것이다. 대한민국 경제 규모가 세계 10위권을 넘나든다고 하지만 식량 자급률이 30%도 안 된다. 참고로 호주, 캐나다, 프랑스는 200%가 넘고 공업국인 독일과 스웨덴은 120%다. 대부분의 유럽 국가는 아직도 농업국가다.

최근 농산물 가격이 가파르게 오르고 있다. 제2차 대전 이후로 세계는 그 어느 때보다 풍요로웠는데 최근 들어 지구촌에 식량 고갈이라는 화두가 대두되었다. 곡물가의 급등으로 애그플레이션이라는 용어까지 등장한다. 이 같은 곡물가의 상승 요인은 여러 가지로 분석된다. 중국이나 인도 등의 신흥국에서 경제 발전과 함께 수요가 증가해 수급 불균형이 일어나기 때문이라고 한다. 킹의 법칙으로 농산물 가격은 미세한 수급 변화에도 가격이 급변한다는 특징을 가지고 있다지만 수급 핍박만으로는 곡물 가격이 이처럼 빠르게 급등할 수 없다. 더구나 세계 곡물시장은 소수의 초국적 농산물 복합체가 지배하므로 그 영향력이 얼마든지 극대화될 수 있다.

곡물 가격은 이미 대세 상승기에 접어들었다. 더하여 최근 기사에 따르면, 14억 중국인의 생활 수준이 높아지면서 소고기 수요가 급증하고 있다고 한다. 현재 중국이나 인도는 풍부하게 생산한 식량을 싼값에 나라 밖으로 공급하지만 조만간 경제성장과 함께 자국민의 입이 고급화되면 수출을 할 여력이 더는 없을 것이다. 그러면 헐값에 수입해 먹던 국가의 경제에 치명타를 가할 것이다. 그동안 중국에서 헐값으로 식량을 수입해 먹으면서 자급률도 낮은 대한민국과 같은 나라에.

최근 들어 기후 변동도 심상치 않다. 예측을 불허하는 기후 변화가 식량 수급에 지대한 영향을 미치고 있음을 예고한다. 2차 세계대전 이후로 산업화에 따른 경제 발전과 함께 첨단 농기구의 발명과 다품종의 개량으로 몇몇 극빈국을 제외하면 식량 부족을 염려하지 않은 시대를 살았다지만 무엇보다도 날씨마저 도와준 덕을 본 것이다. 이상 기후 없이 경제가 순탄하게 발전하였다.

2004년 스위스의 천문학자들은 지난 60년간의 흑점 활동이 과거 1150년 중 가장 활발하다는 보고서를 발표했다. 그들은 지구의 기후 변화를 추적한 결과 1645∽1715년에는 극소기(태양 흑점 활동이 비정상적으로 위축된 시기)가 있었음을 밝혀냈다. 이때 템스강이 7월에 얼었으며, 청교도혁명이 일어났다. 종교적 탄압이라지만 결국 배가 고픈 민중의 고통 표출이다.

이후로 흑점 활동이 꾸준히 증가하면서 금세기에 들어 지구의 지속적인 온난화에 영향을 미쳤다고 한다. 지구에 영향을 미치는 태양의 흑점 활동은 고조기와 저조기가 반복되는데 하나는 11년 주기이고, 다른 하나는 88년 주기라고 한다. 천문학자들은 이보다 긴 주기 또한 존재할 수 있다고 한다. 21세기 초 태양 흑점 활동의 변화가 몹시 매우 심했다고 한다. 현재 지구촌은 예전에 경험해 보지 못한 재난이 속출하는 상황이다. 지진이 없는 한반도라고 하지만 최근 들어 진도 5.0 이상의 지진이 심심치 않게 발생하고 있다.

이런 재난 앞에서 인간의 첨단 과학 기술은 그저 무용지물일 뿐이다. 첨단 과학 기술로 인간을 죽지 않게 할 수 있고 로봇을 가장 인간답게 만드는 과학의 발달만이 살길이라고 하지만 미래학자들은 이제 남은 것은 식량뿐이라고 선언한다. 더구나 경제의 방향이 정해지지 않은 상태로 식량에 대한 불안감은 더 커질 거라는 것이다. 그런데 우리나라의 식량 자급률이 50%에도 미치지 못한다는 현실을 직시하고 이를 염려하는 지도자는 없다. 모두들 남은 땅에 건물을 더 짓자는 말만 외치고 있다.

김대중 대통령은 이런 현실을 직시하고 새만금 사업을 추진했다. 보릿고개가 있는 시절에 배고픔을 처절하게 겪은 세대답게 국민이 더는 배고프지 않게 한다는 취지로 시작된 새만금 간척사업. 세계 최장의 간척 사업이 18년간이라는 긴 세월 끝에 드디어 완공되었는데….

새만금, 기억할 만한 지나침

2009년 상상스튜디오에서 발췌한 일부다.

"새만금 간척 사업은 바다를 메워 부족한 농지를 확보하겠다는 단순 명료한 목적으로 시작되었다. 군산 앞바다에서 부안을 잇는 총 길이 33km의 방조제를 축조하고, 그 안에 흙을 메우면 40,100ha에 이르는 엄청난 토지를 얻을 수 있다는 것이 밑그림이다. 농지가 점차 축소되어가는 비좁은 나라의 처지에서 국민을 먹여 살리기 위해 농지를 확보해야 한다는 정부의 기특한 생각은 칭찬받아 마땅한 것이다. 설령 천문학적인 비용이 들어도 진행되었어야 할 국책사업인 것이다. 1991년 11월 공식적으로 간척공사가 시작된 이래, 2006년까지 새만금에는 4개의 방조제와 2개의 배수갑문이 세워졌다. 그동안 정권이 수차례 교체되었지만 '다행히도' 정부 입장은 흔들리지 않았다.

새만금 사업단에서 내놓은 청사진은 미래 지향적이고 역동적이다. '새만금 사업을 통해 우리 국민 한 사람당 2평의 땅과 1평의 담수를 갖게 되었다.' '새롭게 생겨난 토지에는 식량 작물 외에 각종 원예, 사료 작물을 다양하게 재배할 수 있다. 그러므로 낮은 식량 자급률, 시장 개방에 따른 농업경쟁력 확보를 위해 절대적으로 필요한 규모화, 집단 우량 농지가 될 것이다.' 'UN이 정한 아시아 유일의 물 부족 국가인 우리나라에 저수지 200개에 해당하는 10억 톤의 수자원을 확보하여 물 부족 사태에 대비할 수 있다.' '33km의 방조제가 완성되면 군산 간 부안과의 거리를 66km나 단축하면서 섬 지역의 교통 환경을 개선하고,

변산 국립공원 등 천혜의 관광 자원과 어우러져 세계적인 관광권을 형성하여 지역경제를 활성화하는 효과도 크다.'"

그러나 새만금 사업은 1991년 시작부터 지금까지 숱한 반대론에 직면해야 했다. 다름 아닌 새만금 사업의 본질인 '농지 확보'에 의문을 제기하는 것이다. 인터넷 검색창에 '새만금'을 치면 '두바이'를 연상케 하는 구호뿐이다. '농지 확보를 통한 식량 주권 수호'라는 슬로건은 사라진 지 오래다. '세계 간척 역사상 유례를 찾아볼 수 없는 대역사'이며 '인간의 끊임없는 도전이 일궈낸 아름답고 웅대한 세계 최장의 방조제'의 완공 뒤에는 끈적이는 침을 흘리며 아가리를 벌린 괴물이 버티고 서 있다. 그것은 괴물의 카르텔이었다. 저마다 한몫 챙길 거라는 착각의 카르텔, 저마다의 몫을 '더' 챙기려는 과욕의 카르텔, 정치적 기득권을 유지할 수만 있다면 유권자를 얼마든지 속이고, 감언이설로 녹여드리겠다는 선거의 카르텔, 무엇이든 파헤치고 밀어붙여서 개발이익만 내면 된다는 토목·건설의 카르텔.

지식에는 영혼이 없으므로 얼마든지 정보와 논리를 제공하겠다는 매판 지식의 카르텔인 새만금 사업단은 여전히 '새만금이 농업 한국을 이끌어 갈 주역이 될 것'이라고 떠들지만, 이제 그걸 믿는 사람은 아무도 없다. 그걸 믿고 싶은 사람도 없다. 그렇게 해서 당장 눈앞에 '남는 게' 없다는 것을 모두 안다. 때맞춰 정부는 새만금 토지 이용 구상을 발표하고 농지를 대폭 줄이는 대신 산업 용지를 대거 늘리고 총 사업비를 18조 9천억으로 증액했다.

새만금 사업을 이제 와서 돌이킬 수 있다고 생각하는 사람은 몇이나 될까? 본질을 회복하자는 소리는 얼마나 공허한가? 녹색과 고도성장은 함께할 수 없는 가치라는 사실, 삽날에 녹색 물감을 칠한다고 친환경이 되는 것은 아니라는 사실, 거짓은 늘 포장 뒤에 숨는다는 사실, 지금 우리의 판단이 옳다면, 미래도 옳을 거라는 판단은 오만이다. 새만금은 우리가 어떻게 '자연의 삶과 타인의 삶을 파괴하고 도구로 전락하는지를 보여주는 야만의 현장이다. 이럴 거라면 차라리 갯벌을 그대로 두어 생명체나 풍요롭게 할 것을.

터전으로 삼았던 이들을 절망의 나락으로 떨어뜨리고, 이웃들을 원수로 삼게 한 요물로 변질된 이 사업으로 소수가 얻는 것은 무엇인가? 우리 모두가 잃어야만 하는 것이 무엇인지 깨닫게 될 때는 모든 것이 망가져 있을 텐데….

"인간은 단 한 번도 역사에서 교훈을 얻은 적이 없다." 헤겔의 진단이다.

인간에게 가장 무서운 적은 배고픔인데…

김유정(金裕貞, 1908~1937)은 스물아홉이라는 짧은 생애 동안 소설 30편, 수필 12편, 편지, 일기 6편, 번역 소설 2편을 남긴 작가다. 지금까지 김유정 문학에 대한 연구 논문이 무려 360편에 달하는데 이는 그의 문학사적 위치를 단적으로 보여준다. 풍자와 해학으로 일제강점기의 우울한 시대에 새로운 방향과 가능성을 제시했던 천재 작가 김유정. 그런 그가 나이 29살에 배고픔과 병마 앞에 굴복하고 만다. 김유정 생가에는 그가 말년에 친구에게 보낸 편지글이 전시되어 있다. 그 글의 일부 내용은 다음과 같다. "번역이든 무엇이든 돈이 되는 일이라면 해 보겠다. 일단 돈이 손에 들어오면…." "우선 닭을 30마리 고아 먹겠다. 그리고 땅꾼을 들여 살모사, 구렁이를 10마리 먹어보겠다."

불과 80년 전에는 이 땅에서 한 끼 밥을 위해 몸도 팔고 영혼도 팔았지만 기억하는 사람은 아무도 없다. '흰죽 논'이라는 용어도 있는 나라다. 긴 겨울이 끝나고 양식이 바닥날 즈음, 농사가 시작되는 이른 봄에 참지 못해 흰죽 한 그릇과 식구가 일 년 먹을 양식이 나오는 논을 기어코 바꾸고 마는… 우주 정복 시대라 한들, 수조 원 재산을 가진 자도 몇 끼만 굶게 되면 어떨지… 간혹 그런 시절을 살았다고 하면 피식 웃으며 이렇게 대답한다. "라면을 먹지." 마리 앙투아네트가 빵을 달라는 군중에게 쿠키를 주라고 했던 것처럼… 사치스러운 생활로 프랑스의 국가 재정위기를 초래했던 그녀에 대한 국민들의 증오심은 프랑스혁명의 촉진제가 되었다. 배고픈 군중에게 현실 감각이 없는 여왕의 대안이 진실인지 거짓인지 알 수 없으나 현재 우리의 자손도 그녀처럼 굶주림에 대해 전혀 현실감이 없다. 그래서 굶주림을 겪었던 세대는 더 두렵다. 굶주림을 겪어보지 못한 세대에게 지구촌 차원의 굶주림이 올 거라는 예측 때문에 말이다.

18세기 말 영국의 경제학자인 토마스 맬서스는 인구론에서 인구는 억제되지 않을 경우 기하급수적으로 증가하고, 식량은 산술급수적으로 증가한다고 했다. 결국 식량이 인구 증가율을 따르지 못하니 지구 멸망의 원인이 될 거라고 했다. 그에 주장에 의하면 대략 25년마다 두 배씩 증가해 2세기 뒤에는 인구와 생활 물자 간의 비율이 256대 9가 되고, 3세기 뒤에는 4,096대 13이 되며, 2천 년 뒤는 거의 계산할 수 없을 정도로 격차가 벌어질 것이라고 주장했다.

이후로 산업화가 급속히 진행되며 식량이 대량 생산되고 더하여 기후 조건도 아주 좋았다. 그래서 인간이 과학의 발전으로 먹는 것으로부터의 자유를 자신했는지도 모른다. 더하여 세계 경제의 주체인 선진국은 오히려 출산율이 떨어지자 토마스이론이 허무맹랑한 주장이라고 했지만 최근 그의 이론이 다시 부상하고 있다. 그의 주장은 나라라는 개별적인 상황이 아니라 지구라는 전체 인구와 지구에서 생산되는 식량을 대비한 것이다. 그가 주장한, 18세기 인구는 고작 10억 명이었다. 그러나 1940년에는 23억 명, 1970년에 37억 명에서 그리고 2016년엔 74억 명에 다다랐다. 지난 세기 동안 세계 인구가 4배 증가한 것이다. 1억~2억 명이었던 인구가 2억~4억 명이 되기까지는 600년이 걸렸지만 32억~64억 명이 되기까지는 40년밖에 걸리지 않았다.

1992년 이래 인구는 20억 명이 늘어나 올해는 76억 명에 육박하고 있단다. 일부 과학자들은 식량과 환경 등을 종합적으로 분석해보면 지구에서 생활할 수 있는 최대 인구는 80억 명 수준이라고 한다. 이 주장이 사실이라면, 마지노선까지 불과 4억 명 정도 남은 셈이다. 세계의 인구를 인간이 살 수 있는 육지를 균등하게 배분한다면 1㎢당 밀도는 50명이다. 그런데 실제 인구 분포는 굉장히 불균형적이다. 인구 분포를 기후와의 관계에서 분석해보면, 가장 쾌적한 온대에 50% 가까운 인구가 집중해 있다. 대륙별로는 아시아가 36억8000만 명으로 세계 인구의 60.8%를 차지해 인구가 가장 많은 대륙이고, 다음은 아프리카(7억8000만 명), 유럽(7억3000만 명), 남미(5억2000만 명), 북미(3억1000만 명), 오세아니아(3,000만 명)의 순이다. 아프리카는 상승하지만 유럽과 북미는 감소할 것으로 예상된다.

1960년대 인구 증가율이 사상 최대치에 도달했을 때 빈민들이 무턱대고 아이를 많이 낳아서 선진국들을 뒤덮어 버릴 것이라는 세계 종말론이 돌았다. 이제 지구는 인구 과포화 상태를 목전에 두고 인구분포도 밀집되어 있다. 결국 과포화된 빈민가와 대륙을 뒤덮은 초거대 도시들, 질병들과 환경오염, 에너지와 식량으로 인한 혼돈과 폭력 등이 만연한 오늘날 인류의 행보에 대한 선택은 많지 않다.

이런 추세로 간다면 2050년까지 98억 명으로 인구가 증가하면 식량 생산은 대략 70%가 더 필요하다는 게 UN 보고서다. 필요한 식량은 매년 최대 1.75%가량씩 늘어나고 있다. 2100년까지 112억 명이 된다고 한다.

당장 인구 80억 명을 목전에 둔 지구에서 식량 전쟁이 본격적으로 예고되는 징후는 곳곳에서 나타나고 있다. 기후 변화가 인간의 예상을 이미 뛰어넘고 있다. 거기다가 나라의 경계를 허물고 개방화를 추진하던 세계 무역 정책이 순식간에 보호무역으로 전환하고 있다. 변변한 자원도 없고 식량 자급률도 낮은 우리나라는 방글라데시, 대만, 다음으로 인구 밀도가 높다. 국토 대부분이 산인 것을 감안하면 인구가 1/4 정도로 줄어야 유럽 수준이 된다. 그럼에도 들어선 정권마다 저출산이냐 고령화냐 혹은 수도권에 주택 공급이 부족하니 아파트를 더 지어야 한다는 건설의 카르텔에 붙들려 있다.

그동안 20세기를 이끌었던 개발과 번영의 패러다임은 분명 바뀌어 가고 있는데 대비책은 전무하다. 아무리 강한 물줄기라 해도 물길이 바뀌는 시점은 아주 완만하고 천천히 이루어지기에 체감을 하지 못한다. 하지만 일단 물길이 바뀌면 손도 쓰지 못할 만큼 가속도가 붙는다. 그때 모두들 왜 이런 일이 벌어지느냐고 아우성을 치지만 보지 않았을 뿐이다. 먹고 사는 것이 급급한 국민이 볼 수는 없다. 하지만 지도자나 혹은 전문가라 자처하는 자들은 그 미세한 움직임에 항상 예민하게 귀를 열어 두어야 한다. 그래서 지도자가 무엇을 보았느냐가 나라의 운명을 좌우한다.

뿌리 깊은 나무

나랏말싸미

세종대왕은 어리석은 백성이 자기의 뜻을 표현하지 못한다는 생각으로 글자를 만들었다. 언로가 막혀 있던 현실을 생각하며 표현의 자유를 왕이 주도한 셈이다. 왕의 입장에서 국민과의 소통을 위해 글을 만든 것은 세계 역사에 유례가 없는 일이다. 역사상 위대했던 왕들은 힘이 강할수록 그 힘만큼의 기념비를 세운다. 그런 기념비가 지금까지 남아 있는 경우도 있지만 대부분 유실되어 흔적도 없이 사라지는 경우가 많다. 그러나 세종대왕의 문자는 살아 움직이면서 500년이 흐른 지금 대한민국을 가장 강한 나라로 만들어 주고 있다.

이전에는 역사는 반복된다고 믿었다. 그래서 강국은 강국이고 소국은 소국이라고 생각했지만 〈뿌리 깊은 나무〉를 시청한 후 생각을 달리하게 되었다. 대한민국은 바로 한글 때문에 언젠가는 세계 최강국이 될 수도 있겠구나 하는… 한글은 다른 문자처럼 시간과 역사를 따라 자연 발생한 문자가 아니다. 목적을 가지고 만들어진 과학의 언어다. 표음문자인 한글은 세상에 존재하는 어떤 소리도 표현할 수 있는 위대한 언어다.

그래서 현재 이 나라의 발전이 그저 전쟁 전후 세대의 엄청난 노력 덕분이었다는 생각에서 벗어나서 500년 전 세종대왕의 후광을 비로소 받는다고 생각했다. 어쩌면 세종대왕은 이때를 위해 그때 준비했던 것이 아닌가 생각을 해 본다. 현재 대한민국이 아이티 강국이라는 소리를 듣는 것은 순전히 대왕이 만들어 준 한글 때문이라는 생각도 해본다. 통신이 주류를 이루는 현대사회에서 언어의 통일만큼 큰 장점은 없다. 그때 심은 씨앗이 이제 제대로 결실을 보고 있는 것이다.

인생에서 심은 자와 거두는 자가 다르다고 했다. 내 대에서 뿌린 것을 내가 거두지 못하며 다음 대에 거둔다고 했다. 부모가 심은 것을 자식이 거두는 것이다. 지금 내가 성공했다면 전부가 내 노력만은 아닐 거라는 것이다. 그들의 마음속에 간절한 소망이 담겨 오늘의 내가 존재한다.

0.1%의 영감을 가진 지도자가 나라의 운명을 바꾼다 ─────

이명박 대통령은 아주 부지런한 사람으로 알려져 있다. 그는 새벽 5시면 일어나서 활동을 시작한단다. 그리고 본인만큼 열심히 일하는 사람이 없다고 주위 사람들에게 불만을 표시했다고 한다. 하지만 바람직한 지도자는 머리가 좋고 행동이 게으른 사람이라고 한다. 지도자가 몸이 부지런할 이유는 없다. 현장 실무자의 말을 경청하고 바른 판단을 하고 그가 그것을 잘 실천할 수 있도록 힘을 실어주면 되는 것이다.

하지만 아무리 명철하고 지혜롭다고 해도 계시의 비밀을 아는 사람을 당할 수는 없다고 한다. 미국의 경제학자이면서 미래학자인 제러미 러프킨에 의하면 세상은 0.1%의 영감을 가진 사람을 알아보는 0.9%의 사람이 움직인다고 했다.

풍족한 나일강을 끼고 강대국으로 발전했던 고대 이집트가 7년 동안 흉년을 맞이하게 되었다. 그러나 흉년으로 온 땅에 기근이 왔지만 한 사람의 통치로 인해 백성이 굶주림에서 벗어날 수 있었다. 그는 당시 30살 밖에 되지 않는 요셉인데 그는 이집트인도 아닌 이방인으로 어려서 노예로 팔려 와 종살이를 하다가 감옥살이까지 한 청년이었다. 이집트 왕은 그를 전격적으로 총리로 발탁하여 통치의 전권을 맡겼다. 왕은 그런 요셉을 고대문명의 최대국가인 이집트의 총리로 임명하는 이유를 왕이 이렇게 설명했다.

"하나님께서 네게 이 모든 것을 알려주셨으니 너만큼 분별력과 지혜가 있는 사람이 없을 것이다. 너는 내 집을 다스리도록 하여라. 내 모든 백성이 네 명령에 순종할 것이다. 내가 너보다 높은 것은 이 왕의 자리뿐이다."

이집트 왕은 0.1%의 영감을 가진 요셉을 알아본 0.9%에 해당하는 지도자였다. 지도자가 자기 생각으로 바쁘게 돌아다닌다고 나라가 잘되는 것은 아니다. 진정으로 무엇이 나라를 위한 일인지 깊은 혜안을 가진 지도자가 필요한 시점이다.

뽕 방망이로 해결사처럼 여기저기 튀어나오는 두더지를 잡겠다고 행동하기보다는 대한민국이라는 숲을 내려다보는 지도자가 나왔으면 한다. 60여 년 동안 숲은 너무도 무성해져서 어느 것 하나도 쉽지 않은 게 현실이다. 듣도 보도 못한 독초가 많아 건강한 것들을 다 잡아먹는데 어쩌자고 자신이 뽑을 수 있다고 들이대는 것부터 하는지. 유럽의 변방이었던 영국을 해가 지지 않는 나라로 만들었던 엘리자베스 1세도 기도하는 여인으로 유명하다. 또한 로마를 최강국으로 이끈 율리우스 시저도 기도하는 남자라는 것을 아는 사람은 별로 없다.

시저는 동서를 정비하고 본격적으로 제정을 펼치려는 시기에 반대 세력에게 속절없이 살해되었다. 그가 55세의 나이로 그렇게 죽을 것이라고는 아무도 상상하지 못했는데 그는 이미 유언장을 작성해 놓았다. 후계자로 다름 아닌 당시 18세밖에 안 된 조카 옥타비아누스였다. 당시 옥타비아누스는 18세이고 병약하여 그런 대업을 이을 수 있는 인물이라고 생각하는 사람이 전혀 없었다. 심지어 그의 엄마인 아티아도 아들이 그만한 인물이 되리라고는 상상도 하지 못했다. 그러나 옥타비아누스는 당시 실세인 안토니우스를 꺾고 B.C. 27년 원로원으로부터 아우구스투스라는 칭호를 받는다. '아우구스투스'는 존엄자란 뜻이다. 아우구스투스는 로마 유일의 가장 존엄한 자가 된 것이다. 아우구스투스 이후 로마는 200년간 계속 평화를 누리며 발전하였다. 변경의 수비도 견고하였고, 이민족의 침입도 없었으며, 국내의 치안도 확립되어 교통이나 물자의 교류도 활발하였고, 로마제국 내의 각지에서 도시가 번영하여 전 로마인이 평화를 구가했다. 이 시기를 팍스로마나라고 한다.

풍년에 빚을 지다니

　　당시 최강 국가인 이집트의 총리로 발탁된 요셉은 야곱의 아들이다. 12명의 아들을 둔 야곱은 11번째인 요셉을 절대적으로 사랑했다. 그런 요셉을 형들이 시기 질투하던 끝에 애굽의 노예로 팔려 가게 만든다. 그러나 그는 이집트의 총리에 오르고 후일 이집트 국민으로부터 '사브넷바네아'라는 이름으로 추앙을 받는다. 그 뜻은 '생명의 양식을 준 사람'이다. 지금으로 말하면 팔려온 노예 신분이며 이방인인 요셉에게 총리라는 직함도 주고 그런 명칭까지 붙여준 것이다.

당시 이집트는 나일강을 끼고 풍요를 이루며 실패를 모르는 강대국이었다. 그러던 어느 날 이집트 왕이 괴이한 꿈을 꾸게 된다. 같은 꿈을 연이어 꾼 왕은 번민한 끝에 당시의 유명 점술가들을 불러서 해몽을 시켰으나 신통한 답을 얻지 못한다. 그러던 중 옥에 갇혀 있던 요셉이 해몽을 잘한다는 말을 듣고 그를 불러 꿈을 해석하게 한다. 요셉은 왕의 꿈을 듣고 이렇게 대답한다. "온 이집트에 7년 동안 엄청난 풍년이 오고 이후로 7년간 흉년이 오는데 그 흉년은 너무도 지독해서 풍년을 기억조차 할 수 없을 지경이다."

요셉은 왕에게 명철하고 지혜 있는 사람을 택해서 그때를 대비하라고 한다. 온 땅에 감독들을 임명하시고 다가올 7년의 풍년 동안 이 땅에서 추수한 곡식 5분의 1을 거두게 하십시오. 그리고 왕의 권한으로 이 곡식을 각 성읍에 쌓아 놓고 지키게 하십시오. 이 양식들이 7년의 흉년에 대비한 식량이 될 겁니다. 그러면 이 땅이 흉년으로 망하는 일이 없을 겁니다.'

예상대로 7년간의 풍년 후에 7년간의 흉년이 왔다. 총리가 된 요셉은 국민들에게 그동안 쌓아둔 곡식을 방출하기 시작했다. 어려울 때 국가가 비로소 구제에 들어가면서 체제를 정비하는 것이다. 풍요기에 토지가 사유화되면서 빈부격차가 심해지고 양극화가 되었으나, 흉년에 국가가 곡식과 경작할 씨앗을 주면서 토지를 매입하기 시작하는 것이다. 미국은 대공황에 국가가 뉴딜정책을 추진하면서 그냥 주는 복지가 아니라 일자리를 창출하고 노동의 대가로 얻는 실질임금으로 국민들이 살아가게 하는 것이다. 결국 불황기에 호황기에 형성된 거품을 빼고 근면 성실하게 살아가는 근성을 다시 키우게 하는 정책을 국가가 주도했다.

3년간 한국전쟁을 치른 대한민국은 이후 발전을 거듭하여 300배 성장했다. 세계사에 그 유래를 찾을 수 없을 만큼 단기간에 폭발적인 성장을 했다. 이제 국민소득 3만 달러인 선진국을 향한 꿈의 고지에 도달했다. 그러나 정권이 바뀔 때마다 나랏빚은 천문학적으로 늘고 있다. 지도자들마다 국민을 위한다는 허울 좋은 공약으로 60년 동안 온 국민이 생과 사를 넘나들며 피땀을 흘려 모아둔 곡식들을 방출하겠단다. 진정 미래를 생각하는 지도자라면 호황기에 불황기를 대비해야 하는데 호황기에 오히려 빚을 졌으니 이제 닥치는 불황기를 어떻게 대처해 나갈지….

아무리 성장을 할 수 있다고 큰소리를 치지만 이미 방향은 기울었다. 기울어지는 운동장 안에서 죽도록 발을 굴러 봐야 속수무책인데….

그리스와 아이슬란드, 같은 문제 다른 해법

60년 동안 호황만 누려온 대한민국에 호황기가 저물고 있다는 느낌이 든다. 어느 나라든 팝콘처럼 부풀어 오른 개발이 끝나면 급격하게 찾아오는 조정기를 어떻게 극복하느냐가 관건이다. 일본은 1990년부터 시작된 불황이 최근까지 이어지다가 서서히 회복세를 보이는 모양이다. 그러나 우리나라는 이제 시작인 모양이다. 물론 일본과 다르다고 주장하는 사람도 많지만 불황에 대비해야 한다는 박종훈의 글을 실어본다.

"그리스와 아이슬란드, 두 나라는 저금리 시대에 천문학적인 돈을 끌어와 위험한 투자를 일삼았다. 2008년 글로벌 금융위기로 신용경색이 시작되자 한순간에 두 나라의 경제는 나락으로 떨어졌다. 그러나 두 정부의 대응은 너무나 달랐다.

그리스는 파산 위기에 처한 은행과 대기업을 살리기 위해 재정 여력을 모조리 쏟아부었다. 한술 더 떠서 은행과 재벌의 부실투자를 국가가 대신 갚아주는 바람에 오히려 국가 채무가 천문학적으로 늘어났다. 그 결과 극도로 악화된 국가재정으로 인해 국민들에게 고통 분담을 요구하며 복지지출을 절반 수준으로 줄였다. 특히 젊은 세대를 위한 육아 예산과 교육 예산이 가장 먼저 삭감되었다. 가장 왕성한 생산력을 가진 청년들은 부실기업과 부실은행을 대신해 천문학적인 빚을 갚아야 할 처지가 된 것이다. 결과적으로 그리스 청년들은 복지 혜택을 받지도 못하고 앞세대의 빚더미까지 짊어지는 절망적인 상황이 되고 말았다.

아이슬란드도 금융위기가 일어난 직후 3대 은행의 부채 규모는 최소한 2,000억 달러(약 230조 원)로 당시 아이슬란드 GDP의 10배에 이르는 엄청난 규모였다. 이처럼 천문학적인 부실 규모에 당황한 아이슬란드 정부도 대규모의 국채 발행을 통해 공적자금을 조성하여 부실화된 은행에 투입하겠다고 발표했다. 금융위기를 당한 여느 나라처럼 일단 빚으로 위기를 모면하고 그 빚더미를 미래 세대에 떠넘기려는 정책이었다.

그러나 아이슬란드 국민들은 미래 세대를 경제 회생의 제물로 삼으려는 정부의 계획에 분노했다. 거리로 쏟아져 나온 아이슬란드의 시민들은 냄비와 솥을 두드리며 시위를 벌였다. 이른바 '주방용품 혁명'이다. 민간은행이나 기업들이 자신들의 탐욕으로 벌인 투기로 인한 부채를 국민들에게 떠넘기지 말고 스스로 책임지게 할 것을 주장했다. 그렇게 아이슬란드 시민들은 국채를 발행해 조성한 공적자금을 부실은행에 투입하는 것을 절대적으로 반대하고 나섰다.

하지만 당시 금융위기의 주범인 게이르 하르데, 아이슬란드 총리는 국민들이 복지 축소와 국채 발행을 거부하면 국제통화기금(IMF)의 지원을 받지 못할 것이라며 국민들을 위협했지만 다음 세대로 빚더미를 떠넘기지 않겠다는 아이슬란드 국민들의 의지는 단호했다. 결국 성난 시민들에 밀려 하르데 총리는 사퇴하였고, 나라 경제를 투기판으로 만든 은행가와 이를 관리하지 못한 정치가를 비롯한 90여 명이 기소되었다.

이처럼 금융위기의 책임을 철저히 물은 아이슬란드 국민들은 경제위기라는 절체절명의 순간에 청년과 가족복지를 대폭 확대하고 사회안전망을 강화하는 놀라운 선택을 하였다. 실제로 2009년 사회보장 지출은 금융위기 직전보다 무려 36%나 늘어난 3,800억 크로나(3조 1천억 원)로 확대되었다. 그리고 그 예산은 대부분 법인세와 부유층에 대한 증세로 마련하였다. 당시 아이슬란드는 우리나라 경제 관료들이 경제를 망치는 짓이라며 결사반대하고 있는 여러 정책을 총망라한 '정책 패키지'를 단행한 셈이었다.

그 결과 아이슬란드 경제는 어떻게 되었을까? 강화된 사회안전망 덕분에 아이슬란드 청년들은 누구나 직업훈련을 받고 재취업에 도전할 수 있게 되었다. 그리고 재기에 성공한 청년들이 무너져가던 아이슬란드 경제에 놀라운 활력을 불어넣었다. 그 결과 2013년 아이슬란드는 유럽 평균을 훌쩍 뛰어넘는 3.5%라는 놀라운 경제성장률을 달성하였고, 실업률도 유럽 평균의 절반도 안 되는 4.9%를 기록하였다. 반대로 그리스는 결국 2015년 파산을 선고하는 지경에 이르렀다."

나라나 가정이나 잘나갈 때 더 많이 벌어서 성공하는 것보다는 실패했을 때 살아남는 것이 먼저다. 자국의 청년들을 경제위기 극복의 제물로 삼고서 경제가 되살아나기를 기대하는 것은 참으로 어리석은 일이다. 생산성 향상의 주체이자 소비의 기반인 청년들이 힘을 잃으면 그 나라 경제 전체까지 흔들릴 수밖에 없건만….

무공약으로 시작하는 지도자 없을까?

대선 주자들은 하겠다는 정책을 빽빽이 나열하고 반드시 그렇게 하겠노라고 주먹을 불끈 쥔다. 입성도 하기 전에 수십 개의 정책 자문단을 꾸려서 전문가라 하는 사람들을 불러 모은다. 그들은 연일 둘러앉아 현재 통치자가 펼친 정책을 실책이라 몰아붙이고 그들 나름의 논리를 만드느라 선진국 사례도 들이대면서 자신들만이 최고의 정책을 실현하겠단다.

후보자는 전문가라는 자문단이 만들어 준 정책을 일일이 암기하면서 토론회에 나와 실수하지 않으려고 긴장을 한다. 그러면서 나라 살림살이를 하는 데 자신만큼 능통한 사람이 없다는 것을 국민들에게 보여주려고 애를 쓴다. 하지만 정권이 바뀌면서 남이 하던 살림을 이어받는 것이다. 아무리 좋은 정책을 들고 들어와도 먼저 그 집의 살림 규모에 맞추어야 하는 것이 아닌가. 그 집의 자산의 규모는 어떤지, 빚은 얼마인지, 식구들의 성향은 어떻고 일하는 사람들은 정직한지 먼저 알고 계획하는 것이 순서가 아닌가?

그렇다고 전혀 정책을 세우지 말라는 것은 아니다. 들어오기 전에 무엇을 하겠다는 생각보다 큰 틀의 원칙만 가지면 된다. 지도자가 먼저 무엇을 보았으며 그것에 대한 반응을 어떻게 하느냐가 중요하다. 이 나라에서 60년 동안 누적된 문제가 더 많은 현실을 먼저 직시해야 한다. 존

맥스웰은 실패는 문제의 크기 때문이 아니라 그 문제를 취급하는 잘못된 태도 때문이라고 말한다. 국민소득 100달러라는 벌판에 무조건 세우기만 하는 시절이 아니다. 이제 하늘이 보이지 않을 만큼 건물이 빽빽이 들어차 있다. 밖에서 보니 화려한 불빛에 아름답기만 한 줄 알았는데 막상 들어와 보니 문제투성이다. 무너지는 것도 있고 오래된 건물에서는 전염병도 돈단다. 현재 3만 달러에 가까운 소득을 손에 쥐고 더 벌지 혹은 까먹을지 아무도 모른다.

엘리자베스 1세는 주장보다는 창조적인 타협을 하는 지도자였다. 당시 영국의 종교는 구교와 신교의 대립으로 갈등했다. 그래서 엘리자베스는 종교의식을 통일함으로써 국가 통합을 강화하고자 했다. 그녀는 1552년에 승인된 기도서를 사용하라고 통일령과 함께 보수 성향의 가톨릭 신자들을 위한 기도문도 받아들이는 타협을 하면서 이렇게 말했다. "성례를 거행할 때는 사람마다 생각이 제각각 다르죠. 누구의 판단이 최선인지는 신만이 압니다."

목표를 이루는 방법으로 하나의 주장만 독단적으로 내세우는 것처럼 무모하고 어리석은 일이 없다. 지도자는 의견을 내세우는 자리가 아니고 의견을 모아 중재를 하는 자리다. 물론 그 판단도 역시 다 옳다고 할 수는 없다. 그래서 그녀는 기도를 많이 하는 여왕으로도 유명하다. 남의 소리를 듣고 판단을 하기 전에 하나님의 더 큰 소리를 들으려 했다.

그래서 그녀는 지루한 설교를 참지 못하는 것으로 유명하다. 다른 사람이 하나님에 대해 거창하게 말하는 것을 들으니 차라리 기도를 통해 하나님과 경건하게 이야기하는 편이 낫다며 말을 끊어 버렸단다. 창의력을 갖춘 리더들이 대개 그러했듯이 그녀도 지식, 영감, 힘의 근원에 대해서 많은 생각을 했다. 사안이 크면 클수록 그녀의 기도 시간은 길어졌다고 한다.

허망한 미래공약보다는 현재를 보는 지도자 어디 없을까?

대선 주자마다 공약을 마치 기계에서 찍어내듯이 뽑아내고 있다. 정치, 경제, 국방, 교육, 외교 등을 총체적으로 나열하며 어떻게 하겠다고 연일 소리치지만 어느 것 하나 분명하지 않다. 이제 지도자 일인의 생각대로 움직이는 대한민국이 아니다. 삼권이 분리되어 있고 지자체가 실시되는 나라이며 역사를 가지고 나라 살림을 해 온 공무원만도 백만 명에 이른다. 그 밖에 언론은 또 어떤가? 정권이 바뀔 때마다 탄압을 받으면서도 이 나라 역사의 시간을 함께 해왔다. 기업은 정치권력이 개입하지 못할 만큼 세계적인 규모로 확장되었다.

그런데도 지도자들은 들어오기 전부터 스스로 제왕의 탈을 쓰고 국민을 위한다는 자기의 정책을 들이대며 겸손해지겠단다. 이제는 오히려 공권력이 땅에 떨어진 것이 더 문제가 돼서 대통령이 자기 권한조차 행사하지 못한다는 사실을 모른다는 것에 안타까울 따름이다. 그러면서 국민이 낸 세금으로 미래를 위한 먹거리를 찾아 주겠다면서 본인이 하고 싶다는 것은 왜 그리도 많은지.

노무현 대통령이 왜 못 해 먹겠다고 했고 이명박 대통령이 왜 자기 사람에 집착을 했는가? 그만큼 힘이 없었기 때문이다. 그들이 들고 들어온 공약도 제대로 이행하지 못하는 것을 보고도 차기 주자들은 같은 방법으로 들어오려고 하고 있다. 하나님은 네 것만 하라고 그렇게 일렀건 만…. 정치가는 공정하기만 하고 기업가는 많이 벌어 나누고 과학자는 열심히 연구해서 과학의 발전을 주도하고 서민은 하루의 낙을 즐기라고.

그런데도 우리의 대선 주자들은 가설의 비현실적인 공약에 하루 해를 보내고 있다. 실용이라는 이름으로 유권자의 비위를 맞추기 위해 자신의 입장을 수시로 바꾼다. 금융가의 투자자를 만났을 때는 세금 경감 조치를 하겠다고 하고 시민단체를 만났을 때는 사회보장 기금을 증액하겠다고 약속한다. 취업계층은 일자리가 없어 놀고 있는데 아이는 국가가 키워줄 테니 낳기만 하란다. 때론 노동자의 입장을 대변한다고 하고 기업인을 만났을 때는 걱정하지 말라고 다독인다.

하지만 엘리자베스 1세는 1572년 의회 연설에서 다음과 같은 말을 했다. "우리는 외관상 최선이 아닌 실질적인 최선을 바랍니다."

이는 여왕이 발전, 진보, 치유, 성장을 위한 계획들이 의미를 가지려면 현실의 사실과 사건에 적용되어야만 한다고 말하는 것이다. 다시 말해서 가설적인 상황에 이론적으로 적용되는 것은 실효가 없다는 것이다. 그녀는 미래라는 가설적인 상황에 관심이 없고 현재 일어나고 있는 현실적인 상황만을 보고 정책을 끌고 나가겠다는 선언을 한 것이다.

현재는 실제로 존재하지만 미래는 외관상으로만 존재할 뿐이다. 미래에 최선을 바라는 것은 무익하고 쓸모없고 효과도 없다. 최선을 바란다면 모든 것이 존재하는 현재에 행동을 취해야 한다. 엘리자베스의 생각에 따르면 미래에 관해 사고를 하거나 미래에 행동하려는 것은 불가능하며, 오히려 노력의 낭비일 뿐이라 했다. 그녀는 현재에 행동하는 것만이 효율적인 대안이라고 여기고, 현재를 결코 놓치려 하지 않았다.

국민이 분노하기 전에 제발 정치개혁부터 먼저 해라

김대중 전 대통령이 기어코 민주주의 완성을 주장하며 지자체의 씨를 이 땅에 뿌렸다. 임명제에서 선거로 지자체장을 선출하는 것이었다. 이 작은 땅에 미국이라는 거대한 땅에 모여든 이민국에 적합한 통치 방식을 도입한 것이다. 민주주의를 실현하기 위해 고군분투했다는 그는 어느새 땅에 묻히고 그가 뿌린 씨앗은 풀뿌리의 질긴 생명력으로 자체 발전해 온 땅을 갉아먹을 지경이다. 그들의 힘은 처음에는 아주 미약하더니 어느새 중앙정부의 견제 수단을 넘어서서 소왕국의 권력기관처럼 군림하고 있다. 무보수에서 시작했던 지자체 의원도 유급직으로 전환되고, 완장을 찬 그들의 일탈은 주민들로부터 지탄의 대상이 되고 있다.

민주주의를 열망했던 국민들도 이제 독초처럼 자기 이익만 구하는 그들을 위한 선출 방식도 바꾸고 역할을 좀 조정하자고 소리치는데 통치자는 민주주의 국가의 근간인 민의를 대변하는 입법기관의 횡포를 막을 수 없단다. 통치권자는 그런 힘까지 발휘할 수 없단다. 그러면서 자신이 구상하고 있는 국정 운영에 귀를 기울여달란다. 국민이 해달라는 것은 힘이 없어서 못 한다면서 자기가 하고 싶은 것은 한단다. 하지만 국민은 통치권자에 많은 권한을 위임했다. 그래서 국민이 원하는 것을 찾고자 하면 왜 길이 없겠는가? 이유는 두 가지다. 게으르거나 아니면 하고 싶지 않은 것이다.

이렇듯 누구도 그들의 횡포를 막을 수 없으니 이제 이 나라 국민의 적은 북한도 미국도 아닌가 보다. 앉으나 서나 기존 정치인들 싫단다. 당연히 국회의원과 통치자는 한통속이라 국민의 분노는 식을 줄 모른다. 국회가 국민을 대신하는 의회 민주주의의 근간이라고 하지만 더는 민의를 반영하지 않고 자기 이익만 구한다. 불법과 탈법은 극에 달하고, 동네 건달 수준만도 못한 저급한 행태는 갈수록 심해져 아이들 보기 민망할 지경이다. 촛불로 대통령도 자리에서 끌어내린 민족이다. 한때는 국민을 대신하는 의회 민주주의의 근간이라고 했지만 이제 그들은 자신에게 유리한 법만 만들어 정권을 흔들고 불법을 저지르며 좋은 자리만 차지하려한다. 박근혜도 임기 중에 탄핵을 받고 자리에서 내려와 감옥에 있고, 이명박은 임기 중에 저지른 죄로 감옥에 있는데도 국회의원만 여야가 합세하여 천연덕스럽게 제 식구 감싸기를 하고 있다. 이런 일련의 사태를 지켜본 국민들은 정치권에 대한 분노 지수를 높여갔다. 문재인 정권에게 부적격 국회의원을 국민투표로 파면하는 국민 소환제를 강화하자는 여론이 90%에 육박하지만 통치권자는 힘이 없다고 주저한다. 국민을 등에 업고 고민하면 답이 없을까? 배우고자 하는 자에게는 반드시 스승이 찾아온다고 했다.

엘리자베스 여왕은 "어떠한 적이라도 영국민의 증오보다 더 큰 손실을 내게 안겨줄 수 없다. 그러한 불행이 내게 일어나는 것은 죽음보다도 더 두려운 일"이라고 말했다.

그동안 부풀리고 키우기만 하느라 가지치기를 하지 못한 것이 너무도 많다. 막상 좋은 의도로 시작했지만 도중에 왜곡되고 때론 전혀 다른 결과물을 산출하는 것도 많다. 60년 만에 300배가 늘어난 살림살이 아닌가. 앞을 보고 간다고 하지 말고 지금 곪아서 악취를 내는 것을 도려내는 일부터 하자.

그래서 국민들은 썩은 가지부터 도려내라는데 관심이 없다. 과거는 덮고 묶어서 함께 가잔다. 자신들이 그것들을 새롭게 만들어 쓸 테니 믿어 달란다. 그러면서 통합이라는 이름으로 이것저것 다 쓸어 담고 가잔다.

통합이 아니라 협력이다

최근 들어 대선 주자들은 일률적으로 상생의 통합을 하자고 외친다. 그래서 통합위원회를 조직하여 세대 간 통합을 이루자고 한다. 그러나 통합이 살길이 아니라 협력하여 선을 이루라고 했다. 서로를 이해하고 받아들여 새로운 것을 만드는 것이 아니라 각자 자기 영역에서 발달하여 조화를 이루는 것이다. 다시 말하면 몸에 붙어 있는 팔다리나 눈 등은 오로지 자신이 맡은 임무에 최선을 다할 때만 몸이 건강해지는 것이다. 팔이 강하다고 다리의 역할을 빼앗거나 눈이 가장 유능하니 코도 입도 눈으로 통합하면 결국 모두가 죽어 버린다.

꽃은 아무리 화려해도 뿌리가 될 수 없다. 아무리 아름다운 꽃도 뿌리가 잘리면 살 수가 없다. 뿌리가 살아있으면 추운 겨울도 견디면서 봄에 꽃을 피울 수가 있다. 결국 뿌리가 튼튼하지 않고는 어떤 나무도 잘 살 수 없다. 하지만 뿌리는 땅속 깊은 곳에 감추어져 있다. 우리는 땅 위로 뻗어 올라오는 줄기에 붙은 가지만을 바라보며 그 뿌리를 추정할 뿐이다. 그런데도 세상 밖에 나와 있는 가지는 뿌리의 존재를 잊고 있는 것같다. 가지들은 저마다 성장을 뽐내며 아우성을 치지만 그로 인해 나무를 기형적으로 자라게 하고 결국 뿌리까지 약화시키며 공멸하고 만다. 그래서 가지치기를 제때에 적당하게 해 준 나무는 가지에 휘둘리지 않을 만큼 뿌리가 튼튼해지면서 전체의 모습이 부분의 부조화를 가리는 큰 틀의 나무로 완성되는 것이다. 국가는 숲을 가꾸는 정원사가 되는 것이다. 지나친 것은 잘라내고 모자라는 것은 보완하면서 전체라는 큰 틀을 제시해야 한다.

통합은 드러나는 강한 것에 붙어 약한 것은 다 죽이는 것이다. 협력은 작은 것이 모여 전체를 살리는 것이다. 통합은 강제적인 조정이나 협력은 자율적인 조화로움이다. 통합이라는 이름으로 혹은 개발이라는 이름으로 약한 자를 위로 끌어올린다지만 협력이라는 이름으로 강한 자가 아랫자리로 내려가는 것이다. 통합이라는 이름으로 자기주장을 하면서 더 키우려 하지만 협력이라는 이름으로 자기 것을 양보하는 것이다.

엘리자베스 1세는 즉위식 날짜가 다가오자 자신이 통치할 왕국이 통일되기는커녕 사분오열되고 있다는 것을 알았다. 그래서 그녀는 프랑스 대사에게 다음과 같은 말을 했다. "다양한 귀족을 다루기가 힘들고 백성은 변덕이 심하고 언제든 변할 수 있다."

엘리자베스는 국가 관리자들이든 백성이든 자신이 행동하고 느끼는 대로 생각해 주리라는 환상은 결코 품지 않았다. 자신에게 비록 많은 지지자가 있었다 해도 그것에 완전히 마음을 놓지 않고 늘 경계하는 자세와 유연한 태도를 가지려고 했다. 리더는 결코 통일과 조화를 당연한 것으로 여겨서는 안 된다며….

이제 관리가 더 중요하다

칭기즈칸은 짧은 기간에 대륙을 정복한 왕으로 유명하나 단기간에 아주 쉽게 무너진 것으로도 유명하다. 그는 육포를 질겅질겅 씹으면서 말을 타고 질주하면 대륙을 휩쓸고 다니기만 했지 머물면서 통치하는 것을 실현하지 못했다. 결국 앞에서 남고 뒤로는 밑지는 장사를 하다가 망한 꼴이다.

일등을 하기는 쉽지만 일등을 유지하는 것은 어렵다고 한다. 탤런트 김남주 씨가 연기대상 수상 소감을 얘기하면서 여기까지 온 것이 행운이라면 지금부터는 노력이라고 했다. 되돌아보니 지금 이 나라는 60년 전에는 결코 상상조차 해보지 못한 성공을 이루었다. 아무것도 없는 허허벌판에 가진 것이라고는 오로지 잘살아 보자는 구호뿐이었다. 그때 무슨 마스터 플랜이 있었겠는가? 무슨 과학적인 데이터로 통계를 내고 예측지수를 내면서 계획을 수립했었겠는가? 그냥 앞을 보며 달린 것뿐이다. 배고파 우는 자식들을 들쳐 업고 광주리를 이고 떡 장사를 하며 오로지 가난이나 모면하고자 하는 소박한 희망을 품고 죽어라 일만 했는데 대박이 났으니 운이 좋았다는 말밖에….

하지만 작은 성공이 큰 미래를 망친다고 했다. 정말 성공할 것이라는 생각으로 하지 못했기에 대부분 처음에 성공을 거둔 것이다. 가슴 졸이며 성공 확신보다는 성공을 향한 간절한 바람만을 품고 온 힘을 다했기 때문이다. 그런 성공 이후에 더 큰 성공을 향해 나아갈 때는 전혀 다른 자세를 가지게 된다. 거둔 성공에 대한 자만으로 이미 마음속은 당연히 더 크게 성공할 수 있다는 호기로 가득 차 있다. 그래서 남의 말도 듣지 않고 감당하지도 못할 빚까지 쓰면서 부풀린다. 그러다가 실패하면 재기조차 하지 못할 정도로 쫄딱 망하고 만다. 요즈음 유행어처럼 한 방에 훅 가는 것이다.

　유엔의 미래 3대 시나리오 키워드 중에 경제 붕괴 예측이 있다. 앞으로 지속성장은 없으니 소멸과 붕괴에 대비하라고 한다. 최근에 그 예측대로 세계는 불확실한 시대로 급격하게 들어서고 있다. 이런 현실 인식으로 부풀린 공약을 거두고 후대를 위해 허리띠를 동여매자고 외치는 지도자는 없을까? 60여 년 만에 300배 성장을 해 왔다는 현실을 오히려 두렵게 받아들이고, 위기에 대비해야 하는데 그동안 부풀리고 부풀리느라 자식들이나 하인들 단속도 제대로 하지 못했다. 그동안 너무 없이 살아 자식들의 기를 안 죽이려고 알고도 모른 척 한 것도 너무 많았다. 집안 곳곳에 기강이 무너지고 여기저기 패이고 썩은 것은 없는지 이제 돌아볼 때도 되었건만.

　그러나 성장이라는 병이 너무 깊어져 지도자도 국민도 그런 정책은 참을 수 없단다. 지도자나 국민이나 집안 형편은 안중에도 없고 자신의 안위만을 주장하며 손을 벌리기만 하니….

일자리 창출이 아니라 일자리 나누기다

　나라를 이끌겠다는 지도자마다 일자리를 창출하겠다고 한다. 박근혜 정권에서는 아예 이름도 창조경제였다. 그러나 세상이 발달한다고, 혹은 세상의 경제 규모가 커진다고 해서 총량 불변의 법칙이 변하지 않는단다. 통치자들은 저마다 창출이라는 이름으로 경제 규모를 키워야 한다지만 파이는 일정하다. 그래서 커진다고 하지만 가진 자는 더 많이 갖게 되고 가난한 자는 더 많아질 뿐이다.

하나님은 결코 부족함이 없게 이 세상을 창조하셨다. 하나님은 오로지 있는 것을 잘 나누라는 말씀만 하셨다. 부자도 가난한 자도 모두 하나님이 만드셨다고 하신다. 그래서 하나님은 끊임없이 가진 자에게 이렇게 당부한다. "땅에는 항상 가난한 사람들이 있을 것이다. 내가 너희에게 당부하노니 너희 땅에 있는 너희 형제 가운데 궁핍한 사람들에게 손을 펴 도우라. 네가 추구할 때 들에서 곡식 한 단을 잊어버렸거든 그것을 가지러 돌아가지 마라. 추수할 때 흘린 이삭도 줍지 말고 가난한 자를 위해 남겨두어라." 이처럼 가진 자가 가난한 자에게 베풀지 않으면 가난한 자들이 가진 자에 의한 핍박을 하나님께 호소하면 결코 모른다 하지는 않으시겠다고 한다.

약육강식의 정글에 평화가 있는 것은 강한 짐승은 배가 고프지 않으면 절대로 먹을 것을 넘보지 않기 때문이다. 그래서 배부른 사자 옆에서 연약한 얼룩말이 무리를 지어 유유히 풀을 뜯고 있다. 그렇게 큰 것이나 작은 것이나 혹은 강한 자나 약한 자가 어우러져 사는 것이 자연의 질서이다. 하지만 유독 인간만 가진 것에 절대 만족하지 않고 부풀려 또 부풀리어 창고를 채우고도 모자라 후대까지 염려하며 남의 것을 빼앗지만 하나님은 말씀하신다. 그래, 먹고 즐기고 네 창고를 터지도록 채워라. 그러나 오늘 밤 내가 내 영혼을 취하겠다고 해도 설마 그것이 나에게 해당되겠느냐고 비웃으며 채운다. 예수님은 이렇게 말씀하신다. "부자가 천국 가는 것은 낙타가 바늘귀에 들어가는 것보다 어렵다."

정권이 바뀔 때마다 대기업의 생산성을 높여서 일자리를 창출하겠다고 했지만 오너가의 지분율은 점점 늘어나고 돈이 되는 곳이라면 코 묻은 영역까지 잠식한다. 그뿐인가? 재능의 세계에서도 특정인의 독식은 도를 넘었다. 텔레비전만 켜면 같은 얼굴이 각 방송에 겹치기로 출연하는 장면이 수두룩하다. 가수로 인기를 얻으면 연기자도 하고 MC도 하고 광고 모델도 하고 나아가 그 인지도를 활용해서 사업도 한단다. 최근 들어 가족까지 동반 출연하면서 특수를 누린다. 처음에는 신선하다는 반응을 보이던 시청자들이 악플을 날린다. 인간은 배고픈 것은 참아도 배 아픈 것은 못 참는 인간의 본성을 아는지 모르는지….

부를 분배하는 것은 인간에게 주어진 영원한 숙제다. 이 분배를 어떻게 하느냐에 따라 자본주의와 공산주의로 나뉘었다. 자본주의는 이윤 추구를 목적으로 하는 자본이 지배하는 경제체제이고 공산주의는 사유재산제도의 부정과 공유재산제도의 실현으로 빈부의 차이를 없애려는 체제다. 자본주의는 끊임없이 파이를 키운다지만 3F(fuel, food, finance)의 독점과 매점매석으로 빈부의 격차는 점점 더 벌어지고 공산체제에 있던 미얀마는 3모작을 해도 굶어 죽었단다. 현대사회를 이끌며 나름 이상적이었다는 평가를 받는 자본주의는 인간의 탐욕에 가장 적합한 제도라는 이론도 있다.

그저 먹고살 만하면 내려놓는 것부터 먼저 해야 일자리도 창출되고 중산층이 많아지는 선진국이 된다. 독식과 몰아주기를 눈감으면서 국민에게 희망을 주겠다는 지도자도 하나님이 보시기에 결코 아름다운 지도자가 아니다. 부디 분배를 잘하는 통치자가 나왔으면 하는데….

배부르게 하는 공약보다는 부패청산을 더 바라는 민족성이다 ——

나라마다 민족성이 다르다. 오천 년의 역사를 가진 대한민국은 세계사에 이름을 남길 만큼 부강해 본 적이 없고 수없는 외침을 당하기만 했는데 오늘까지 이어 내려온 민족이다. 그 이유가 무엇일까 생각해 보니 가난에 익숙한 민족이다. 비록 가난하지만 행복을 잃지 않았다.

미국 뉴욕 브루클린에 사는 마빈 프리드먼(90) 씨는 6·25전쟁 당시에 자신이 찍은 기록 사진을 공개했다. 최근에 남북 정상회담을 보는 감회가 남달라 죽기 전에 공개하고 싶다는 뜻과 함께. 1952년 3월부터 11개월간 유엔군 교육자문관(Education Advisor)으로 서울에서 근무하면서 찍었던 사진들이다. 그의 사진은 크게 문화재와 아이들로 나눌 수 있다. 첫째, 미술을 전공한 프리드먼 씨는 문화재 소실이 우려되어 사진을 찍어 둔 것이다. 특히 성균관 명륜당, 경기 남양주시에 있는 광릉 등 우리에게 친숙한 문화유적의 전쟁 당시 모습을 확인할 수 있어 사료의 가치가 높다는 게 군사편찬연구소의 설명이다.

둘째, 민초들의 삶이다. 비록 전쟁 중이지만 빨래하고, 나무 지게 지고, 널뛰기하고, 노래하고, 삶은 그렇게 계속되는 사진이었다. 더구나 포화에 무너진 아비규환의 현장이지만 아이들의 천진한 웃음이 아름답기까지 하다. 그 사진을 보면서 한 치 앞을 내다볼 수 없는 지독한 절망 속에서도 결코 잃지 않았던 웃음과 여유가 오늘의 대한민국을 만들지 않았을까 하는 생각이 들었다. 풀 한 포기도 제대로 살지 못하던 폐허의 땅에서 60년 만에 경제대국 10위라는 꽃을 피워낸 저력이 놀랍다.

그렇게 고통과 시련도 견디어내며 국민소득 3만 달러 시대를 일구었지만 막상 국민들은 그만큼 행복한지 묻고 싶다. 전쟁 중에서도 웃었던 국민들인데 아무리 봐도 그 시절의 웃음은 찾아볼 수가 없다. 사촌이 땅을 사면 배가 아프다는 우리나라 속담이 있다. 일반적인 말이지만 민족마다 그 성향의 강약이 있는 것 같다. 개인주의가 강한 서구인은 타인에 대한 비교의식이 덜 하지만 우리나라 사람들은 꽤 강하다. 모두가 배고팠을 때는 내 것도 나누는 마냥 인정스러운 민족인 줄 알았지만 배가 부르고 나니 나보다 더 가진 자를 질투하는 마음이 강하다는 것을 알게 되었다. 아마도 우리나라가 오천 년 역사가 흐르는 동안 크게 부흥하지 못한 이유는 질투하는 마음으로 독식하는 자를 추종하지 않기 때문인지도 모른다.

이제 오천 년 역사상 처음으로 선진국으로 진입하는 길목에 서 있다. 남의 나라의 지배를 받다가 해방되었지만 전쟁의 참상을 겪고 폐허가 된, 동방의 작은 나라가 단기간에 고속 성장했다. 반도체, 조선 철강, 자동차, 어느 것 하나 빠지지 않는 세계적인 수준에 올라 있다. 얼마 전까지만 해도 나라 밖으로 나가면 천국 같았는데 이제는 내 나라만 한 곳이 없어 서둘러 돌아온다. 더구나 정치적으로 후진국이라는 시선도 촛불시위로 갈아 치웠다. 그런데 개인은 행복하지 않다고 자살률이 세계 1위라는 오명을 쓰고 있다.

이제 우리의 본성을 알게 되었다. 바울은 "사람은 부(富)한 데도 빈(貧)한 데도 처해봐야 자기를 안다"고 했다. 상대주의가 강한 민족성으로 경쟁의식이 강해서 오히려 부해질 때 민심이 이반하는 경향이 있다. 그래서 우리나라는 예전부터 관료의 부패를 가장 경계했다. 초가삼간에 보리밥만 먹어도 공의가 살아있으면 살 수 있는 민족이다. 그래서 대한민국 국민은 선비 정신으로 공의와 정의를 제일로 치는 것은 시대정신이 아니라 뿌리 깊은 민족성인 것 같다.

이번 정권이 적폐 청산을 부르짖고 성공한 이유이기도 하다. 김영삼 전 대통령을 시작으로 들어선 민주정권이라지만 부패는 더 심해진 것을 체감한 국민들은 부패 척결에 대한 열망이 더욱 간절하다. 현재 70년대 학번이 주류를 이루는 보수층도 당시는 독재정권에 저항한 진보세력이었다. 그렇게 독재에 저항했던 세대도 박정희 향수에 매몰되어 보수가 되어버린 아이러니한 이 나라 현실이다. 차라리 일인 독재자였지만 덜 부패했다고 믿는 것이다.

그만큼 부패 척결에 대한 열망은 시대적 요청을 뛰어넘어 이 나라 국민의 DNA에 뿌리 깊게 박힌 본성이다. 그래서 이 정부가 다른 공약은 지키지 못해도 이 공약만큼은 반드시 지켜준다면 역사에 남는 정권이 될 것 같다. 촛불시위로 인해 정권을 무너뜨리고 현재 전직 대통령 둘이나 감옥 신세를 지고 있다. 이런 나라가 세계에 유례가 없다는데 시작부터 썩은 자들을 등용시키며 차기 정권을 염두에 둔 횡보가 염려스럽기만 하다. 더구나 당수라는 사람이 나와서 20년 정권을 잡겠다는 발언을 서슴없이 해댄다. 유권자인 국민을 무시하면서… 20대 국회의원 선거에서 야권이 압승하리라고는 정권을 잡은 여당도 야당도 결코 예상하지 못했다. 물론 당시도 집권당은 압승하리라는 자신감으로 온갖 꼼수를 동원했었는데….

공정한 사회를 바라는 젊은 유권자의 마음을 사로잡아 시작된 정권인데 벌써 그 나물에 그 밥이라는 한탄의 소리가 거리로 흘러나온다.

우리나라에 적합한 복지를 찾아서

정치가마다 요람에서 무덤까지 책임을 지겠다는 유럽식 복지 공약을 들고나온다. 복지정책을 가장 이상적으로 운영하는 나라들은 대부분 북유럽 국가들이기 때문이다. 그래서 지도자들마다 북유럽 복지정책을 벤치마킹하여 그대로 실현하겠다고 한다. 그러나 대부분의 북유럽 국가는 일단 인구가 천만을 넘지 않는다. 땅은 넓은데 서울 인구 정도의 국민을 관리하기에 체계적으로 그리고 철저하게 관리할 수 있다. 자본주의 경제 체제를 유지하지만 분배만큼은 사회주의에 가깝다.

우리나라 사람들의 경우 사회주의를 공산주의라고 생각하는, 부정적인 인식이 강하다. 자본주의는 자유 민주주의라고 인식한다. 그러나 능력별 자본주의는 인간의 탐욕을 채우기에 가장 적합한 제도라고 말한다. 국제구호단체인 옥스팜은 세계경제포럼 제44차 연차총회에서 충격적인 조사 결과를 발표했다. 세계에서 가장 부유한 85명이 전 세계 70억 인구의 절반가량에 해당하는 가난한 사람들과 맞먹는 부를 소유하고 있다고 했다. 그러면서 "21세기에 전 세계 인구의 절반이 열차 객실 하나에 다앉을 정도라는 사실은 충격적"이라며 "선진국에서의 부의 불평등은 민주주의를 저해하고 후진국에서는 부패를 조장한다"고 말했다. 이처럼 부의 편중 현상이 심각해지면서 자본주의의 한계에 도달했으며 조만간 붕괴될 거라는 것이다.

복지가 잘된 유럽 국가의 고소득자들은 살인적인 세금 징수율 때문에 살 수가 없다고 불평한다. 돈을 벌어 봐야 소용이 없다는 생각이 들 만큼 세금에 시달린다. 그러나 국민소득에 비하여 유럽인의 삶이 소박한 이유도 결국 그런 제도에서 오는 반작용이다. 수단과 방법을 가리지 않고 부를 창출해 봐야 손에 쥐는 것이 별로 없으니 자연히 인생 자체를 즐기며 개인의 행복에 충실한 이유가 된다. 인격이 성숙해서라기보다는 공정한 제도에 대한 적응기전인지도 모른다. 기업인은 번 만큼 나누고, 국가는 공정하게 불로소득을 차단하면 선진 유럽인처럼 작은 것에 행복을 느끼며 살 수 있다.

그런 제도의 뒷받침으로 유럽의 복지가 비교적 이상적이라는 평을 받지만 미국은 그런 복지를 실천하지 못한다. 인구가 많아 실현할 수 없기 때문이다. 그 대신에 개별 복지를 추구한다. 극빈층만 철저히 선별하여 국가에서 관리해주고 나머지는 기업이나 가진 자가 기부하는 형태로 운영되는 것이다. 미국은 대부분 기업가가 문어발식 기업 확장을 하며 자식에게 부를 물려주겠다기보다는 사회에 환원하겠다고 선언하는 것이 전통처럼 이어지고 있다. 아마도 청교도 정신에 바탕을 둔 미국인의 뿌리 깊은 의식이 실현되는 것이리라.

버핏은 돈을 잘 벌기도 하지만 돈을 '잘 쓰기'로 유명하다. 지난 한 해 버핏이 세계에 기부한 금액은 31억7000만 달러다. 자신의 재산을 모두 사회에 환원하겠다고 밝힌 버핏은 2006년부터 현재까지 약 275억 달러(약 30조 원)를 기부했다. 앞으로도 그만큼의 재산을 사회에 더 내놓을 계획이란다. 더욱 놀라운 것은 그 많은 돈을 기부하면서도 생색을 내지 않는다는 점이다. 그는 기부금 대부분을 교육·문화·예술 사업에 집중적으로 지원하는 빌&멜린다 게이츠 재단에 맡겼다. "사회공헌 활동은 나보다 게이츠가 더 잘하기 때문"이라는 이유로. 게이츠는 버핏의 뜻에 따라 주로 청소년 교육과 인재 양성 등 미래를 준비하는 데 쓰고 있다.

이처럼 버핏과 게이트 외에도 미국의 갑부들은 사회공헌에 적극적이다. 페이스북의 CEO인 마크 저커버그도 딸 맥스의 탄생을 기념해 전 재산(630억 달러)의 99%를 기부하겠다고 선언했다. 지난해 이들을 제치고 세계 1위의 갑부로 올라선 제프 베저스 역시 사회 환원에 적극적인 의지를 보였다.

국민의 의식 전환이 먼저다. 유럽식인지 아니면 미국식인지 상황에도 맞지 않는 이상적인 잣대로 혹여 국민들을 돌아오지 못할 길로 인도하는 것은 아닌지… 국가도 통제가 어려울 만큼 몸짓이 불어난 공룡기업의 유휴자산을 기부 형태로 유도하고, 국가는 철저하게 저소득층으로 관리하는 것은 어떨지?

같은 방법으로 다른 것을 기대하다니

아인슈타인의 말이다. 같은 방법으로 다른 것을 기대하는 것은 어리석다고… 흔히 실패한 사람들이 방법에 문제가 있다고 생각하기보다는 열심히 하지 않았기 때문이라고 생각한다. 그래서 다시 시도할 때는 실패한 방법으로 더 열심히 노력한다.

촛불이라는 거대한 민초들의 함성으로 대통령이 자리에서 내려오고, 기대를 모아 탄생한 정권인데 또 같은 길을 가는 것은 아닌지… 나 역시 문재인에게 한 표를 행사했던 유권자였다. 부디 내 결정이 틀리지 않기를 기대하지만 왜 자꾸 같은 길이 보이는지… 물론 아직 끝이 아니라며 기다려 보라지만 어느새 임기 중반에 접어들었는데… 이제 정말 그들이 주장했던 열매를 맺을지 기도하며 기다려 볼밖에… 그저 늙은이의 지나친 염려로 끝나기를 바라면서.

교수님, 무엇하시는 분인가요?

문재인 정권 초대 정책실장인 장하성은 대학교수 출신이다. 경제학책을 썼지만 학자로서 학문적인 연구가 아니라 대중적이고 주관적인 지식으로 나라 경제에 대해 갑론을박하면서 인지도를 높였다. 또한 시민단체에서 활동하면서 기업의 불공정성을 개선해 보겠다고 소액주주를 자처하고 나섰다. 대한민국 선도 기업의 소액주주가 되겠다면서 십수 년을 모은 우량 주식이 경기 호황기를 타고 값이 수십 배로 뛰었다. 그러더니 정부가 바뀌었다고 대한민국 정책을 관장하는 최고(?)의 자리에 입성했다. 졸지에 공직자가 되었기에 백지신탁에 따라 사 놓은 주식을 팔아서 현금화를 했단다.

학생을 가르치는 교수의 본연은 학문을 연구하는 것과 제자를 양성하는 것이다. 남들보다 큰 비용을 치르고 공부를 했으면 세계적인 경제학자들과 어깨를 겨누고 그에 걸맞은 역할을 해야 한다. 〈뷰티풀 마인드〉는 천재 수학자 존 내쉬의 생애를 담은 영화다. 1992년 노벨경제학상을 받을 때까지 정신질환까지 걸리는 고통을 겪었지만 정상을 회복하고 학계에 한 획을 그은 사람의 이야기다. 영화에서 보면 그의 개인 삶은 초라하기 그지없었다. 그는 학자의 월급으로 살았으니 부의 창출은 없다지만 그의 제자들은 그의 학문을 통해 부를 창출할 수 있는 잠재 재원이고, 또한 남다른 삶으로 영화라는 매체를 통해 수많은 일자리를 만들어 주고 그것을 보는 사람들에게 감동을 주었으니 그로 인한 경제효과는 엄청난 것이다. 그가 하나의 기업이 된 셈이다. 세상에 금과 귀한 보석이 많지만 지식을 말하는 입이 가장 귀한 보물이라고 솔로몬은 '잠언'을 통해 말했다. 그런 지식을 올바르게 쓰지 못하면 후일 어떤 평가가 나올지?

세상이 좋아졌다고 나름 능력을 가졌다는 자들이 이 역할, 저 역할을 바꿔 맡으면서 능력을 과시하고 있다. 특히 지식을 가지고 제자를 양성하며 제자들의 길을 터 주어야 할 학자들이 정치권과 결탁해서 공직자가 되는 후진국형 폴리페서가 국민소득 3만 달러 시대에 오히려 늘고 있다. 후진국에서 민도가 낮아 학자가 정치에 참여한다지만 현재의 대한민국은 고학력자가 차고 넘치는 나라다. 그런데 일자리를 창출한다는 정권이 능력 있는 전문가를 찾아 적소에 앉히기보다는 65세 정년이 보장되는 교수들을 어김없이 대거 공직의 자리에 입성시켰다. 전 정권에 대해 쓴소리를 주도했다는 이유인지 혹은 애당초 현 정권과 같은 편이었는지는 모르나 다른 어떤 정권보다 오히려 학자 출신이 많다.

그런데 정권 출범부터 야심 차게 추진한 부동산 정책이 오히려 역행하며 가격이 천정부지로 뛰자 책임자인 장하성 정책실장은 이렇게 말했다. "모든 국민이 강남에 살아야 할 이유는 없다. 저도 거기 살고 있기 때문에 말씀드리는 것이다." 자못 놀랍다. 듣는 국민의 한 사람으로서 어떻게 해석해야 할지 한동안 고민하게 만든 말이다. 분명한 것은 부동산이든 주식이든 대박을 터트린 사람임에는 틀림이 없다. 정권교체 이후에 그가 소유한 아파트는 천장이 어디인지 모르고 오르고. 그가 소액주주를 위한다는 명분으로 샀던 주식을 공직자라는 이유로 매도한 시점이 최고점이었다. 이후 주식은 속절없이 떨어지니 결국 개미에게 넘긴 꼴이다.

부동산이 속절없이 오르자 정책을 주도하는 자들이 대부분 강남 아파트를 소유하기 때문이라는 민초들의 철없는 소리에 '모든 국민이 강남에 살 이유가 없다'고 하지 말고, 그가 공직을 덥석 받으며 주식을 팔 때처럼 강남의 부동산도 폼나게 팔았더라면… 청와대에 입성하는 자 중에 개인 재산이 최상위권이라던데… 재산 형성 과정을 보니 부모에게 물려받은 것 같지 않은데 개인의 능력으로 절대로 모이지 않을 만큼… 그만한 재산이면 강남 집 한 채 판다고 크게 흔들릴 입장도 아니건만… 만일 그랬다면 집 없어 고통받는 민초들의 메마른 마음에 한 줄기 빛처럼 느껴졌을 텐데.

가진 것이 없고 배운 것이 없이 낮은 자리에 앉아 사는 사람에게 마음을 비우라는 힐링이 들꽃처럼 번지고 있다. 그리고 높은 자리에서 있는 사람이 그런 사람에게 다가와 어깨를 껴안고 눈물을 흘리면서 기죽지 말란다. 자기들이 곁에 있다며. 그리고 낮은 자리에서 그들과 동참했다고 스스로 선행상을 받을 자격이 있단다. 그러나 누가복음에서 당시 지도자가 예수에게 와서 자기의 선행을 자랑한다. 간음도 살인도 도둑질도 하지 않고 부모에게 효도도 했다고. 그러자 예수께서 말씀하신다. "부족한 것이 하나 있다. 네 재산을 다 팔아 가난한 자에게 나누어 주라. 그래야 하늘의 보화를 얻는다." 그러자 그 지도자는 망설이며 돌아섰다.

정책이 아니라 정서로 국민들을 행복하게 해준다고 했으면서…

이번 정부가 쏟아내는 대책에도 불구하고 특정 지역의 아파트값은 멈추지 않고 오르기만 한단다. 있는 돈으로 그 지역의 아파트를 사 놓았더니 자고 나면 억 단위로 오른다니… 일 년 동안 열심히 번 돈이 3천만 원이 안 되는 서민으로서는 이제 근로소득으로 제집 마련하는 것은 아주 요원해졌다. 이런 시대를 살고 있는 젊은이들은 스스로 3포 세대라고 하는데 시급을 몇천 원 더 올려준다고 해도 삶의 자세가 바뀔 것 같지는 않다. 그래도 현 정권은 이런 젊은이들의 아픔을 해결해 주겠다고 등장하면서 대통령부터 서민의 눈높이를 낮추겠다고 했다. 그래서 대통령이 취임하고 제일 먼저 비정규직 노동자에게 달려갔다. 전 정권의 무능과 잘못된 정책으로 인해 상처받은 사람들을 위로해 주겠다고. 대기업 위주의 정책을 편 정권 때문에 공룡처럼 커진 대기업의 부당한 횡포에서 벗어나게 하여 인간답게 살게 해 주겠다며….

그러나 억 단위로 오르는 부동산을 바라보는 서민의 상대적 박탈감은 점점 커지고 있다. 더는 일할 의욕을 잃고 전 국민이 부동산에 촉각을 세우며 저마다 예측을 쏟아내자 서민들은 더욱 좌불안석이다. 빚을 내서라도 사야 하나? 그러나 가진 자들은 더 오를까 봐 절대 팔지 못하며 가지지 못한 자들에게 능력이라며 시기 질투하지 말라고 한다. 그러나 가지지 못한 자는 시기 질투하는 마음으로 '폭망' 하기를 기다린다. 서로를 향해 쏘아대는 저주가 전쟁보다 더 잔인하다. 그러면서 혹시 통치자가 이런 억울함을 해결해 줄줄 알고 매서운 겨울바람을 맞으며 광장에 나가 촛불까지 들었건만… 어찌 된 일인지 임기를 꽤나 채웠는데 전 정권보다 상황은 더 나빠지고 있다. 그래서 서민들의 댓글이 줄을 잇고 있다. '강남에 아파트 가진 니들이 부동산 떨어뜨린다는 것 절대 못 믿어. 그러니 니들부터 강남 집 팔고 떠나.'

최근에 고위 공직자의 거주지가 부동산 가격 폭등의 진원인 강남 3구에 30% 이상 몰려 있다고 한다. 그래서 분노한 서민들이 차라리 강남 부동산 소유자를 아예 공직 기준에서 배제하라고 아우성이다. 사실 개인 사유권이 있는 나라에서 그런 주장을 하는 서민도 그저 말도 안 되는 몽니라는 것도 알고 있다. 그러나 이 정권은 스스로 내세운 정의가 서민의 정서를 채워주겠다고 하지 않았나. 열심히 일했지만 삶은 전혀 나아지지 않고 고작 60년 만에 금수저니, 흙수저니 하면서 신분이 고착화된 이 더러운 세상, 바꾸어 주겠다고 하지 않았나. 그러면 정책 입안자가 과감하게 자기의 귀한 것을 던지고 정책을 입안했다면 정서에 약한 국민들이 어떻게 반응했을까?

서민은 약자다. 그들은 세상이 커진다고 해서 큰 부자가 되지 않는다는 것도 안다. 강남 부동산을 팔게 하겠다는 정책 입안자가 제 것부터 먼저 팔면 진정성을 느낄 수 있는 것이다. 누가 알겠나? 핑곗김에 더 오를 거라는 강남 아파트를 서민이 요구하는 대로 폼나게 팔고 나와 후일 손뼉을 칠지. 장하성이 주식을 판 것처럼 그때가 고점일지. 모든 것은 반드시 끝이 있다. 세상의 모든 것은 세력과 심리의 싸움이다. 이제는 물건의 가치보다는 세력과 심리만 남아서 샅바 싸움을 하는데… 부동산 망국병은 이제 정책으로 해결하기에는 고질병이 되어 어떤 정책으로도 바꾸지를 못한다. 자체적으로 폭락하기 전까지는. 산이 깊으면 골이 깊다고 하지 않던가? 그들의 싸움에 서민들이 마음의 상처를 입고 자칫 상투를 잡을까 염려된다. 이때 팔 수 있는 자만 할 수 있는 특권인데… 그저 집은 사는 곳이라는 의식으로 바꾸면서….

　2018년 3월 기사다. 투자의 귀재 워런 버핏 버크셔 헤서웨이 회장은 세계 최고의 부자로 꼽히지만 실제 삶은 평범하기 그지없다. 고향인 오마하에 있는, 지금 같은 갑부가 되기 이전인 1958년에 3만 달러를 주고 산 2층짜리 단독주택에서 60년째 살고 있단다. 포브스지에서 그를 2010년 기준으로 세계에서 3번째 부자로 선정하였다. 그런 그가 한 주택에서 60년을 살았다니….

　흔히 집을 둘로 나눈다. 하우스와 홈이다. 하우스는 하드웨어만 있는 사물의 개념이다. 그러나 홈은 따뜻함이 흐르는 인격의 개념이다. 생활이 안정된 서구 유럽인들은 대부분 집과 평생을 같이 한다. 그래서 자식이 장성해도 집을 떠나도 부모들은 그 방을 그대로 보존하고 자식들의 성장기를 추억처럼 간직한다. 그래서 집도 인격의 개념으로 가꾸고 사랑하며 평생을 함께하는 것을 종종 본다. 집을 인격처럼 대해야 명당이 되고 후손에게 복을 내려준다지 않는가. 그 어떤 명당도 내가 죽는 그날까지 사랑하지 않으면 결코 명당이 되지를 못한다. 그래서 명당은 정해지는 곳이 아니라 만들어지는 곳이다.

비정규직이 대세다

문재인 대통령이 취임하고 나서 제일 먼저 한 일은 인천공항의 비정규직을 정규직으로 전환한 것이다. 그러나 비정규직을 사회적인 약자로 인정하고 감성적인 자세로 받아들이기에 세상은 급격하게 변하고 있다. 정년을 보장받는 안정된 직업을 가지고 사는 것이 인간이 바라는 가장 이상적이라지만 세계는 비정규직이 대세다. 그런데 유독 정부 차원에서 정규직을 고집하는 것이다. 미래 지향적이 아니라 과거 회귀가 국가 주도로 이루어지는 셈이다. 그런 깜짝 이벤트를 바라보는 청년들도 구태의연한 쌍팔년도 발상이라고 한다.

유엔에서는 미래 세대들이 평균적으로 13번 정도 직업을 바꿀 것이라고 전망했다. 그들은 남들이 인정하는 전문직으로 평생을 보장받아온 베이비부머 세대와 전혀 다른 경제시스템에 적응하며 살아야 한다. 미국은 1980년대 이후로 대부분이 비정규직으로 조직이 개편되었다. 능력별 이동이 자유롭다. 그래서 자기의 가치를 찾아 이동하면서 연봉을 높이는 것이 한 직장에 오래 있는 것보다 인센티브가 많다고 한다.

미국에서 공부를 마친 지인은 뉴욕에 있는 소기업에 입사했는데 어느 날 출근하니 사장이 해고를 통보하더라는 것이다. 그래서 짐을 싸서 바로 옆에 있는 사무실에 재입사를 하고 점심을 먹으러 가는데 엘리베이터에서 전임 사장을 만났단다. 그런데 둘은 마치 아무 일도 없었던 것처럼 인사를 하고 헤어졌단다. 해고가 쉬우니 취업도 쉽다. 미국에서 간호사로 취업한 친구는 여러 병원에서 시간제로 근무한다고 한다. 가정 살림을 하면서 필요한 시간에 필요한 시간만큼 일을 하니 자유롭다고 한다. 미국은 1990년대 초반에 불어 닥친 불경기에 대처하고자 해고와 고용을 쉽게 하는 시스템을 정착시켰다.

우리나라에서도 IMF 외환위기를 거치며 정년 보장보다는 해고와 재취업이 자유로운 비정규직을 제도화하려 하였지만 20여 년이 지나도록 정착되지 못하고 있다. 오히려 정규직과 비정규직이 양분되면서 갈등만 양산되는 형국이다. 현재 우리나라에서는 정규직을 위한 노사 문제가 아니라 정규직과 비정규직 간의 힘겨루기 양상이 더 커 보인다. 말은 비정규직을 위한 투쟁이라지만 정규직이 비정규직에 대한 우월의식으로 인한 갑질 문화가 형성되어 있다. 그럼에도 정규직 노동자가 비정규직 노동자를 위해 투쟁하는 이상한 모양새다.

나라마다 위기가 찾아온다. 제2차 대전을 승리로 이끌고 경제호황을 누리던 영국도 한계에 이르기 시작했다. 먹고살 만하면 언제나 등장하는, 세력화된 계파 간의 갈등과 부패다. 이런 혼란과 갈등을 겪다가 1979년의 선거에서 보수당이 결정적인 승리를 거둔다. 그리고 대처가 영국 최초의 여성 총리가 되었다. 대처는 긴축재정을 실시하여 물가 인상을 억제하였다. 근무 기간에 따른 연공서열제도를 폐지하고 능력 중심의 성과제도를 도입하였으며 무능력자 및 부패 혐의자는 무조건 해임·파면

하는 등의 정책을 실시하였다. 정부의 규모를 축소해 각종 세금의 낭비를 줄였고, 장기간 이어진 석탄 노동자와 철강 노동자 파업을 진압하고, 주요 국영 기업을 민영화했으며 사회 복지 대상자의 심사를 엄격히 하고, 복지 혜택을 감축했다. 그래서 영국인들은 대처가 당시 영국병을 과감하게 고쳐준 '철의 여인'이라고 말한다.

분명 대한민국도 병에 걸린 것 같은데… 곪아 썩는 것을 치료하려면 먼저 도려내는 아픔을 참아내야 하는데… 나도 아프다고 고통스러운 표정을 지으며 감정만 잡아 봤자 상처 치료는 안 될 텐데… 촛불로 정권을 임기 중에 무너뜨린 위세로 정권을 잡았다. 그러나 시작부터 비정규직이 아프냐며 공항으로 달려가 정규직으로 바꾸어 주었다는 대통령. 그것으로 해묵은 정쟁이 해결되었다고 생각했는지 모르겠다. 국민은 깃털처럼 가벼운 대통령보다 60년 동안 썩은 것을 도려낼 테니 고통에 동참하자는 대처와 같은 통치자를 바라는 것은 아닐는지….

창조론자라는 이유로?

중기청 장관에 임명된 사람이 종교 때문에 임명이 취소되는 것을 보았다. 중기청은 말 그대로 획기적인 아이디어를 가진 젊은이들이 창업할 수 있도록 돕는 국가 기관이다. 문재인 정부의 초대 중기청 장관 후보로 지명된 박성진이었다. 그는 창조론자라는 게 문제가 되어 낙마했다. 공직의 요건인 투기나 위장 전입의 전력이 없음에도 단순히 국민 정서와 맞지 않는다는 이유로. 공직자로서의 심각한 결격 사유가 있고 능력이 의

심되는 자들의 임명을 강행하던 통치자도 그의 지명을 단숨에 철회했다. 이번 정권의 청문회를 무시하는 행태는 전 정권의 정도를 이미 넘어섰고 청문회를 통과하지 못한 장관에게 당당하게 임명장을 수여하면서 청문회에서 받은 상처까지 어루만져 주기도 했다. 반대했던 국민들이 틀렸음을 느낄 만큼 능력을 발휘하라고… 임명자를 신임하기 이전에 반대하는 국민에게 앙심을 품은 듯한 느낌까지 받게 한다.

다윈의 진화설은 과학이고 창조학설은 마치 기독교인들이나 맹신하는 허무맹랑한 주장이라고 국가 차원에서 단정 짓는 것이다. 생명체는 환경 변화에 따르며 진화된다는 것은 누구도 반문하지 않는다. 그러나 원숭이에 가까운 유인원이 현재의 인간으로 진화되었다지만 그 유인원은 어떻게 생겨났느냐는 의문이 남는다. 그저 우연히 생겨났다고 하기에는 세상은 너무도 정교하게 움직인다. 학설은 진실이 아니라 그저 가설일 뿐이다. 그래서 과학을 탐구하다 보면 결국 한계를 느끼게 되고 신학으로 결론을 맺는다. 도저히 사람의 능력으로는 알 수 없는 과학적 탐구를 한 끝에 신을 믿게 되는 과학자도 많다.

성경에서 말하는 천지 창조를 허구라고 단정 짓지 말고 모른다고 하는 것이 옳다. 인간은 자신이 모르면 틀렸다고 주장한다. 차원이 다른 세상에 대해 한낱 인간이 무엇을 안다고 하는지… 세상은 차원이 다른 세계다. 한 방향으로만 움직이는 지렁이는 사방으로 돌아다니는 2차원의 바퀴벌레를 보면 신이라고 생각한다. 그러다가 위로 점핑하는 메뚜기를 보면 바퀴벌레는 무조건 신이라고 생각한다. 2차원에서 부지런히 움직이는 개미를 3차원에서 내려다보는 사람의 존재를 어떻게 느끼겠는가? 여름날 개미 무리가 커다란 음식물 덩어리를 옮기는데 돌멩이가 앞을 가로막아 당황하고 있을 때 무심히 바라보던 사람이 돌을 옮겨주면 그날 개미 마을에서는 '산이 옮겨지는 기적을 봤다'며 난리가 났을 것이다. 인간이 하나님이 있다, 없다를 논하는 것이 마치 개미가 인간이 있다, 없다를 논하는 것과 무엇이 다를까?

창세기에 하나님이 천지를 창조하는 과정이 자세히 나와 있는데 그것은 거짓이고 빅뱅설로 지구가 탄생했다는 것이 사실이라는 것은 누가 증명한단 말인가? 다윈의 진화론이라는 학설을 복잡하게 설명하지만 그건 그저 개인의 학설일 뿐이다. 그것을 믿고, 안 믿고는 개인의 선택일 뿐이다. 더구나 종교의 자유가 있는 나라인데… 또한 세상은 과학의 발달과 함께 무한하게 열린 세계로 가고 있건만….

인류 역사를 보면 기독교를 믿는 국가에서는 과학의 발전이 눈부시다. 유대인은 어릴 때 무조건 성경부터 배운다고 한다. 기독교 영성가인 C.S. 루이스는 《기적》에서 성경에 나오는 기적 사건은 전혀 가상이 아님을 논리적으로 설명한다. 특히 어려서부터 하늘에 무수한 별과 달, 그리고 해를 보며 상상력을 발휘했다고 한다. 그런 그는 제2차 대전 이후로 실의에 빠진 사람들에게 《나니아 연대기》를 써서 희망을 주었다. 과학의 발전은 그런 미래를 향한 상상력에서 시작된다. 일반적인 사람들은 상상하지 못하는 만화 같은 허구를 믿는 자가 공직자가 될 수 없다고 밀어내는 우리나라가 있다면 지금도 전 세계 수많은 철학자나 과학자가 그 신비를 연구하고 답을 찾으려고 한다.

미래학자들이 이제 우주 개발 시대라고 한다, 지구의 자원이 바닥을 드러내고 인류는 자원을 찾아 우주로 눈을 돌린다고 한다. 불과 한 세기만에 세상은 천지개벽할 만큼 과학이 발달했다. 성경에서 나오는 기적을 연출하는 SFX 영화나 드라마가 쏟아져 나온다면 이미 인간의 마음에 그런 상상력이 있기 때문이다. 성경에 기록된 수많은 기적을 일으키는 하나님을 믿으면 인간도 그런 상상을 하며 실현하려고 한다. 하나님은 인간에게 지식을 주며 번성하라고 하셨다. 다시 말하면 계속 발전하는 문명을 이루라는 것이다. 거기다가 하나님과 교통하는 영도 불어 넣어 주셨으니 하나님의 뜻에 합당한 문명을 이루라고 하셨건만….

결과론을 추적하는 다윈의 진화론을 믿으면 인간의 사고는 진화되지 않는다. 영의 지배를 받는 인간의 지식에 확장성을 주면서 세상의 신비를 더 알아가라고 이미 창세기에서부터 써 놓으신 것이다. 모방은 곧 창조로 이어진다. 선진국이 되려면 선진국을 탐구하고 그들의 역사를 이해하고 따르면서 우리의 것을 만들어 가야 하는 것은 아닌지… 현재 선진국이라고 불리는 나라 대부분은 기독교를 믿는다. 이 시대의 최고의 지도자라고 불리는 메르켈도 기독교당 소속이다.

중기청은 젊은이들의 상상력으로 새로운 산업에 진입하는 스타트 업을 지원하는 부처인데….

삼권이 분립된 나라인데

유은혜가 현 정권에서 임명하는 교육부 2기 장관이란다. 보통 장관도 아니라 사회 부분을 관장하는 부총리란다. 운동권 출신의 여성이란다. 임명권자는 그녀가 교육계를 개혁할 엄청난 능력자라며 두고 보란다.

교육부가 대한민국 교육을 망친다는 것은 전 국민이 알고 있는 사실이다. 그래서 반드시 개혁이 필요하다는 것은 누구나 공감한다. 조직을 바꾸는 방법은 두 가지다. 하나는 외부에서 들어가 조직을 와해하고 새롭게 만드는 혁명이고, 또 다른 하나는 기존 조직을 변화시키는 개혁이다. 개혁에는 내부 조직을 잘 아는 자가 절대적으로 필요하다. 만일 혁명 수준의 개혁을 위해 외부자가 들어갈 때는 누구도 반기를 들지 못하는 인물이어야 한다. 오랜 관행을 깨뜨리고 세계적인 축구팀으로 거듭나게 한 히딩크처럼 말이다. 히딩크가 고질적인 조직의 병폐를 없앨 수 있었던 요인은 다른 어떤 것보다 연륜이다. 그래서 그가 비록 외국인이라도 아버지 같은 카리스마가 있었기에 대표팀 선수들이 복종을 했을 것이다.

우리나라의 관료 조직은 왕을 견제하는 제도로 자리매김해 오며 역사를 이끌어 왔다. 관료 조직의 역사가 상당히 오래되었지만 부작용도 만만치 않다. 바뀌는 정권마다 개혁 1순위로 꼽았지만 누구도 하지 못했다면 설익은 외부 인물에 전혀 동요하지 않는 조직일 것이다. 통치자는 정치인이 아닌 행정부 수반이다. 누구보다도 100만 공직자의 위상도 생각해 주어야 하는데….

부총리를 하겠다고 온갖 변명을 늘어놓는 유은혜 청문회를 바라보며 문득 강금실이 생각났다. 아마도 강금실이 법무부 장관에 임명되던 날 검사들의 자괴감은 엄청났을 것이다. 물론 검찰 개혁이 공약 사항이라지만 기를 눌러서 가야 하는 조직이 있고 기를 살려서 가야 하는 조직이 있다. 나름 최고의 엘리트를 모아둔 관료 조직이기에 그에 걸맞은 위신도 세워주며 개혁을 해 나가는 것도 통치자의 능력이다. 나라가 망한 것도 아니고 조직이 완전히 썩은 것도 아니다. 애써 찾으면 서로에게 인정을 받는 개혁 인물을 찾을 수 있을 텐데….

자리에 적합한 인물을 찾는 것이 통치자의 의무다. 링컨은 관료를 자주 바꾼 것으로 유명하다. 추천을 받아 선임했지만 실제 업무 실행 능력이 미흡하면 곧바로 바꾸었다는 것이다. 문재인 대통령은 한 번 신임한 사람은 절대 바꾸지 않는다며 좋은 인간성을 강조하지만 지도자는 측근에게 좋은 사람이 되어서는 안 된다.

이제 대한민국에서 관료의 기개는 사라졌다. 통치자가 바뀔 때마다 제 입맛에 드는 사람을 지명한다. 심지어 이명박은 관료 자리를 매관매직하기까지 했다. 그렇다고 관료가 사라지는 것도 아니다. 그들이 임명한 장관의 임기가 고작 2~3년이고, 통치자의 임기가 5년이니 그 기간에 참으며 복지부동하면 된다. 공직자는 눈알만 굴리며 세월 가기를 얼마든지 기다릴 수 있다. 민주당 정권이 들어서며 연예인처럼 등장한 장관이 어디 한둘인가? 장관이 가문의 영광이라고 한 치의 빈틈도 없도록 하겠다고 나서지만 그런 장관들은 지금은 어디서 무엇을 하는지 모르겠다. 굴러 들어온 돌은 누가 무어라 해도 굴러 온 돌일 뿐인데….

윤은혜가 국회 청문회에 나와 연신 입가에 미소를 띠는 모습을 보니 문득 윤진숙이 생각났다. 박근혜 정권 당시 해수부 장관에 임명된 윤진숙에 대한 자격 논란으로 나라가 온통 시끄러웠다. 임명자는 흙 속의 진주라는데 청문회에 임하는 그녀는 도대체 공직자로서의 위엄은 없고 맡을 직책에 대해 알아야 할 기본 지식에 대한 질문에도 당당하게 모른다며 커다란 입을 활짝 벌리며 웃었다. 그때 현재 민정수석이 "이게 나라냐?"라고 분노하면서 SNS에서 박근혜 정부를 질책한 바 있다. 그래도 윤진숙은 국회의원은 아니었다.

대통령제는 삼권 분립 제도를 기반으로 하고 있다. 입법, 행정, 사법이 엄격하게 분리되어 상호 간의 견제가 우선이기 때문이다. 그러나 내각 책임제는 국회의원이 내각의 각료로 임명되는 데 무리가 없다. 대한민국은 엄연히 삼권이 분리된 대통령제인데 문재인 정권은 2기 내각에서 무더기로 국회의원을 각료로 임명하였다. 초대 내각에서 시간이 촉박하니 청문회를 피해 갈 요량으로 국회의원을 내각 각료로 임명하는 것까지는 이해하려 했다. 하지만 중반기에 이런 무리수를 계속 이어나가는 것은 처음 이번 정권이 처음이기에 묵과할 수 없다. 삼권 분립까지 위반하며 국민을 무시하면서 무엇을 기대하는지 모르겠다. 윤은혜 그녀도 분명 국회의원 선거가 다가오면 서둘러 자리를 뜨려 할 텐데… 장관이 자신의 경력이나 쌓으려는 자리가 되어 있다. 어쩌다 나라 꼴이 정치권에 휘둘려 이 지경이 되고 말았는지?

빚진 자가 없는 통치자의 시대

최근에 블룸버그가 미국의 차기 대권에 도전하려고 신발 끈을 다시 맨다고 한다. 그는 블룸버그통신의 창업자로 억만장자이지만 2001년 뉴욕 시장으로 선출되어 3선까지 하며 정치력을 검증받았다. 세계의 정치사는 또 다른 패러다임으로 변해가고 있다. 트럼프를 위시하여 경제활동으로 돈을 벌어 본 기업인의 정치 참여가 시작되고 있다.

자기 돈을 쓰면서 정치를 하겠다면 그만큼 독선에 대한 부작용도 생기겠지만 그동안 계파 간의 지분 경쟁으로 이어져 온 기존 방식의 한계를 인정하는 것인지도 모른다. 정치에 드는 천문학적 비용을 모으면서 그만큼 빚을 지면 막상 통치자가 되더라도 운신의 폭이 넓지 않으니 차라리 돈에서 자유로운 자가 통치자가 되겠다는 건데… 사실 돈 자체가 나쁜 것은 아니다. 단지 돈이 어떻게 쓰이냐는 것에 따라 달라질 뿐이다. 썩은 곳으로 몰리면 더 썩게 할 것이고 살리는 곳으로 간다면 살리는 역할을 할 것이다.

오늘날 대한민국 정치가 이렇게 썩은 것도 돈이 모두 썩은 곳으로 흘러 들어 가기 때문이다. 노회찬도 결국 돈 때문에 그런 길을 택한 것인지도 모른다. 3선이라지만 순탄치 못한 국회의원 시절을 겪으며 경제적인 압박에 시달리자 그 적은 돈에 흔들리고 말았다. 노무현 전 대통령도 돈, 박근혜도 돈, 이명박도 돈, 돈, 돈… 그래서 당선이 되어도 빚진 자에게 자리를 주려 하고, 퇴임한 후에도 체면에 손상되지 않는 삶을 살고 싶어 부정하게 되는 악순환이다.

이번 정부도 야심차게 적폐를 주장하며 청빈한 이미지를 주려 하지만 재수까지 해서 잡은 정권이다. 그만큼 딸린 식구도 많고 정권 창출에 빚진 자가 많아진 셈이다. 대선에서 승리한 초기에는 기쁨에 취해 서로 얼싸안고 형님 먼저, 아우 먼저 하면서 기다렸지만 정권 중반에 접어들면서 계파 간에 자리다툼이 본격화되는 모양이다. 서로에게 비수를 꽂으면서 자기 사람에게 집착한다. 이미 국가가 관장하는 크고 작은 자리에는 앞뒤 분별없이 완장을 차고 입성하고 있다. 물론 어려울 때 고생한 동지들이니 자리를 주고 싶은 것은 당연하다. 이왕이면 자기 사람이 관리하기도 수월하고 더구나 다가올 국회의원 선거를 위한 자금도 필요하니….

이 나라 정치사를 돌아보니 온통 빚진 자들뿐이다. 문재인은 노무현에게 빚진 자이고, 박근혜는 박정희에게 빚진 자이고, 이명박은 CEO에서 재벌이 될 만한 돈 자체에 빚진 자이고, 노무현은 386세대에게 빚진 자이고, 김대중은 지역주민에 빚진 자이고, 이제는 빚진 자가 아닌 지역, 돈, 세력 등으로부터 자유로운 대통령이 나와야 할 텐데….

그래서 안철수를 기대했는지도 모른다. 어차피 주식으로 대박을 터트렸으니 국가를 위해 그 돈을 써보겠다고 하면 어땠을까? 정몽준도 대권에 욕심을 부릴 당시 현대중공업의 주가가 40만 원을 호가했었다. 주식 일부를 팔아 돈으로부터 자유로운 정치를 했으면 이 나라의 오늘은 어땠을까? 그런데 둘 다 돈에 집착했다는 후문이다. 비록 남보다 월등하게 가진 돈으로 나라 정치를 건전하게 해보고자 하는 마음보다 권력으로 돈을 더 벌어 보겠다는 욕심이 아니었는지…?

부자와 가난한 자와 차이는 하나뿐이란다. 가진 것에 만족하면 부자이고 아무리 돈이 많아도 더 벌어야겠다고 하는 자는 가난한 자란다. 최근에 홍콩 배우 주윤발이 8,100억 원이라는 재산 전부를 기부하겠다고 해서 세상 사람들을 화들짝 놀라게 했다. 그는 검소한 생활이 몸에 배어 있는데 사람들은 그가 한 달 생활비 11만 원으로 산다는 얘기를 듣고 더 놀랐다. 세상 바꾸어 보겠다고 끼리끼리 몰려다니지만 세상은 바로 이런 한 사람 때문에 바뀌어 나가는 것이 아닌지. 남보다 능력이 있어 혹은 복을 받아 그런 기회가 온 사람이 많은데 아직은 때가 아니라고 핑계를 대다가 어느 날 속절없이 세상을 뜨는 것은 아닐는지….

바츨라프 하벨의 통치이념

'프라하의 봄'은 1968년 체코슬로바키아에서 일어난 민주자유화운동이다. 이 운동을 막기 위하여 불법 침략한 소련군이 개입함으로써 성공하지는 못했다. 이후 1989년 11월 체코슬로바키아 국민은 다시 비폭력 민주화 투쟁을 전개했다. 이른바 '벨벳혁명'으로 그 출발은 미미했으나, 억눌렸던 시민들의 자유와 권리에 대한 요구가 들불처럼 번지자 공산주의 정권은 결국 손을 들고 말았다. 마치 우리나라 촛불시위처럼 말이다.

바츨라프 하벨은 '프라하의 봄'이 한창이던 그때 공산당의 권력 독점 체제에 대응하는 대안 정당의 필요성을 주장한, 젊은 극작가였다. 이후 그는 연극을 하면서 체제에 저항하고, 75년에는 '프라하의 봄'을 짓밟았던 후사크 대통령에게 공개서한을 보내고 인권 침해에 대한 '77헌장'을 주도하다 국가전복죄로 4년간 옥살이를 한다.

당시 체코인을 감동시킨 '77헌장'은 진리 자체에 관심을 둔 것이다. '77헌장'의 선언문을 기초한 파토츠카는 진리란 살아가는 실천 행위를 끊임없이 심화해 가는 과정이라고 했다. 한 번 주어지고 마는 것은 물론 특정 지식이나 정보도 진리가 아니라고 했다. 하벨은 이런 사상을 기초로 진리란 스스로 생각하는 도덕적인 삶이라고 주장했다. 실천이 기본인 지식은 삶을 벗어난 추상의 세계를 확대 생산하는 것이 아니라 구체적인 삶의 행동과 그로 인한 삶의 역동성을 요구한다. 그러면서 왜곡된 진리로 인해 인간의 참모습을 잃고 살아가는 현대인에게 끊임없이 경종을 울린다.

하벨은 기본적으로 정치하는 사람들이 추악하기 때문에 정치가 추악하다고 했다. 정치는 곧 인간의 문제로 인간의 선과 악을 그대로 반영한다고 한다. 결국 정치인이 어떤 성향이냐에 따라 역사가 바뀐다고 한다. 그가 본 정치는 인간의 도덕적 자질에 있다고 한다. 도덕 가치에 삶을 연결시키는 것을 정치의 의미로 보았다. 다시 말하면 정치란 목적의 순수성과 고결한 행동이 수단이 되는 도덕의 바탕 위에 서 있어야 한다고 한다.

그러나 현실과 도덕, 어디에 더 큰 무게를 두어야 하는가에 대한 딜레마는 여전히 남아 있지만 결국 도덕을 무시하는 현실 정치는 옳지 않다고 한다. 그는 정치가 100% 정직해야 한다고 주장했다. 그는 많은 저서를 집필하면서 지성인에 대한 책임을 강조했다. 지성인은 끊임없이 의문을 제기해야 하고, 세계의 비참함을 증명하고, 독자성으로 선동해야 하고, 보이지 않으나 버젓이 행해지는 모든 압력과 조작 행위에 저항해야 하고, 체제와 권력과 그 비법에 대한 최대 회의론자가 되어야 하고, 그에 따른 허위를 증거해야 한다고 주장한다. 그는 현세대를 바라보는 지성인에게는 문명이 품고 있는 질병을 치유하려는 헌신적인 태도와 도덕의 고삐에서 벗어나 함부로 날뛰는 방종의 정치에 고삐를 죄여 새로운 정치의 지평을 열고자 하는 강한 의지가 있어야 한다고 한다.

그는 대통령이 된 후에도 밤이면 청바지 차림으로 광장에 나와 국민들과 토론을 하였다. 그는 국민과 직접 대면, 소통하면서 100% 진실만을 말할 것을 약속했다. 거짓 뉴스가 난무한다면서 뒤로 숨기보다는 국민과 직접 소통하는 하벨과 같은 대통령은 없을까? 하벨이 통치하던 1995년 체코의 실업률은 3.3%로 유럽 최저였으며, 인플레율도 10%로 중앙 유럽 국가 중 최저였다. 박식한 지식과 균형 잡힌 이념을 가진 하벨은 훌륭한 통찰력으로 정치사에 길이 남는 인물이 되었다. 그는 2011년 12월 18일 타개하였다.

우리나라의 촛불혁명과 같은 벨벳 혁명으로 무혈의 정권교체를 이룬 그는 대통령이 되어 체코와 슬로바키아를 분리 독립하는 과정까지 통치력을 발휘하였다. 공산국가에서 민주국가가 되고. 나라를 나누어 분리 독립하는 혼돈의 과정을 아주 순탄하게 풀어나갔다. 그의 임기가 끝나는 2003년까지 국민들은 그의 통치력에 절대 신뢰를 보냈다. 1996년 그의 아내가 세상을 떠났을 때 전 재산을 기부해서 국민들의 심금을 울렸다. 평소에도 대부분의 월급을 소외계층을 위해 써왔다. 그래서 퇴임 후 생계를 걱정하는 기자들의 질문에 이렇게 대답했다. "작가로 돌아가 글을 쓰면 됩니다."

그의 퇴임 행사는 텔레비전을 통해서 방영된 5분짜리 연설이 전부였다. 마지막 그의 말이다. "제가 실망시킨 국민, 저의 행동에 동의하지 않았던 국민, 그리고 저를 미워했던 국민에게 진심으로 사과드립니다. 용서하십시오."

다음은 바츨라프 하벨의 1990년 신년 기자회견 중 일부이다.

◆

"지난 40년 동안 여러분은 매년 똑같은 이야기를 들었습니다. 비록 그 형태는 달랐어도 우리는 모두 행복하고, 정부를 신뢰하며, 찬란한 미래가 우리 앞에 펼쳐져 있다는 말을 들어 왔습니다. 저는 여러분이 그와 비슷한 거짓말을 듣고자 저를 대통령으로 뽑은 것이 아님을 잘 알고 있습니다. 우리나라는 확장 일로에 있지 않습니다. 오히려 그 반대입니다. 우리나라는 이제껏 노동자를 능멸하고 착취해 왔습니다. 조상 대대로 물려받은 우리나라 전역이 황폐화했습니다. 그러나 이런 것은 아무것도 아닙니다. 가장 심각한 문제는 우리가 도덕적으로 깊은 병이 들었다는 것입니다. 아무도 믿지 말라고 배웠으며 그러면서 자라왔습니다. 주변에는 전혀 관심을 가지지 말고 오로지 자신만을 위하여 살도록 배워왔습니다. 그런 가운데 사랑, 우정, 긍휼, 겸손, 용서와 같은 개념을 어디에서도 누구에게도 찾아볼 수 없게 되었습니다.

나는 오늘날 우리의 희망적인 상황, 두 가지 새롭고 중대한 원천을 가지고 있다고 생각합니다. 첫째, 인간은 절대로 물질적이고 외적인 세계의 산물이 아니라 초월적인 하나님과 연결시킬 수 있는 영적인 존재입니다. 둘째, 그런 인간적이고 민주적인 전통은 우리의 무의식 어디엔가 잠들어 있습니다. 우리나라는 강대국에 둘러싸인

작고 연약한 나라이지만 시저가 지배하는 나라가 아니라 예수님이
지배하는 나라입니다. 그러므로 우리나라는 항상 유럽의 영적 교차
로 역할을 해 왔습니다. 이제 우리가 다시 이 영적 교차로 역할을
해 보는 것은 어떻겠습니까?"

나는 아우슈비츠 강제 수용소에서 어떤 사람들은 성자처럼 행동하고,

또 다른 사람은 돼지처럼 행동하는 것을 보았다.

사람은 내면에 두 개의 잠재력이 있는데, 그중 어떤 것을 취하느냐

하는 문제는 전적으로 그 사람의 의지에 달렸다.

인간은 아우슈비츠 가스실을 만든 존재이자 또한 의연하게 가스실로

들어가면서 입으로 주기도문을 외울 수 있는 존재이기도 하다.

빅터 프랭클의 《죽음의 수용서에서》

3장

스스로 존귀하다 하신 하나님의 형상을 닮은 인간

하나님의 형상을 닮은 인간

존귀한 자의 모습

사람에게는 많은 욕구가 있다. 먹고 입고 즐기려는 기본 욕구를 넘어선 소유욕, 지적 욕구, 창조 욕구, 지배 욕구 등등. 인간은 생애 동안 수많은 욕구를 실현하기 위해 노력한다. 사실 그 모든 노력은 인간답다 혹은 다른 사람과 다르다는 소리를 듣고 싶기 때문일 것이다. 죽기 전에 어떤 사람이었는지 평가를 받고 싶다면 아마도 존귀한 자라는 소리를 듣고 싶을 것이다. 2018년 방영된 드라마 〈미스터 션샤인〉에서 남자 주인공의 이름이 '유진'인데 그 의미가 고귀하고 존귀한 자란다. 그런 자에게 하나님의 축복이 있을 거란다.

존귀에는 구별이라는 의미도 있다. 창조되는 과정마다 심히 보기에 좋았다고 하신 하나님의 마지막 작품인 인간. 이 인간에게 하나님은 자신의 형상을 닮고 다른 생명체에게는 없는 자신과 소통하는 영도 불어넣어 주셨다. 그런 인간에게 하나님이 바라는 것을 바로 존귀한 자가 되는 것일 것이다. 스스로 존귀하다 하신 하나님이시니 인간에게도 그런 구별되는 사명감을 부여하신 것이리라.

인간의 악성만 부각하는 막장 드라마가 난무하는 게 현실이다. 비록 작가의 상상력이라지만 누구나 '인간의 탈을 쓰고 저럴 수가?'라는 생각을 하게 된다. 하지만 그런 생각이나 느낌을 그대로 표현하지 않는 것도 인간이다. 소설가 서머세트 모음은 익명으로 생각하고 있는 것을 그대로 쓰라고 하면 읽는 사람들은 자신을 끔찍한 흉악범이나 미친놈으로 알 것이라고 했다. 인간 본성으로부터 마구잡이 생각들이 나오는 것은 당연하지만 그것을 승화하여 아름답게 표현하는 것이 인간다운 것이다. 최근들어 점점 강도가 더 높아지는 인간의 추악함을 마치 예술인 것처럼 서슴없이 표현하는 영화나 드라마를 그대로 받아들이는 시청자들은 추악함에 무감각해진다. 바울은 로마서를 통해 그런 악한 자도 나쁘지만 그런 악을 옳다고 하는 자의 죄가 더 크다고 했다.

2천 년 전에 쓰인 《시경》의 〈예기악〉 편에, "나라와 천하가 망가지려면 음악부터 썩는다. 음악이 썩으며 시가 난잡해지고, 시가 난잡해지면 무용이 거칠고 천박해지며, 사회 질서와 예가 무너지고, 사회이론과 철학과 정치가 붕괴되기 시작하고, 그에 따라 민심이 소란해지고, 가렴주구와 거짓말이 횡행하고, 나아가서는 동·식물과 무기물까지도 생명의 질서를 이탈하여 기형화되고 변질된다"라는 내용이 있다.

인간은 어떤 상황에서도 가장 아름답게 표현될 수 있는, 구별되는 거룩함을 유전적으로 가지고 태어났다. 더구나 세상이 혼탁해질수록 마음속 깊은 곳에 감추어진 인간다움에 향수를 느낀다. 그래서 2018년 방영된 〈미스터 션샤인〉에 모두가 열광하는 것이다. '인간이 저렇게 아름다울 수가' 하는 생각에… 불과 100년 전 이 땅에서 있을 법한 스토리다. 당시의 의병을 찍은 사진 한 장을 본 작가의 상상력으로 만들어 낸 작품이라지만 현실감이 느껴진다. 당시 세계라는 데에 대한 사전 지식이 전혀 없는 폐쇄된 한민족에게 물밀 듯이 들어서는 외국의 문물을 접하면서 겪는 충격은 엄청났을 것이다. 더구나 국가의 틀과 오랜 질서가 붕괴되면서 인간의 가치가 파리 목숨만도 못하는 지경에 처해 있었을 당시의 상황에서 의연했던 민초들….

하지만 백정의 자식이나 노비의 자식이나, 아비에게 팔려가 남편을 죽인 여인이나, 신지식을 받아들인 양반집 아들이나, 양반집 딸이나, 나라를 빼앗기는 과정에서 상상을 초월하는 고통을 초연하게 받아들이는 존귀한 모습. 비록 시청자들이 간절히 소망하는 오래오래 행복하게 살게 해달라는 바람이었지만 청년들이 모두 죽었어도 해피엔딩으로 막을 내리는 느낌이다. 사랑에 대한 고정 관념도 깨준 드라마다. 옷깃만 스쳐도 가슴 저린 사랑이라는 것을 느끼게 한다. 설사 한이불을 덮고 깨알같이 사랑하며 산 기억은 없어도 한순간에 스쳐 간 사랑의 마음이 영원히 품을 만큼 아름다운 사랑으로 느껴진다. 인간만 만들어 낼 수 있는 존귀하고 아름다운 모습을 보여준다.

문득 인생이라는 무대의 연출자는 하나님이시고 우리는 각자의 배역에 맞게 멋진 무대를 완성해야 할 책임이 있다는 생각이 들었다. 그러려면 연출자의 의도를 정확하게 알아야 한다. 웰 메이드 드라마는 배역에 경중이 없다. 주연이 조연처럼, 조연이 주연처럼 연기하는 작품이다. 분량이 적다거나 혹은 역할이 마음에 들지 않는다고 불평을 하면 작품 전체를 망치는 데 따른 책임을 지게 된다. 한 작품을 멋지게 완성하여 연출자도, 연기자도, 바라보는 관객도 일체감에 빠지는….

"하나님은 인간이 스스로 존귀한 자라고 해서 사랑하는 것이 아니라 하나님이 사랑해서 존귀해지는 것을…" 히브리서에 있는 문구다. 만일 삶이 거룩하지 못한다면 결코 천국으로 갈 수 없다고 한다.

재벌의 부인이나 시골 촌부나

아침이면 〈인간극장〉이 방영된다. 소박한 삶을 사는 사람들의 이야기다. 최근 들어 장수하는 노부부의 삶을 그린 소재가 곧잘 등장한다. 90세를 바라보는 노부부가 70년 가까운 세월을 해로하며 남은 생을 사는 모습은 한 폭의 그림처럼 느껴지기도 한다. 세월을 산 흔적을 그대로 보여주는 주름진 얼굴이지만 환하게 웃으며 말을 한다. 이만하면 행복하다고. 이 오두막으로 시집와서 아이들 낳고 키워 제 살길 찾아갔으니 더는 바랄 게 없다고… 하나님은 자족하는 인간을 아름답다고 하신다. 자족은 열등감도 우월감도 없게 한다고 C.S 루이스가 말한다.

그런데 한편에서 재벌 회장 부인의 갑질을 하는 기사가 뉴스에 방송되고 있다. 수년 전에 그녀의 장녀가 땅콩회항이라는 이름의 사건 때문에 전 세계 사람들의 웃음거리가 되더니 이어서 다른 딸이 하청 업체에 갑질을 한 사건이 드러나며 사람들의 입에 오르내리더니 이어서 딸들의 엄마가 백주에 딸 같은 하청 업체 직원에게 분노하며 손에 든 자료를 집어 던지더니 그래도 분이 안 풀리는지 달려가 폭행까지 하는 장면이 텔레비전 화면에 그치지를 않고 올라왔다.

그날 아침 그 모습을 본 오천만 대한민국은 저마다 한마디씩 했을 것이다. '천하고 상스럽다.', '그리고 참으로 악하다.', '하늘이 무섭지도 않은가 봐…' 나는 그 모습을 보고 그들의 아버지이며 할아버지인 창업주, 조중훈 회장을 생각했다. 그는 엄청난 재산을 후대에 남기고 타개한 지 20년도 채 지나지 않은 때 이런 후손의 모습을 내려다보고 무슨 생각을 할까?

조중훈 회장은 지병인 심장병을 앓았기에 말년에는 병원에 자주 입원하였다. 환자이지만 세상에 가장 큰 권세를 쥔 대한민국 재벌로서 VIP였다. 그 정도 권세면 병원에서도 절대 갑이다. 비록 병을 치료받는 처지라 해도 그들이 가진 사회적인 우월의식을 노골적으로 드러내며 막무가내로 의료진을 압박하며 대우를 받으려 한다. 가진 게 많을수록 생에 대한 집착으로 자신은 물론 주변을 더 힘들게 하는 경향이 있다. 그러다 보니 바닥까지 내려가는 인성을 드러내며 그 결과 사회적으로 쌓은 명망이 한순간에 무너지는, 이 시대의 정치가, 학자, 언론인, 재벌 등을 보며 실망하게 된다.

그런 성향의 환자들에게 익숙해진 의료인들에게 조중훈 회장은 오래도록 기억에 남는 환자였다. 물론 병원에서는 권세를 가진 자나 재물이 많은 자나 노숙자나 같은 모습이다. 같은 환자복을 입고 한 평도 안 되는 병원용 침대에 누워 죽음의 불안에 떨고 있는 그는 의료진에게 두 가지를 보여주었다. 당시 대한민국 10위권 안에 드는 재벌이지만 입원 중에 결코 재벌 행세를 한 적이 없고, 죽음 앞에서도 한 인간의 따뜻한 모습을 보여준, 보기 드문 인격자였다. 그래서 그는 당시 의료진에게 최고의 존경과 찬사를 받았다. 그에 대한 따뜻한 예화들 중 병실을 청소하는 아주머니가 들려주는 것도 있다. 청소를 하는데 침대에 누워 계신 회장님이 자신에게 수고한다는 말을 하였다고 한다. 날이 좋으면 사는 형편도 묻기도 했는데 어떤 날은 숨이 차 길게 말도 못하면서… 그녀는 얼른 회장님이 쾌차했으면 좋겠다며 눈물까지 글썽인다. 검찰에 불려갈 때 당대 최고 권력자 행세를 하며 소란을 떠는 최순실을 보고 '염병한다'고 칼날같은 질책을 할 수 있는 게 바로 한국의 중년 여인들이다. 옳고 그름이 분명하고 그 어떤 것에도 굴하지 않는 대한민국 아줌마로부터 그런 소원을 끌어낼 만큼 조 회장의 인품은 모두에게 감동을 주었다.

임종이 다가올 즈음 그의 심장 기능이 급격히 떨어지면서 혈액순환이 원활하지 않아 폐에 물이 고이면서 심한 호흡곤란을 일으키는 최악의 상황이었다. 그 지경에 이르면 누워서 잠도 자지 못하고 호흡이 짧아져 말도 길게 할 수가 없다. 치료약보다는 진통제로 고통을 줄이는 단계다. 죽음이 임박했다는 것을 아는 그이지만 사람들을 대하는 태도에는 변함이 없었다. 그는 눈에 익은 사람은 그냥 지나치는 일이 없었다. 회진 온 의사나 다른 의료진에게 숨을 헐떡이며 안부 인사를 먼저 건넸다.

1920년생인 그는 고등학교를 중퇴하고 20세 때 일본에 건너갔다가 1943년 일본에서 돌아와 서울 종로구 효제동에 마모된 트럭 엔진을 수리하는 회사를 차렸단다. 이후 해방이 되자 트럭 한 대로 창업한 지 2년 만에 화물자동차 10대를 보유하며 그의 사업이 시작되었다. 이후 고속버스 사업을 시작하고 그 후 항공은 물론 물류 운송 사업까지 벌이면서 대한민국 발전의 역사와 함께 거대 재벌로 탄생한 것이다. 이제 그는 세상에 없고 그가 남긴 재물만 산처럼 남아 3세까지 이어지고 있는데 그의 정신은 이어지지 못한 듯싶다. 그의 후손을 향한 악담만이 하늘을 찌르기 때문이다.

기독교 영성가인 C.S 루이스는 이렇게 말한다. "교만한 사람은 언제나 자신보다 낮은 사람을 찾느라 위에 계신 하나님을 보지 못한다."

명가의 기로에서 죽느냐 사느냐 그것이 문제로다

최근 재벌가 사람들의 사생활은 마치 실시간으로 중계되는 인기 드라마처럼 흥미롭단다. 누구와 결혼을 했느니, 재벌 며느리가 이혼한 후 연예인을 만난다느니, 재벌 딸이 이혼 중인데 그 소송비용이 조 단위를 넘는다느니… 서민으로서는 상상조차 할 수 없기에 시시각각으로 떠오르는 그들의 사생활에 집중한다. 그러나 같은 시대를 살면서 떼돈을 벌었다는 1%를 바라보는 99%의 마음속에는 시기·질투가 가득하다. 비록 금수저 운운하지만 현재 이 나라에서 재벌이라는 신분이 생긴 지 그다지 오래되지 않았고, 그 재벌이 되는 과정이 정의롭지 않았다는 것을 알고 있기 때문에 시선은 더욱 차갑다.

'청담동 며느리?', '재벌가?' 하면서 스스로 차별 의식을 가질지 모르지만 대한민국 재벌의 역사는 아주 짧다. 20세기 초에 500년 역사의 조선이 무너지면서 사회를 지탱하고 있는 신분제도가 붕괴되고 만다. 이후로 일제강점기를 거쳐 1945년 해방이 되었다지만 3년간의 전쟁을 치렀기에 이 땅에 제대로 된 산업이라는 것이 있을 리 만무했다. 전쟁이 끝나고 정치적인 혼란기는 이어지다가 1961년 5·16쿠데타로 군사정권이 들어서면서 기업은 국가적인 혜택을 받으며 불 일 듯이 일어 불과 60년 만에 신흥 귀족으로 자리매김한 셈이다.

비록 그 창업주가 현재 신처럼 추앙받으며 대한민국 경제성장의 산 역사로 존경을 받는다지만 바닥에서 협조한 국민들이 없었으면 그들의 오늘도 없었을 것이다. 열악한 환경에 저임금으로 산업의 일군이 되고, 경쟁력이 떨어지는 제품이지만 애국정신으로 국산품만 고집하며 세계적인 기업이 되도록 참아낸 국민의 저력이었다. 비록 그들이 불법으로 재물을 불려도 눈 감아 주면서 잘살아 보자는 국민의 여망을 담아 기업은 날로 커지고 바닥에서 시작한 창업주가 2세에게 물려줄 만큼 한 차례 세월이 흘러 자체적으로 변혁을 맞이한다. 그러나 현재 노년기에 접어든 2세도 제대로 된 경영수업을 받지 못한 채 창업주인 아버지의 눈치만 보다가 사업을 물려받게 되었다. 그래서 자기 한풀이 경영을 하다가 위기를 맞는 경우가 빈번하게 발생했다. 더러는 창업주에게서 받은 재산을 여성 편력으로 졸지에 날리기도 하고, 형제간의 분쟁으로 내몰리기도 하고, 더러는 스스로 목숨을 끊기도 하면서, 때론 정치적으로 이용하려는 창업주의 정략결혼에 희생되기도 하면서….

그런 2세를 거쳐 드디어 3세 경영 시대가 막이 오른 셈이다. 이들은 뼛속까지 재벌이라는 특권의식을 가지고 타고난 사람들이다. 2세인 아버지의 부족한 부분을 채우기 위해 경영수업을 탄탄하게 시켰다지만 심심치 않게 터져 나오는 3세들의 막돼먹은 행동에 다들 고개를 갸우뚱한다. "부자 3대 못 간다"는 옛말이 있다. 더구나 대한민국 재벌의 역사상 처음으로 3대 경영이 시험대에 오른 셈이다. 3대라는 본격적인 가문의 흥망성쇠가 변곡점에 이른 것이다. 사람들은 그들이 퇴임하는 시점에 부모에게 물려받은 재물이 어떤 모습으로 남아 있을지 끊임없이 궁금해하면서 지켜본다.

1923년 에드워드 비치 호텔에 당시 미국의 최고 갑부 7명이 모였다고 한다. 그들의 재산을 합치면 당시 미국 정부가 가지고 있던 돈보다 많았다고 한다. 그때 그 상황을 취재했던 기자가 그 후로 25년이 지난 다음에 그들의 생이 궁금해서 취재해 보았다고 한다. 밀 농사로 거부가 되었던 알석 카튼은 파산하고 가족이 모두 떠나 혼자 임종을 맞았다. 뉴욕은행 총재였던 리차드 위트니는 감옥에서 여생을 보내고 있고, 미국 재무장관 출신인 할버트 홀은 감옥에서 출옥하여 집에서 죽음을 기다리고 있었다. 웰스프리트 회장이었던 제이시 리보머와 국제은행 총재였던 리온 프레서는 자살로 여생을 마감하고, 부동산 거부 이반 쿠르거는 자살 미수로 정신병원에 수감되었다. 카네기로부터 최초로 100만 달러를 받았던 기업가 찰스 스압은 무일푼이 되어 죽었다고 한다.

솔로몬은 의인은 흠 없는 삶을 살고, 그의 후손은 복되다고 한다. 모든 사람이 흠모하는 재벌가의 자제가 되었다는 것은 분명 조중훈 회장이 받은 상급인 것 같은데… 막상 후손은 그런 악담을 듣고 있으니… 심판자인 하나님은 능력 있는 자에게 더 큰 복을 주기보다는 압제당한 자의 소리가 내 귀에 들리지 않게 하라고 말씀하신다. 그래서 역사가 오래된 나라일수록 그런 원칙이 정확하게 지켜지는 것이 하늘 무서운 줄 알았기 때문이다. 그래서 남보다 월등하게 가진 자들이 그만큼 후손 관리에 나서는 이유이건만….

노블레스 오블리주

통치자들은 자신의 업적을 남기고 싶어 한다. 그래서 기념비를 세우거나 재단 등을 설립하여 자신의 치적을 남기려 하지만 성경에서는 기념비를 세우지 말라고 했다. 정치라는 것은 반드시 반대파가 있게 마련이다. 또한 집권하기 위해 많은 피를 흘리기도 하고 통치를 위해서는 공정한 판결에 따르는 희생자가 있게 마련이다. 독재자였던 박정희가 역사 이래로 최고의 대통령이라는 평가까지 받아 그의 딸까지 대통령이 되어 기념비를 세웠지만 최근에는 심하게 훼손되고 있다는 기사가 뜬다. 임기 중에 심은 전두환 나무도 최근 원인도 모르게 고사했단다. 대한민국 통치자들은 퇴임 후에 일률적으로 재단을 설립했다. 전두환의 일해재단을 시작으로 이명박까지… 박정희, 김대중, 노무현은 서거 후에 만들어진 것이라지만 이명박은 퇴임한 후 가장 빠르게 재단을 설립하여 구설에 오르더니 지금은 구속되어 있다.

통치자들이 자신들의 업적을 기리기 위해 남긴 유형의 물체는 시대가 바뀌면 그들을 자랑스럽게 기억하기보다는 오히려 악재로 작용하며 짐이 된다. 전도자는 구덩이를 파는 자는 결국 자기가 구덩이에 빠진다고 했는데 최근에 전두환이 자서전을 쓰며 말년에 구덩이를 깊이 파고 말았다. 어쩌면 박근혜 정권하에서 자신의 정당성을 보호받을 것이라 생각하고 자서전을 쓸 용기를 냈을 것이다. 하지만 예상과 달리 정권이 속절없이 교체되고 말았다. 이제 그의 자서전은 과거에 진 빚에 고리까지 붙여 그의 만행을 다시 기억하게 하고 말았다. 30여 년의 세월이 지났으니 잊힐 만한 때인데 자서전이라니… 전도서에서 말한다. 개가 토한 것을 다시 먹듯이 어리석은 자가 미련을 되풀이한다고….

그러나 기업가에게는 가진 재산을 선한 곳에 쓰라고 하신다. 큰 부자는 하늘이 낸다는 말처럼 개인보다는 사회를 발전시키는 역할을 강조한다. 사회가 발전하려면 물질적 성장도 중요하지만 재물 가진 자가 삶의 모범을 보이고 실천을 해야 사회 전체의 교양과 의식 수준이 높아지기 때문이다. 결국 정치는 공정함에 따른 아픔이 있지만 기업은 남겨진 이익으로 국민들을 품을 수 있다. 소외계층에게 더 나은 삶을 살아갈 기반을 마련해 준다면 명가로 남을 수 있다.

역사에서 이를 가장 잘 보여준 사례가 메디치가문이다. 1500년대 당시

지도층인 성직자와 귀족들의 타락이 심해지지만 무역이 발달하고 상거래가 늘면서 새롭게 지배 세력으로 상인계층이 등장한다. 메디치는 중세에 상거래가 활성화되자 금융업을 통해 유럽의 돈을 끌어모으며 엄청난 거부가 된다. 그러나 신흥 지배계급에 대한 일반인들의 시선은 곱지 않다. 너나 나나 같은 동네 친구로 어린 시절을 함께 겪었는데 갑자기 돈을 벌어? 너희 아버지가 그 돈 어떻게 벌었는지 나는 알거든? 졸부 주제에….

신흥 재벌에 대한 사회적인 인식은 예나 지금이나 변함이 없는 모양이다. 그런 졸부 인식을 극복하기 위해 메디치가문은 전통적으로 이어온 귀족의 품격(noblesse)을 갖추고자 학문과 예술을 후원함은 물론 사상이나 지식의 혁명을 이끌었다. 물론 이들이 이런 생각을 하게 한 이유도 종교적인 의식에서 시작되었다. 메디치가문의 2대 수장인 코스모는 독실한 기독교인이었지만 금융업으로 이문을 남기는 것은 기독교 교리에 어긋난다는 것을 알고 있었다. 오로지 땀 흘려 일해서 돈을 버는 가치만 인정하고 돈으로 돈을 버는 것은 지옥행이라는 것을 말이다. 단테의 신곡에 지옥에서 최악의 단계인 지하 7층에 고리대금업자가 간다고 언급되어 있다.

그럼에도 돈으로 돈 벌기를 포기하지 못한 메디치가는 엄청난 재력으로 예술가들(미켈란젤로, 라파엘로, 보티첼리)과 건축가(부르넬스키)를 적극 후원했으며, 플라톤 아카데미를 설립하여 플라톤 사상을 서구사회에 소개했다. 이외에도 갈릴레오, 마키아벨리 등 수많은 역사적 인물을 후원했는데 이는 르네상스의 꽃을 피운 원동력이 되었다. 메디치가문이 피렌체에서 일으킨 르네상스를 시작으로 인류의 문명은 한 단계 더 발달하였다.

노블레스 오블리주가 그저 남들의 손가락질을 피하고, 세금 모면을 위한 단순 구제 사업에 동참하는 소극적인 자세가 아니라 나라의 발전을 위한 인재 양성을 위해 적극적인 자세를 취하는 것을 의미한다. 시오노 나나미는 《로마인 이야기》에서 로마제국부터 르네상스까지 이탈리아를 지탱한 힘은 '노블레스 오블리주'였다고 했다. "지성은 그리스인보다, 체력은 게르만족보다 못하다. 기술은 에트루리아인보다, 경제력은 카르타고인보다 뒤떨어졌다. 하지만 로마는 지도층의 솔선수범으로 찬란한 문명의 꽃을 피웠다." 다시 말하면 높은 공공의식과 시민의 교양을 갖춘 사회 지도층이 있었기에 '2000년 전 로마'가 가능했다.

안나 마리아 루이사

메디치가문은 350년간 군림하였는데 역사에 남는 세계적인 명가로 지금껏 칭송을 받고 있다. 죗값이 가장 무겁다는 고리대금으로 부를 이루었지만 메디치가문이 이룩한 정치적·종교적· 문화적 영향력은 찬란하고 강력했다. 메디치는 수많은 예술가와 인문학자, 과학자를 후원함으로써 암흑의 중세 시대를 접고 르네상스를 꽃피웠다. 메디치가문이 르네상스 시대에 전성기를 맞이했다고들 하지만 오히려 르네상스를 꽃피운 주체였다고 할 만큼… 그 가문이 아니었으면 신분이 세습되고 신의 능력에만 의존하던 소극적인 사회가 인간의 가치를 극대화하며 문명으로 연결되는 현대사로 이어지지 못했을 것이다.

당시 메디치가문의 경영 원칙은 오로지 '사람의 마음을 얻는 것'이었다. 메디치가문을 대표하는 위대한 지도자들의 면면을 보면, 사람들의 마음을 얻는 탁월한 감각으로 시대를 이끌었다. 역사상 최초의 인문 경영자라고 할 수 있는 '현자' 코시모(제2대 수장)는 플라톤 아카데미를 부활시켜 인간과 경영의 가치를 새롭게 발견하고자 했다. 그런 코시모를 '새로운 생명을 준 또 하나의 아버지'로 부르기도 했다. 코시모의 아들인 피에로(제3대 수장)에게도 역시 남다른 지도력이 있었다. 그는 평생을 병약한 몸으로 정적들에게 시달렸지만, 한결같은 인내심과 관용으로 적들마저 감화시켰다. 또한 피에로의 아들인 로렌초는 위기에 빠진 피렌체를 구한 시민들의 영웅이었다. '위대한 자'라는 별칭을 얻은 그는 어린 미켈란젤로의 천재성을 알아보고 그를 세계 최고의 예술가로 키워냈다.

메디치가문의 후원을 받은 마키아벨리는 메디치가문에 《군주론》을 헌정했고, 갈릴레이는 목성의 위성을 발견하고 '메디치의 별'이라 명명했다. '오페라'가 처음 탄생한 곳이 메디치궁정이었다. 메디치가문이 르네상스 시대를 열고 위대한 통치자들을 배출하고 세계 최고의 부를 축적하며 350년을 이어올 수 있었던 것은 '셈페르' 정신 덕분이다. '늘, 한결같은, 변하지 않는'이라는 뜻을 담고 있는 라틴어로 메디치가문의 시작부터 마지막 후손이었던 안나 마리아 루이사에게까지 이어져 내려온 정신이었다.

안나 마리아 루이사는 메디치가문의 마지막 직계 후손이다. 요한 빌헬름과 결혼했지만 자식이 없던 안나는 1716년 남편이 세상을 떠나자 고향 피렌체로 홀로 돌아왔다. 얼마 후 피렌체를 통치하던 남동생 잔 가스토네가 후사 없이 생을 마감하자 유일한 상속녀인 안나에게 토스카나 지역의 통치권자 자격이 주어졌다. 하지만 그녀는 통치권을 포기하는 대신 조건을 내세웠다. 메디치가문의 유물은 어떠한 경우에도 피렌체 외부로 유출해선 안 된다는 조건이었다. 더하여 피렌체의 우피치 미술관과 피티 궁전, 그리고 로마 등 이탈리아 각지의 저택에 가득한 미술품을 비롯하여 각종의 막대한 유물의 소유권을 '가문의 영광'이 아니라 '국가의 영예'를 위해 바친다고 선언하면서. 결국 안나가 모든 것을 포기하고 내 건 그 조건 때문에 메디치가문이 소장했던 엄청난 작품들이 흩어지지 않고 피렌체에 집약될 수 있었다.

현재 피렌체가 누리는 영광스러운 위상은 메디치가문의 마지막 상속녀인 안나 마리아 루이사가 지키고자 했던 것의 실체다. 지금도 수많은 관광객이 피렌체를 찾으며 메디치가문이 지킨 인류 문화유산에 감동을 받는다.

최근에 우리나라 재벌 상속녀들의 추한 모습이 대중에 여과 없이 드러나는 것이 심히 염려스럽다. 더구나 아흔아홉 개를 가진 자가 하나 가진 자의 것까지 빼앗으며 경영수완이라고 자랑한다. 재벌가의 딸들이 명품 수익 사업에 뛰어들더니, 점점 그 영향력이 확대되어 며느리, 손녀가 골목상권까지 잠식한다고 한다. 또한, 들은 소리는 있어서 문화 재단을 설립한다지만 결국은 그림을 매점매석하며 상속세를 줄여 볼 궁리였단다.

부자가 천국 가는 건 낙타가 바늘귀에 들어가는 것보다 어렵다고 했다. 그러나 부자가 전혀 들어갈 수 없다는 소리가 아니다. 기독교 사상이 기저를 이루는 서구 유럽이나 미국에서는 돈을 번 자들이 가진 만큼 죄의식에 시달리는 모양이다. 그래서 기부라도 하면 그 죄를 면할 수 있을 거라는 노력이다. 노블레스 오블리주는 인격이 성숙해서 그런 것이 아니라 오랜 역사와 경험 속에서 사람으로부터 원성을 사면 안 된다는 것을 뼛속까지 체득한 결과의 산물일 것이다. 이제 우리나라도 60년 만에 재벌이라는 신분이 고착화되는 시기를 맞이했는데….

노년, 아름다운 인생 마무리

잔칫집에 가는 것보다 초상집에 가는 게 낫다 ————

인간 삶의 끝은 죽음이다. 인간이 태어나는 순간 분명한 것은 단 한 가지, '모두 죽는다'이다. 이 분명한 사실 앞에서도 인간은 살려고 온갖 술수를 쓰지만 결국 죽기 위해 기를 쓰고 사는 것은 아닌지 모르겠다. 그래서 솔로몬은 전도서에서 이렇게 말한다. "모든 사람은 공통의 운명을 갖는다. 의인이나 악인이나, 선인이나 강도나, 깨끗한 자나 더러운 자나, 예배를 드리는 자나 드리지 않는 자나 모두 마찬가지다. 선인에게 임하는 일이나 죄인에게 임하는 일이나, 맹세하는 자나 매일반이다. 모든 사람이 다 같은 운명에 놓인다는 것은 악한 일이다. 이로 인해 사람의 마음은 악으로 가득하고, 사는 동안 미친 짓을 생각하다, 결국 죽고 만다."

지난 60여 년간을 회고해 보니 시대를 함께 살아서 기억에 선명한 인물이 여럿이다. 정치적 권력을 가졌던 박정희가 죽고, 노무현이 죽고, 김대중이 죽고, 김영삼이 죽고… 돈이 너무 많았다는 이병철이 죽고, 그의 장남 이맹희가 죽고, 정주영이 죽고, 그의 5남 정몽헌이 죽고, 조중훈이 죽고, 최종현이 죽고, 구본무가 죽고, 그렇게 한 세대가 저물고 있는데 그 대열에서 아직 살아있는 자도 있다. 남들이 부러워하는 장수 대열에 들어선 전두환, 이명박이다. 물론 그들이 살아있는 것이 축복인지 아니면 재앙인지는 알 수 없지만 나름 건강과 외모 관리를 위해 노력하여 살아남았다. 그들은 더 살아서 자신들의 정당성을 입증하면 오래 살아

복을 받는 것이라고 할 수 있겠지만… 전도서를 통해 솔로몬은 살아있는 개가 죽은 사자보다 낫다고 했다. 이유는 산 자에게는 아직 소망이 있다고 하니 두고 볼 밖에….

하지만 솔로몬은 지혜로운 자는 죽을 때를 생각하지만 어리석은 자는 즐길 생각만 한다고 했다. 그래서 기를 쓰고 하루라도 더 사는 것을 축복으로 여긴다. 더하여 권력과 부를 가진 자는 수단과 방법을 가리지 않고 살고자 한다. 불로초라도 나오기를 기다리며. 시중에는 "유병헌은 죽은 척하고 이건희는 살아있는 척한다"는 말이 떠돈다. 이건희 가족이 그 소리에 기분이 나빴는지 점차 회복되어 가고 있다며 의자에 앉아 있는 모습을 희미하게 언론을 통해 발표했다. 누구를 위해 살아있는 척하는지는 모르겠지만 그가 살아 있기 때문에 그에 관련된 소문은 끊임없이 나돌고 있다. 돈이 있으니 돈으로 막아 보겠다지만 '카더라 통신'에 대한 관심은 그칠 줄 모른다. 이유는 돈이 많고 살아있기 때문인데….

하지만 살아생전에 엄청난 죄를 지어도 죽으면 그 죄를 더는 묻지 못한다는 인간의 법도 있다. 그래서 인간은 태어나는 날보다 죽는 날이 더 낫단다. 잔칫집에 가는 것보다 초상집에 가는 것이 낫단다. 이유는 모든 사람이 죽을 것이기 때문에 살아있는 사람은 이것을 명시해야 한다며 솔로몬은 이렇게 말했다. "하나님께서 어떤 사람에게 부와 재산, 영예를 모두 주어서 더 바랄 것이 없지만 동시에 그가 가진 모든 것을 누리지 못하도록 하시고 타인이 대신 누리게 하신다고…." 죽음을 목전에 둔 자가 수조를 가진 재벌이라 한들, 그가 죽으면 그 돈으로 재벌이 될 자식들과 무슨 상관일까? 그래서 세상에 모든 것을 가져 보았다는 솔로몬도 탄식한다. 죽음 앞에 그동안 살아온 것이 오히려 허무하고 큰 재앙이었다고… 하나님도 인간들에게 너무 오래 살려고 애쓰지 말라고 하지 않던가? 영생을 말씀하시는 하나님은 그저 인간에게 하나님이 아름답게 창조하신 지구라는 아름다운 정원에서 잠시 재미있게 놀다 오라고 했건만…

김대중이 죽어서 노무현을 만났다고 한다. 반가운 마음에 인사를 했더니 노무현이 반말을 하더란다. 기분이 나빠진 김대중이 왜 반말을 하느냐고 따졌단다. 이에 노무현이 이렇게 대답했단다. '세상에 태어난 순서와 마찬가지로 여기도 먼저 온 사람이 형이라고.'

100세를 바라본다지만 옛말에 인간이 60살이 넘으면 신이 더는 살려두고 싶지 않단다. 세상의 이치를 다 알았기 때문이라며. 100세 시대에 60살에 죽으라는 소리가 아니다. 100년을 살든 1000년을 살든 생산 연령이 끝났다는 소리다. 그 나이쯤 되면 살 생각에 사로잡혀 세상만 바라보지 말고 죽을 곳을 바라보라는 것이다. 최근 서울대 학생들이 부모님이 살았으면 하는 연령이 63살이라는 설문 결과를 보고 부모인 베이비부머들은 충격에 휩싸였단다. 단순 설문 조사이니 대수롭지 않게 드러내는 자식의 속내는 뻔하다. 이제 자기 주관대로 살고 싶은데 '힘들여 키웠으니 자식 값을 하라'는 부모의 잔소리가 귀찮기만 하다. 없는 부모의 자식은 그만큼 내게 부담이 된다 하고, 돈이 있는 부모의 자식은 나도 그 돈 좀 쓰고 싶은데 너무 오래 산다 하는….

일본 경제가 침체되는 이유는 100세 부모가 죽어 80세 자식에게 상속을 하다 보니 80세 노인도 물려받은 재산을 묻어만 두기 때문이란다. 부모도 자식이 생산성이 있는 나이에 물려주어야 흥하든 망하든 경제활동을 해야 나라 경제도 활성화되건만 100세까지 깔고 앉은 재물의 힘으로 젊은이를 지배만 하려니….

하지만 남보다 오래 살았다면 그것만 한 축복이 어디 있겠나? 잠언서를 쓴 지혜자도 백발은 영예로운 면류관이라고 했다. 그러나 의로운 삶을 통해서 얻는다고 한다. 의롭지 않게 오래 산다면 자식도 싫다 하는데….

자족하는 삶

초고령사회에 접어든다고 한다. 더구나 한국은 단기적으로 고령화가 가장 빠르게 나라라고 한다. 이제 어디를 가나 노인이 많다. 백화점에도 음식점에도 전철에도 공원에도 재래시장에도 노인이 폭발적으로 늘고 있다. 여행 중에 만나는 사람도 대부분 노인이다. 일일 생활권인 천안이나 춘천으로 가는 기차 안은 온통 노인으로 가득하다. 배낭을 멘 노인이 아침부터 산을 오른다. 100세 시대에 노인 소리를 듣지 않으려면 젊은이처럼 돌아다녀야 한단다.

이제 노인은 객사해야 잘 죽는 거란다. 객사, 지인이 노인을 대상으로 하는 강연장에서 들었다고 한다. 노인이라 위축되지 말고 활동적으로 살아야 한다는 것을 강조한 것이라지만 지나치게 작위적이다. 하나님의 형상대로 만들어진 인간인데… 하물며 코끼리도 자기 죽을 자리를 찾아가고, 연어도 죽기 전에 태어난 곳으로 회귀한다고 한다. 아무리 세상이 바뀌었다지만 인간으로 태어나 돌아다니다가 길에서 죽어야 한다니… 더구나 인간은 하나님과 교통하는 영이 있다. 솔로몬은 전도서에서 이렇게 말했다. "인간이 짐승과 같은 것은 둘 다 죽어 몸은 흙으로 돌아가고 다른 것은 짐승의 영은 땅으로 내려가고 인간의 영은 위로 올라간다."

정신의학자인 카를 구스타프 융은 1875년 스위스 케스빌에서 목사의 아들로 태어나 85세에 죽었다. 분석심리학의 대가인 그는 심리학뿐만 아니라 종교와 인문, 문화 등 전 분야에 막대한 영향을 미친 인물이다. 말년에 역사를 꿰뚫어 보는 시사 논평으로도 명성을 얻었다. 그런 그가 말년에 취리히 호숫가인 볼링겐이라는 곳에서 철저히 문명을 배제한 집을 짓고 살았다. 그는 전기를 쓰지 않고 저녁이면 등잔불을 밝히고, 벽난로에 불을 지피고 펌프로 물을 퍼 올리고, 화덕에 직접 요리를 해 먹으면서 이렇게 말했다. "이런 단순함이 사람을 단순하게 한다. 그런데 단순해지는 것이 얼마나 어려운 일인가?" 그는 그런 단순한 삶을 이어나가며 홀로 명상을 즐기면서 스스로 성숙하는 장소라며 이유를 다음과 같이 설명했다. "그 집에서 나는 현재의 나, 과거의 나, 미래의 나로 다시 존재할 수 있는 자궁, 모성의 느낌을 받는다."

세상 사람들은 그를 밖으로 끌고 나오려 했지만 그는 다음과 같이 말하며 거절했다. "나의 시대에 이름을 날렸던 학계와 정계의 거물, 탐험가, 예술가, 문필가, 군주 그리고 재벌들은 나와 대화를 나누기를 원하고 대부분이 부탁할 일을 가지고 찾아왔지만 거기에 대해 내가 언급할 수도 없고 해서도 안 해서도 안 되는 것이다. 그러한 인물들은 세상 사람들의 눈에 어떻게 비쳤는지 상관없이 따분하기만 하다."

그래서 세상 사람들은 그에게 자서전을 쓸 것을 간곡하게 요청했다. 그는 처음에는 자서전 중에는 자기기만과 고의적인 거짓말로 채워진 것이 많다며 거절했다. 그는 자기 자신을 기술한다는 것이 불가능한 일임을 너무도 잘 알기에 감히 엄두도 내지 못한다고 하면서… 그러나 계속되는 요구에 결국 사후에 출간하기로 하고 자서전의 저술을 시작한다. 그는 분석심리학의 대가로 인간 심리에 대한 수많은 논문을 발표했지만 죽는 날까지 자신의 생애에 대해 풀지 못한 의문과 미래의 독자에 대한 두려움이 남아 있다고 했다. 그런데 정치인들은 자신의 인생이 독특하다고 하면서 일단 자서전부터 쓴다. 박근혜가 쓰고 이명박이 쓰고 전두환도 쓰고 말았다. 이제 그들의 부끄러운 생애가 글로 남아 있기에 오히려 미래 독자에게 조롱거리가 되는 것은 아닌지 모르겠다.

도심에 남아서 문명의 혜택을 봐야 한다지만 노인은 자연으로 돌아가는 길목에 있다. 시편에서는 "자연에서 안식하면 늙어서도 열매를 맺고 항상 싱싱하고 푸를 것"이라고 말한다. 그러나 세상은 혼탁한 소리가 점점 커져 분명한 진리가 점점 희미해지고 있다. 도심 초고층 아파트의 가격이 천정부지로 뛰고 있단다. 그런 아파트를 가장 많이 차지하고 있는 연령대가 60대 이상이란다. 거기다가 재건축을 기다리며 온갖 공해에 찌든 아파트가 불편해도 버티겠단다. 절대로 도심을 떠나면 안 된다며 젊은이의 수발을 받겠단다. 백 세 때까지 팔팔하게 산다며 맛집 찾아다니고, 여행 다니고, 몸에 좋다는 보약 먹으면서, 노인을 위한 복지 영역을 늘리라고 소리치며 거리에서 죽기를 소원한다니…

삶이 고달픈 청년은 그런 모습을 바라보며 '귀신은 뭐하나?'라는 생각을 가질지도 모른다. 그래서 청년들은 자연에 묻혀 오순도순 살아가는 노부부를 경이롭게 바라본다. 17살에 시집와 평생 한곳에서만 살았다는 할머니를 위해 할아버지는 나무를 지고 불을 지피고 소를 키우고 빈 땅을 갈아 농사를 짓고, 할머니는 그런 할아버지를 위해 밥을 하면서 자족한다. 노부부가 다정하게 손잡은 모습이 사람을 행복하게 하는 소소한 기쁨 50가지 중 하나란다.

세상 떠나기 전에 갈 곳에 대한 준비를 해야 하는데 ──────

인간의 평균 연령이 100세를 바라보는 것은 인류 역사 이래로 처음 가는 길일 것이다. 창세기에는 인간의 수명이 수백 년을 넘나든다. 아마도 인간이 청정 지역에 살면 그렇게 살 수도 있을지 모른다. 지구상에 4백 년을 사는 척추동물로 그린란드가 있다면 만물의 영장인 인간이 그만큼 살지 못할 이유는 없다. 그러나 인간의 문명화로 환경이 파괴되면서 각종 전염병이 창궐하여 인간을 공격하고, 같은 인간끼리 죽고 죽이는 싸움을 이어가며 수명이 급격히 감소했다. 그 정점이 중세로 당시 인간의 평균 수명이 30대 중반이었다고 한다. 우리나라는 구한말에 평균 수명이 29살이었단다.

100세 시대, 인류 역사 이래로 처음 가는 길이니 새로운 역사를 써내려가는 셈이다. 과연 인간은 백세 시대의 역사를 어떻게 써서 후대에 넘길지 자못 궁금하다. 노인이 오래 살아 세상을 지켰다고 할지 아니면 고려장을 법제화했어야 한다고 할지. 그러나 노인 무용론이 이미 젊은이들에게서 나오고 있다. 63살이 적합하다고. 그런 젊은이에게 분노하기보다는 왜 그런 생각을 하게 했는지 노인이 먼저 생각해 보는 수밖에 없다. 노인이 쓸모없다고 생각해서 만든 고려장인데 살다 보니 노인 없이는 안 되는 문제에 직면하자 고려장을 폐지하는 것도 젊은이다. 결국 젊은이에게 인정받고 싶다면 노인만이 할 수 있는 것을 차별화하는 수밖에 없다. 노인이 젊은이와 경쟁해서 이기는 것은 단 하나, 오래 산 연륜뿐이다. 오로지 그 연륜에서 묻어나는 지혜와 통찰력뿐이다. 그래서 솔로몬은 말년에 지혜서인 잠언과 전도서를 썼을 것이다.

그러나 오히려 그 연륜이 분노로 변하는 노인이 급증하고 있다. 광장에 나와 젊은이처럼 행동하고, 노인을 위한 정책을 봇물 터지듯 요구한다. 노인은 젊은이처럼 행동하는 존재가 아니다. 발달 심리에 의하면 육체는 20세를 정점으로 퇴화되지만 정신은 120세까지 계속 발달한다고 한다. 그런 정신은 영의 지배를 받는다고 한다. 흔히 죽음을 돌아간다는 표현을 쓴다. 인간은 태어나면서 온 곳을 알지만 세상에 적응하며 살다가 그곳을 잊기도 하지만 노년이 되면 온 곳을 다시 기억한다는 영(spirit)… 지성에서 영성이 아니라 영성에서 지성이다. 다시 말하면 지식으로 영의 세계를 아는 것이 아니라 영이 정신을 지배하는 것이다. 그런 노인의 영이 세상에 뿌리를 박은 정신과 육체에 가려져 병들어 가고 있다. 융은 이 세상의 모든 불행과 어려움은 병든 영혼에 뿌리를 박고 있다고 한다.

1970년대 대한민국의 남녀 평균 수명은 60살 전후였다. 사실 그 나이까지는 죽는다는 생각을 하지 못하고 속절없이 죽음을 맞이했으니 그저 살기만 한 것이다. 이제는 100세를 산다지만 남은 40여 년은 죽음을 생각하며 살게 되었으니 이미 죽은 것과 같을 것이다. 세상에 태어나는 순간 세상살이에서 기득권자가 되려고 걸음마도 떼지 못한 것들을 가르치겠다고 아우성이다. 그것처럼 죽어서 갈 곳에 대한 공부를 미리 해두면 그곳에서 기득권이 될 것이다. 세상은 태어나서 배우는 곳이지만 갈 곳은 이 세상에서 배우고 가야 한단다. 노년은 갈 곳을 준비하는 자리로 살아온 세상에 더 이상 자리가 없다는 것을 알아야 하는데….

솔로몬은 전도서를 통해 '이제 사는 것이 낙이 없구나'라고 말할 때가 되기 전에 창조주를 기억하라고 했다. 그날이 오면 팔다리에 힘이 빠지고 이도 빠지고 눈도 희미해지고 귀도 어두워지고 식욕도 없어지면서 영원한

네 집으로 돌아간다고. 은줄이 풀리고, 금 그릇이 깨어지기 전, 물 항아리가 우물가에서 깨어지고, 두레박 끈이 우물에서 끊어지기 전에 너는 창조주를 기억하라고. 그때 흙으로 만들어진 것은 흙으로 돌아가고 그 영은 그것을 주신 하나님께 돌아간다고. 그래서 지구상에서 유일하게 인간이 두 발로 서 있는 목적이 하늘을 올려다볼 수 있게 하기 위함이라고….

비록 그런 세상을 인정하지 않았어도 인류는 어떤 시대를 살던 하늘이 두려운 줄을 안다. 이 험난한 세상에 노인이라는 소리까지 듣고 살았다면 분명 축복이다. 그러나 여기에서 하늘을 사모하는 마음이 없이 짐승처럼 땅만 보고 있으면 결국 그 축복이 저주가 될지 누가 알 것인가?

사람이 자녀를 백 명이나 낳고 장수하고 오래 산다 하더라도 그 마음이 행복하지 않으면 "차라리 낙태된 아이가 그 사람보다 낫다"라고 솔로몬이 탄식하지 않던가? 살아서 죄를 더하느니 태에서 죽는 게 낫다는 말을 노인은 깊이 새겨들어야 할 것이다. 노인이 세상을 향한 분노로 그 영이 무거워져 세상을 떠돈다고 하던데. 생에 마지막 노년기에 땅에서 맺은 인연과 화해해야 떠나는 몸짓도 가벼워지건만….

심판의 기준은 능력이 아니라 역할이다

20세기 예언가인 마르틴 부버는 인간으로서 해야 할 가장 위대한 일은 상대방의 가치를 인정하고 그 사람으로 하여금 가장 그답게 살게 하는 것이라고 했다.

평등(equal) 아닌 공평(fair)

같은 곳에서 같은 일을 하면 당연히 강한 자가 약한 자를 지배하게 되어 있다. 사회의 구조가 경쟁체제에 있으면서 통치자들은 평등을 부르짖는다. 더구나 이번 정부는 약자 편에 선다고 하며 약자를 위한 정책을 쏟아낸다. 단순히 약자를 위한다는 정책으로 강자를 끌어내리려 한다. 국가는 두 가지 축으로 발전한다. 강자끼리는 경쟁을 시키고 약자는 자신의 한계를 인정하고 스스로 행복한 삶을 살면 된다.

진보정권은 일률적으로 평등만을 주장하면서 특수한 계층을 인정하지 않음은 물론 그 자체를 없애려는 것이다. 세계는 첨단 과학의 세계로 나가는데 하향평준화로 역행하고 있다. 하나님은 '공평한(fair)'을 강조하셨다. 흔히 말하는 '평등한(equal)'과 다른 개념이다. 다시 말하면 누구나 일률적으로 같은 것이 아니라 능력에 따라 공정하게 살라는 것이다. 엄격하게 따지자면 차별이다. 그러나 능력을 가진 자가 독식할까 봐 상한선을 정해 놓고, 불법을 저지르지 말고, 빼앗긴 자를 돌보고, 통치자는 공정한 판단을 해서 질서를 유지하라는 당부와 함께.

누가복음에 나오는 이야기다. 한 주인이 먼 길을 떠나면서 3명의 하인에게 능력대로 각각, 금 다섯 냥, 두 냥, 그리고 한 냥을 나누어 주었다. 얼마 후 돌아와 보니 다섯 냥을 받은 자는 다섯 냥을, 두 냥을 받은 자는 두 냥의 이문을 남기자 주인이 크게 기뻐하며 작은 일에 충성하였으니 큰일을 맡기겠다고 했다. 그런데 한 냥을 받은 자가 "당신이 곧은 사람이라 심지 않는 데서 거두지 않는 사람이라는 것을 알기에 그냥 땅에 묻었다가 그대로 가지고 왔다"고 하자 주인은 분노했다. "악하고 게으른 종아, 심지 않은 데서 거두지 않는 것을 알았다면 차라리 없는 자에게 꾸어 주어 이자라도 받았어야지?" 하면서 그 돈을 빼앗아 열 냥 가진 자에게 주었다. 이에 예수께서 "무릇 있는 자는 받아서 풍족하게 되고 없는 자는 가진 것마저 빼앗긴다"라고 하시었다.

여기서 배분부터 달랐다. 처음부터 능력별로 나뉘며 모두가 똑같이 받지 못했다. 지식이든, 돈이든, 권력이든, 가질 자격이 되는 자에게서 그 가치를 더욱 크게 할 수 있다. 그런 능력이 있는 자들은 오히려 경쟁력을 키워 더 높은 가치로 끌어올리는 것은 국가의 책무다. 5%가 창의적이고 주도적으로 움직여서 95%가 먹고 사는 세상이다. 마이크로소프트로 세상의 패러다임을 바꾸고 엄청난 일자리를 창출한 빌 게이츠도 이렇게 말했다. "인생은 절대로 공평하지 않다."

게다가 주인은 한 냥을 묻어 두었던 종에게 악하다고 했다. 자신의 게으름을 주인의 탓으로 돌리고 처음에 한 냥을 차별적으로 받은 것도 내심 불만이었다. 먹고 사는 것이 나아졌다고 사람마다 능력과 편차가 있음을 인정하려 들지 않은 것이다. 이제 사회는 예전과 달리 다양한 방법으로 살 수가 있다. 남이 좋아하는 내가 되는 것이 아니라 내가 좋아하는 내가 되어야 한다는 타임지의 주장처럼 21세기에는 남과 비교하는 사회는 더 이상 발전할 수 없다. 요즈음 젊은이들은 다음과 같은 말을 한다. "부러워하면 지는 것이다." 빌 게이츠는 피할 수 없는 현실이라면 수용하라고 했다. 대한민국이 선진국으로 진입하려면 각자의 능력을 인정하고 존중하는 사회적 인식이 우선되어야 한다.

서로의 가치를 인정하며 각자의 역할에 충실하면 당연히 경쟁이 없는 블루존이다. 철수가 피아노를 치면 순이는 바이올린 쳐서 철수의 음을 더 아름답게 해주고, 남편은 돈을 벌면 아내는 살림을 하면 되고, 젊은이는 일자리 많은 도시에 살고, 일이 없는 노인은 도심을 벗어나면 된다. 그런데 철수도 순이도 같은 피아노를 치면 경쟁하는 수밖에 없다. 남편도 일하고 아내도 일하면 일자리를 놓고 둘은 경쟁하는 수밖에 없다. 노인이 도심의 부동산을 깔고 있으면서 젊은이들에게 높은 임대료를 받겠다고 하면 그곳은 종국에는 모두가 죽는 레드존이다.

부버의 말처럼 개인 간에는 상대방의 가치를 인정하고 가장 그답게 살기를 격려하며 도와주고, 공적 영역에서는 사회 정의 실현이라는 명분으로 다양성을 억제하지 말고, 지나치게 경직된 제도에 급급한 정책으로 나라의 경쟁력이 떨어지지 않게 해야 하는데….

소확행?

"메리와 톰은 서로 사랑해서 결혼을 했다. 둘은 좋은 집에서 아이들을 키우며 행복하게 사는 것을 목표로 열심히 살았다. 둘 다 변호사이므로 일하는 만큼 수입도 좋아서 남보다 먼저 아주 멋진 정원이 딸린 집을 샀다. 그러는 사이 자식도 3명이나 낳았다. 비록 소원하던 꿈을 이루었으나 집을 관리하고 아이들을 양육하는 데 부담해야 할 비용은 점점 늘었다. 그래서 둘은 밤낮없이 더 열심히 일을 한다. 어느새 메리는 30대 중반에 접어들었고 아이들은 무럭무럭 자랐지만 일에 매달리느라 저녁에 자고 있는 아이들의 얼굴을 잠깐 보는 것이 고작이다. 메리는 여느 아침과 마찬가지로 화장도 하지 못한 얼굴로 서둘러 서류 가방을 들고 현관을 나서는데 낸시가 경쾌한 차림으로 들어온다. 낸시는 메리의 아이들을 돌보는 보모다. 막 잠에서 깨어난 아이들은 낸시에게 달려가고, 메리는 그녀의 고급 차에 쓰레기처럼 구겨져 운전대를 잡고 회사를 향해 출발하려고 시동을 건다. 메리는 한 손으로 운전대를 잡고 남은 손으로 피곤함에 절은 얼굴에 분을 바르면서 문득 차의 백미러에 펼쳐진 그녀의 멋진 집을 보게 되었다. 어느새 봄을 맞은 메리의 잘 가꾸어진 정원에는 새싹이 파랗게 돋고 가지에 새들이 앉아 지저귀고 막 떠오르는 아침 해가 정원을 곱게 물들인다. 메리의 멋진 집의 넓은 거실 창에는 모닝커피를 마시며 정원을 내려다보는 낸시가 보였다. 곁에는 메리의 사랑하는 아이들이 달라붙어 있다. 문득 메리는 그토록 누리려던 것을 모두 누리고 있는 것은 바로 낸시구나 생각하며 울컥 눈물을 쏟았다. 도대체 무슨 영화를 얻자고 이러고 바삐 사는지…?"

1990년대 후반에 미국에서 발간된 한 칼럼 서적에서 읽은 것이다. 그때는 엘리자베스 멕케나나 게일 에반스가 더 이상 남자 같은 성공에 매몰되지 말고 고유한 여자의 역할을 회복해야 한다고 외치는 시점이었다.

또한 제2차 대전 이후로 시작된 미국의 팽창기가 막을 내리고 실업자가 양산되며 경제가 재편되는 시점이기도 했다. 남자보다 더 열심히 일해 왔지만 구조조정은 여자부터 시작되자 주부로만 살았던 과거의 어머니보다 더 행복하지 않았다는 것을 깨달았다. 그래서 당시 미국의 여자들에게 남자처럼 일하는 것이 행복을 주지 않는다는 것을 제대로 인식하고 모든 것이 망가졌지만 회복하자는 움직임이 일기 시작했다.

최근 오래전에 미국으로 이민을 갔던 지인의 딸 이야기를 들었다. 어려서부터 아주 영특해서 부모의 기대를 한몸에 받으며 자랐고, 하버드에서 법학을 전공한 후 꽤나 명성이 있는 법률 사무소에서 수억 대의 연봉을 받으며, 말 그대로 커리어 우먼으로 살더니 돌연 일을 그만두었단다. 30대 초반인 그녀는 둘째 아이를 출산했는데 육아를 위해서 사직한 것이다. 물론 같은 업종인 남편의 전폭적인 지지를 받으면서 아이를 키우는 주부를 선택했다고 한다. 당연히 한국의 베이비부머 세대인 친정엄마는 분통을 터트린다. 배운 것을 써먹지 못하고 고작 애나 키우려고 한다면서.

베이비부머 세대는 외형의 확장과 성과에 따라 평가를 받고 내가 누구냐가 아니라 무엇을 하느냐로 평가를 받았다. 그러나 베이비부머 키즈는 내가 좋아하는 것을 과감하게 선택하며 행복을 추구한다. 그들의 선택에 따라 사회도 점차 바뀌어가고 있다. 미국의 베이비부머 작가인 크리스퍼 라쉬는 "이 억제할 수 없는 소비 사회에서 확실하게 성공한 것은 자식들에게 성공하라고 가르치지 않은 것"이라고 했다. 그는 세상이 이제 확대되지 않으므로 더는 그동안 살아온 방식으로 나아갈 수 없다는 위기에 봉착했다며….

최근 우리나라에서도 젊은이들 사이에 소소하지만 확실한 행복을 느끼는 소확행이 들불처럼 번지고 있다. 이제는 부모의 과한 기대에서 벗어나 작은 것에 행복을 느끼며 인간의 본성을 찾아보자는 움직임이다. 세상에 모든 것을 다 해 보았다는 솔로몬도 말년에 모든 것이 헛되다고 탄식한다. 지혜를 얻고자 했지만 지혜가 많으니 괴로움도 많고 그만큼 고통도 늘어났다고. 그의 눈이 원하는 것이면 무엇이든 다 해 보았지만 결국 바람을 잡는 것처럼 허무하다고. 또 해 아래에서 수고했던 모든 것은 후대에 물려준다 생각하니 헛되고, 날마다 일하는 수고는 괴로움뿐이며, 밤에도 편히 쉴 수도 없었다고. 결국 바람을 잡고자 두 손을 벌려 수고하는 것보다 한 줌으로 만족하는 것이 낫다고….

자신을 위한 정책을 만드는 여성부

김대중 정권에서 여성부라는 중앙 부처를 만들었다. 어느 나라에도 없는 공조직이다. 어쨌든 여성을 대변한다는 명분으로 시작했지만 여성 전체를 대변하는 조직이라고 보기는 어렵다. 이유는 여성부는 모두 일하는 여성으로 구성되어 있기 때문에 일하는 여자에게만 필요한 정책이 집중된다는 것이다. 최근 들어 저출산을 빌미로 출산부터 육아는 물론 영유아 교육까지 국가 책임이라며 엄청난 규모의 예산을 요구하고 나섰다. 더구나 일하는 여성에게 중점을 두니 나누고 가르는 정책 위주로 진행해 나간다. 결국 자신들을 위한 조직 관리 강화에 역점을 두는 것이다.

아직도 대한민국에는 일하는 여성보다 일하지 않는 여성이 더 많다. 누군가의 아내로, 혹은 어머니로 살림을 전업으로 하고 있는 여성들. 예전에는 배움이 짧아 자기 성취라는 것을 할 수 없었지만 이제는 교육 수준이 높아져 일하는 것에 전혀 문제가 없다. 그러나 여전히 여자에게 일자리는 녹록지 않다. 앞으로 상황은 점점 나빠져서 2030년에는 인구 대비 30%만 일을 할 것이라는 예측이 나오고 있다. 일을 할 수 있는 능력자는 쏟아져 나오지만 그런 인력을 충당할 일자리는 점점 줄고 있는 현실을 애써 모른 척하고 있다.

세계에서 유일하다는 여성부가 이런 현실을 부정하면서 아들과 딸을 가르고 남편과 아내를 가르면서 가족을 해체한 비용을 국가가 책임을 지라고 한다. 여자들이 정치에 뛰어들어 여자들의 권익을 위해 온몸을 불사르겠다지만 먹고살 만하면 먼저 가정으로 돌아가는 용기를 내보는 것은 어떨지? 차라리 내 아이만큼은 내가 키우고, 내 부모를 돌보며 가정을 지키겠다는 여자들에게, 일하는 여자들에게 주는 만큼 주려는 것에 먼저 솔선수범하면 어떨지? 저런 여자들도 살림하는데 하면서 주부로 사는 것에 자부심을 느끼게 해 주면 어떨까? 외벌이 남편에게 세금 혜택도 주고, 무조건적인 육아 혜택보다는 급여 차이를 두고, 여자가 가정을 지켜도 크게 억울하지 않다는 의식 전환은 물론 시스템 개편을 하면 어떨지?

엘리자베스 멕케너는 《성공을 강요받는 여자들》에서 남자처럼 일에 매진했던 여자들도 중년에 접어들며 지친 목소리를 내고 있다고 말한다. 열심히 일을 하며 커리어를 쌓았다지만 그다지 행복하지 않단다. 그렇다고 쉽게 포기하지도 못하고 그러기에는 또 너무 멀리 왔다는 생각을 하며 갈등한다고… 때론 스스로 선택하기보다는 누군가 선택해 주기를 바란다고 한다. 그럼에도 사회를 주도하는 여자나 여성 운동가들은 여전히 여자들에게 "도중에 하차하지 마라. 남자와 대등하게 일하는 여성의 좋은 사례가 되고 있다. 절대로 직장을 포기하지 말고 여건을 개선하라"고 말한다.

정신의학자들은 현대인 대부분이 신경증을 앓고 있는데 그 이유는 하고 싶지 않은 일을 억지로 하기 때문이란다. 나이 60살이 되도록 초등학교 교사직을 내려놓지 못하는 친구가 있다. 40여 년 가까운 세월 동안 코흘리개 아이들과 생활을 했으니 이제는 아이들 소리만 들려도 신경 쇠약에 걸릴 정도라고… 그래서 하루에도 수십 번 그만두고 싶어도 결심이 서지를 않는단다. 이유는 남들도 정년을 채우는데 자신이 굳이 그만둘 이유도 없다고 한다. 차라리 누군가 일률적으로 잘라 주었으면 좋겠다고 한다. 딸이 올해 교대를 졸업했지만 임용이 안 된다고 분통을 터트리며 같은 소리를 반복한다. "나 한 사람 그만둔다고 달라지지 않아. 더구나 딸이 백수인데 나라도 벌어야지. 누구는 좋아서 일하는 줄 알아? 제발 잘라줘. 제발!"

위기에 대비해야 하는데

여자는 가정을 지키고 남자는 나라를 지킨다고 한다. 가정은 공동체의 기본 단위다. 한 가정을 단위로 흩어져 정착해 나가는 것을 '디아스포라'라고 한다. 유대교에서 나온 용어로 비록 나라가 없어도 가정이라는 공동체를 굳건히 하면 어디에 있든 두려울 것이 없단다. 그 어떤 민족보다 고난과 역경을 받았지만 유대인의 디아스포라 정신은 지금껏 살아남아 전 세계에 흩어진 유대인의 지배력이 점점 더 확대되고 있다. 하나님은 인간을 창조하시고 가장 먼저 인간에게 가족을 만들어 주셨다. 아담에게 돕는 배필을 주고 아담은 가족을 위해 땀 흘려 일하고 여자는 고통을 겪으면서 자식을 낳으라고. 그리고 생육하고 번성하라는 명령과 함께. 그것이 디아스포라 정신이다.

현대 사회에서 발생하는 문제나 국가 간의 분쟁도 불안정한 가정에서 비롯된다. 바른 가정이 인간에게 주어진 안전지대다. 그럼에도 개인은 물론 국가 주도로 가정이 해체되는 시스템이 가속되고 있다. 더구나 대한민국은 전통적으로 가족주의가 강한 나라였다. 흔히 전통에 지배받는다고 하지만 성향이 그래서 그런 전통이 형성된 것이다. 다시 말하면 국민 DNA가 그런 성향이라 가족주의가 전통으로 형성된 것이다. 현재 서구 문명으로 인한 개인주의가 체형이 다른 우리 몸에 맞지 않는 옷을 입고 대세라니까 참고 있는지도 모른다.

제1, 2차 세계대전을 전후로 세계에 영향력이 커진 미국의 패권주의를 추종하는 나라가 많았지만 21세기는 나라별로 자기의 것을 찾아 분열하는 모양새다. 민주주의보다는 사회주의에 가까운 유럽이 있다면 공산주의를 바탕으로 한 중국식 자본주의가 있다. 이제 세계 각국은 미국이라는 거대 자본주의에서 이탈하며 나라의 행복 유형을 독자적으로 찾아가고 있다. 20세기에 오로지 경쟁하고 대립하며 쌓아 올린 물질문명으로 인해 인간관계가 파괴되고 가정마저 해체되고 있다.

그러나 최근 젊은이들은 작은 것에 행복을 느끼며 관계의 소중함을 갈구하기 시작했다. 40대에 지인은 살인적인 직장 스케줄에 매여 살지만 하루에 행복한 순간이 두 번 있다고 한다. 아침에 눈을 뜨면 부엌에서 들려오는 아내의 도마 소리가 너무도 따뜻하단다. 세상에 자신을 위해 아침밥을 짓는 아내를 생각하면 벌떡 일어나 다시 직장으로 갈 힘이 생긴다고. 일에 녹초가 되어 퇴근할 때 자신을 기다리며 저녁을 짓고 아내와 자식들을 생각하면 모든 피곤이 풀리는 것 같다고… 슬픔을 나누기는 쉬워도 기쁨을 나누기는 어렵다고 한다. 온전히 내 기쁨을 함께 나눌 수 있는 것은 가족뿐이다. 이유는 유일한 공동운명체이기 때문이다.

요즈음 나 혼자 사는 것이 대세라지만 사람은 혼자서 행복을 느끼는 것에 한계가 있다. 인간은 자신을 위해 무언가를 하는 이기적인 존재가 아니라 사랑하는 대상을 위해 움직이는 이타적인 존재다. 힘들고 어려운 직장 생활이지만 오로지 자기만을 바라보는 자식들의 맑은 눈동자에 다시 용기를 내어 일하러 나간다. 오로지 아버지의 어깨에 매달려 '아빠, 힘내세요' 하는 자식의 간절한 바람에 힘을 받으며… 그래서 인간은 고난이 왔을 때 극복할 힘이 자신에게서 나오지를 않는다. 바로 그를 절대 사랑하는 사람에게서 나온다고 한다. 맞벌이가 대세라지만 통계자료에 따르면 외벌이 가정은 위기에 봉착했을 때 이를 극복하는 반면, 맞벌이 가정은 쉽게 헤어진다고 한다. 다시 말하면 외벌이는 그 한 사람을 위해 온 가족이 위기를 극복하려고 애쓰지만 맞벌이는 헤어지는 쪽으로 위기를 해결하려고 하기 때문이란다.

대한민국이 전쟁 이후로 전설처럼 경제 발전을 실현해 왔지만 이제 위기가 닥쳐올 거라는 예측을 하고 있다. 그동안 크고 작은 위기가 있었지만 그 어느 때보다 초강력 위기를 예고한다. 누군가 비관적인 미래 전망이 유효하냐고 반문하지만 위기라고 생각하고 대처하는 자세가 먼저일 것이다.

선지자인 요나는 니느웨 성이 아주 악한 나라이므로 하나님의 벌을 받아 마땅하다고 생각했다. 하지만 하나님께서 니느웨에 가서 곧 망할 거라는 사실을 전달하라고 한다. 하지만 요나는 그 사실을 전달해도 결코 대비도 하지 않을 것이며 그럴 필요도 없다고 도망을 다니다가 결국 하나님께 붙들렸다. 요나는 마지못해 니느웨 사람들이 거의 들리지 않을 정도로 망할 거라고 속삭였다. 하라고 하니 할 수 없이 시늉만 한 것이다. 하지만 그 미세한 소리에 니느웨 사람은 반응했다. 왕을 비롯하여 모든 국민이 나서 회개를 하며 기도를 하자 하나님께서 그들을 다시 살려 주었다고 한다.

나라나 가정이나 위기를 위기라고 생각하지 않는 것 문제다. 60년 동안 낙관적인 자세가 더 큰 위기를 초래할지도 모르는데… 이제 더 즐겁게 더 편하게 살자는 생각을 내려놓고 풍요로움 속에 흩어진 삶을 돌아보며 혹여 과정 중에 잘못이 없는 되돌아보고 원칙을 회복할 때가 아닌지?

엄마부대와 맘 카페

엄마부대는 주로 중년의 여인들이 모인 정치 집단인 것 같다. 맘 카페는 유아기의 엄마가 주축이 된 모임이다. 비록 두 모임은 연령층이 다르지만 엄마라는 공통점이 있다. 그들은 지배할 수 있는 권력은 없지만 감시 기능을 가지고 내 자식이 불이익을 받지 않도록 하겠다는 모임임에는 틀림이 없어 보인다.

부모에게서 독립하는 자식을 둔 중년의 엄마와 이제 세상에 태어난 자식을 키우는 새내기 엄마들의 집단행동을 보며 어린 시절에 들었던 우화가 생각난다. 옛날에 나막신 장수와 짚신 장수를 아들로 둔 엄마는 날이 맑아도 혹은 비가 와도 근심했다고 한다. 햇빛이 반짝이는 날에는 나막신 장사를 하는 아들 생각에 근심스럽고 비가 오면 짚신을 파는 아들 때문에 근심하면서… 60살을 넘기면 세상 시름을 잊고 편하게 살 줄 알았는데 막상 그 나이가 되고 보니 우화에 나온 어미의 심정이다. 막내딸은 보육교사이고, 시집간 큰딸이 낳은 손주는 보육원생이다. 한동안은 손주 생각에 보육교사에게 학대당하는 것을 보고 분노했는데 이제는 '보육교사로 있는 막내딸이 혹여 힘들다고 죽겠다고 하는 것은 아닌지?' 하는 생각이 든다.

살다 보니 엄마라는 자리가 거저 얻어지는 것이 아님을 알 수 있었다. 싫든 좋든 엄마가 되었다면 자식의 인생과 결코 떨어져 있을 수가 없다. 누군가 아버지는 어디 가고 엄마만 책임을 지느냐고 반문한다. 융은 남자는 여자를 정복하려는 성향이 있고 여자는 남자를 묶어 두려는 경향이 있다고 한다. 결혼에서 여성은 한 남자에게 국한되는 반면에 남자는 개인적인 것을 넘어 확장하려는 성향이 있다. 그래서 남자에게 자식은 많은 자식 중 하나이고, 여자는 자궁에 품은 자식만 내 자식이다. 그래서 자식에 대한 엄마 사랑이 절대적이란다.

누군가 자식은 인간에게 가장 비싼 장난감이라고 한다. 모든 것을 다 해주고 싶을 만큼 절대 사랑하는 기간이 고작 0세에서 2~3세까지인데 자라는 모습을 보고 기뻐하느라 남은 생에 대한 값을 엄청나게 지불하는 것이라고. 자식 농사 잘 짓기가 정말 어렵다고 한다. 세상을 살면서 내 마음대로 안 되는 것이 자식이라고 하질 않는가. 그래서 무자식이 상팔자라고 할 만큼 예측할 수 없는 것이 자식의 앞날이다. 부모만 바라보는 그 어린 눈망울에 취해 별이라도 따 줄 것처럼 요란을 떨지만 말문이라도 트이기 시작하면 부모를 거역하는 행동부터 시작한다. 성경에는 자식 사랑하라는 말이 없다. 이유는 사랑하지 말라 해도 절대 사랑하니까. 그래서 오로지 훈육하라고 하건만….

맥아더의 자식을 위한 기도는 유명하다. 다음은 그의 기도의 마지막 문구다. "그리하여 나 아버지는 어느 날 내 인생을 헛되이 살지 않았다고 고백할 수 있도록 도와주십시오." 부모와 자식은 그렇게 고리로 엮인다. 자식이 잘되면 그 부모가 축복을 받았다고 생각하고, 자식이 잘못하면 부모의 죗값으로 생각한다. 최근에는 당대에 모든 것을 주고받는다고 한다. 박정희는 딸 박근혜만 아니었으면 대한민국 최고의 통치자로 이름을 남길 수 있었을지도 모른다. 비록 그가 독재를 했지만 이 나라 경제성장에 기여한 바는 그 어떤 통치자와도 비교할 수 없기 때문이다. 십수 년 전 어느 재벌 아들이 술집 종업원에게 맞았다고 그 아버지가 조폭까지 동원하여 그 종업원을 폭행했다는 뉴스에 사람들이 공분했었다. 얼마 전 이번에는 아들이 술집 종업원을 폭행했다는 뉴스가 연일 방송을 탔다. 세상 사람들은 그때의 사건을 다시 떠올리며 부자를 비난했다. 당시 자기 자식을 구타했다고 기세등등했던 중년 아버지의 모습은 사라지고 어느새 노년에 접어든 초라한 모습을 방송에서 볼 수가 있었다. 한 나라의 재벌이라는 자리를 차지했건만 여전히 자식 문제에 얽매이며 구설에 오르자 이번에는 고개를 숙이고 잘못했다고 한다. 그사이에 옥고까지 치렀으니 세상에 돈만 가지고 되는 일이 없다는 것을 뒤늦게 알았는지?

일의 끝이 시작보다 낫다고 하지 않는가. 자식의 시작에서 가진 권력까지 동원하여 사랑하기보다는 시작과 끝을 주관하시는 하나님을 향한 기도가 필요한 것은 아닌지? 당시 맥아더는 세상 권세를 쥔 사람이었지만 왜 저런 기도를 했겠는가?

자식을 위한다고 광장에 나와 머리에 붉은 띠를 두르고 확성기를 대고 소리치는 엄마부대의 엄마나 어린 자식 보호하겠다고 맘 카페라는 단체를 형성하여 무차별적으로 공격해대는 엄마가 정작 자식들이 보기에는 어떨지? 자식들은 부모의 앞모습을 보고 따르는 것이 아니라 뒷모습을 보고 따른다는데… 어쩌자고 어미 된 자가 자식까지 앞세워 여론을 주도하고 정치바람까지 일으키려 하는지….

세상은 더 큰 힘이 존재한다는 것을 어미 된 여자는 알아야 한다. 정의를 실현한다지만 속내를 들여다보면 모두 자기 잇속이다. 이처럼 자기 이익만을 추구하며 맛 물려 돌아가는 악한 세상에서 내 자식을 지키는 것은 오로지 순수한 손을 모은 어머니의 기도뿐이다. 하나님이 링컨에게 준 것은 단 두 가지, 가난과 기도하는 어머니라고 하던데….

자식은 부모의 업보?

은희경의 소설 《비밀과 거짓말》에는 "원수가 자식으로 태어난다"는 글이 있다. 자식이 없던 부부가 주막을 운영하며 근근이 먹고 살았는데 어느 날 돈을 잔뜩 짊어진 젊은이 3명이 머물게 되었다. 그 사실을 알게 된 주인은 깊은 잠에 빠진 젊은이들을 죽이고 시신들을 우물에 던졌다. 주인은 그렇게 해서 빼앗은 돈으로 부자가 된 것도 기뻤는데 얼마 후에 세 아들이 연달아 태어났다. 아들들이 무럭무럭 자랄수록 한결같이 인물이 훌륭하고 영특하니 주인의 기쁨은 이루 말할 수가 없었다. 주인의 삶의 기쁨인 세 아들이 장성할 즈음 갑자기 차례대로 아들이 죽기 시작했다.

부모의 기쁨이요, 자랑이던 세 아들을 순식간에 잃는 주인은 미친 듯이 돌아다니다가 염라대왕까지 만나게 된다. 그리고 내 자식이 무슨 죄가 있다고 그렇게 데려갔느냐고 항의하자 염라대왕이 이렇게 대답했다고 한다. "우물에 죽어 있는 원혼이 네 아들들로 태어난 것이다. 그들이 죽인 자의 자식들로 태어나 가장 깊은 사랑을 빼앗아 가는 복수를 한다."

품 안에 자식이라고 했듯이 부모의 보호를 받고 있을 때는 부모의 지시를 고분고분 따른다. 그러나 막상 독립할 나이에 접어드니 잘나가는 자식에 대한 소문만큼이나 슬픈 소식도 늘어난다. 장성한 자식이 스스로 죽고, 암으로 죽고, 유학 중에 죽고, 여행 중에 죽었다는… 아마도 부모 된 자에게 세상에 어떤 고통도 자식을 앞세운 고통과 비교할 수 없을 것이다. 그렇게 자식을 앞세운 부모의 고통 이면에는 '혹시 내 죄 때문에?'라고 생각하는 죄의식에 시달린다. 또한, 예전처럼 자식이 많으면 남는 자식 때문에 슬픔에서 빠져나올 수 있지만, 요즈음처럼 외동인 자식을 잃게 되면 부모의 인생도 함께 사라져 버리고 마는 것 같았다. 수년 전에 지인의 외아들이 군 복무 중에 사고사를 당했다. 아버지는 고위 공직자요 어머니는 교수이며 죽은 아들도 일류대학을 다니는 재원이었다. 모두 세상에 부러울 것이 없는 집안이라고 했는데 아들이 그렇게 되자 부부는 살아갈 희망을 잃은 듯했다. 그래도 세월이 가면 회복될 줄 알았는데 결국 부부는 그동안 세상에서 쌓았던 모든 것을 버리고 산속으로 들어갔다. 그러면서 시간이 갈수록 상처가 더 깊어지기만 하다고. 사는 것이 사는 것이 아니라며….

그러나 이보다 더 슬픈 일도 발생한다. 장성한 자식이 남의 자식을 죽이는 일이 비일비재한 게 현실이다. 남을 해할 만한 사람이 아닌 남보다 잘 키운 중산층 가정의 자식들이 잔인한 살인에 가담하는 경우가 많다. 공모하여 어린 초등생을 죽인 여학생의 부모는 전문직 종사자란다. 피해자의 부모는 아마도 자식을 잃은 슬픔을 넘어 상상을 초월하는 고통을 겪고 있을 것이다. 히틀러는 엄마가 유대인과 관계를 했다는 이유로 권력을 가졌을 때 유대인 학살을 주도했다는 설도 있다. 서로를 죽고 죽이는 자는 모두 누군가의 자식이었다.

에덴동산에서 여자는 뱀에게 속아 금단의 사과를 아담에게 먹이고 쫓겨난다. 그러자 하나님은 여자에게 고통 속에서 아이를 낳는 벌칙을 내리신다. 이어서 아담에게 땀 흘려 일해서 가족을 먹여 살리라는 명령과 함께 에덴동산에서 쫓아낸다. 동산 밖에서 가족을 이루며 살던 아담과 하와가 첫 번째로 겪은 사건이 형제간의 살인이다. 형인 가인이 동생인 아벨을 질투심으로 죽이고 땅에 묻고, 가인은 도망자가 되어 떠돈다.

하나님은 아담과 하와에게 금단의 사과를 먹으면 정녕 죽을 것이라고 했지만 살려서 에덴동산에서 내쫓았다. 비록 동산에서 쫓겨났지만 아담과 하와는 자식을 낳고 키웠다. 그런 기쁨도 잠시 큰 자는 죽이고, 작은 자는 죽임을 당하는 고통을 겪어야 한다. 차라리 죽는 게 낫다는 고통을 겪어야 하는 부모의 마음이 되어….

내 자식 사랑이 도를 넘고 있다. 자식 사랑 때문에 강남 부동산이 오르고, 자식의 취업을 위해 공권력이 동원되고, 자식 사랑에 기러기 아빠가 양산되며 가정이 해체되고, 자식 사랑에 교육자가 시험지를 빼돌려 범법자가 되고, 자식 사랑에 대통령 권한도 남용되는, 해괴한 정유라 사건도 일어난다. 솔로몬은 잠언에서 이렇게 말한다. "자식을 때려라, 죽지 않는다." 또 때릴 때 어설프게 때리지 말고 피가 나도록 때려 정신까지 바구라고 했다. 또한 아직 희망이 있을 때 자식을 징계하라고 했다. 그가 망할 때까지 내버려 두지 말고.

내가 사랑하는 만큼 남도 사랑해 달라고?

고슴도치와 독수리가 서로의 새끼는 잡아먹지 말자는 계약을 맺었다. 독수리가 고슴도치 새끼가 어떻게 생겼는지 먼저 알려달라고 하자 고슴도치가 대답했다. "보면 알아요. 세상에서 제일 예쁘거든요." 어느 날 외출에서 돌아온 고슴도치 어미는 새끼들이 몽땅 잡혀 먹었다는 것을 알고 독수리에게 달려가서 따졌다. 그러자 독수리가 이렇게 대답했다. "세상에 그렇게 못생긴 것들은 처음 봤는데… 네 새끼였다니?"

출산율이 떨어지는 최근 추세에 맞추어 아이 양육을 국가가 책임지라는 요구가 점점 거세어지고 있다. 그런 요구에 부응하기 위해 정부는 양육기관에 각종 혜택을 주며 양육 연령이 점점 내려가 이제 돌만 지나도 국가의 혜택을 받고 양육기관으로 갈 수 있다. 더하여 양육자를 믿을 수 없다며 양육자의 인성도 관리하여 보이지 않는 곳에서 내 자식이 당하는 불이익도 막아 달라고 한다. 이렇게 자식을 맡긴 부모와 위탁을 받은 양육기관 간의 불신과 대립은 목불인견이다.

부모가 돌보지 않는 시간 동안 동선을 따라 감시한다지만 마음만 먹으면 얼마든지 눈속임을 할 수 있다. 때리지만 않았지 드러나지 않게 아이를 미워하는 눈빛은 결코 잡아내지 못할 것이다. 부모가 눈을 부라리며 감시를 한다지만 그로 인해 더 학대받는 어린 자식들은 스스로 표현하지도 못하고 상처만 깊어간다. 심리학적으로 5세까지 한 사람의 지속적인 사랑을 받는 아이가 정신적으로 가장 건강한 아이가 된다고 한다. 어쩌다 태어난 지 얼마 되지 않아 엄마가 아닌 타인의 손에 키워지는 시대를 사는 자식들이다. 할 수 없이 어린 자식을 남에게 맡긴다는 부모들은 아이를 돌보는 사람의 인성을 바꾸라고 하지만 내 자식도 미울 때가 더 많다.

그러니 자식을 돌보는 사람에 대한 믿음이 없다면 차라리 안 보내는 것이 낫다. 감시하는 데는 한계가 있기 때문이다. 아니면 자식을 사랑받는 아이로 바꾸면 된다. 사랑받는 아이는 잘 웃고 말을 잘 듣는 아이다. 인기 프로그램인 〈슈퍼맨이 돌아왔다〉를 보면서 시청자들은 출연하는 어린아이들에게 흠뻑 빠진다. 이유는 떼를 쓰지 않고 말을 잘 듣고 울지 않는 아이이기 때문이다.

유독 한국 아이들이 개인주의 성향이 강하고 단체 생활 적응력이 떨어진다고 한다. 이는 가정에서 양육하는 동안 사회생활에 대한 훈련을 받지 못했기 때문이라고 한다. 아이를 지나치게 사랑한 나머지 제멋대로 하게 내버려 둔 결과다. 인권을 강조한 미국식 교육을 도입한 결과다. 그러나 최근 우리나라 근대화 교육의 원조인 미국에서도 막돼먹은 자식들이 속출하면서 유럽식 교육에 관심을 두기 시작했다. 인권을 앞세우는 미국 교육과는 정반대로 혹독한 훈육을 받은 프랑스 아이들이 미국 아이들보다 우수하단다.

프랑스에서는 부모가 독재자처럼 구는데 처벌 방법도 논란거리다. 남이 보는 앞에서 부모들이 아이들의 따귀를 때린다는 것이다. 물론 미국에서는 공개적인 장소에서 그렇게 자식을 때리면 바로 구속된다. 이유는 그렇게 맞으면 아이들이 모멸감을 느끼고 자존감이 떨어진다는 것이다.

하지만 프랑스인들은 잘못했을 때 공개적으로 망신을 당해야 절대로 같은 잘못을 하지 않는다고 주장한다. 최근에 우리나라에서도 자식을 때리는 것이 반 인격적인 행위라고 말하며 꽃으로도 때리지 말라고 한다. 미국의 아이들은 원할 때마다 간식을 주지만 프랑스에서는 하루에 한 번만 냉장고를 열게 한다. 주로 오후 4시 한 번인데 이는 인내심을 함양시키기 위함이란다. 미국인은 아이가 울며 보챌 때 들어주지만 프랑스인은 안 된다고 자르고 그칠 때까지 그대로 둔단다. 좌절에 적응하는 방법을 교육하기 위해서다.

제2차 세계대전 이후로 세계 강자로 떠오른 미국인들의 인권 교육이 대세인 줄 알았다. 그러나 강하게 훈련시킨 유럽인과 미국인의 현재 모습이 그 결과를 말해준다. 지적이고 예의 바르고 상대를 위한 배려심이 깊어서 매력적이라는 것이 유럽인에 대한 평가인 반면에 즉흥적이고 제 멋대로인 것이 미국인의 모습이다. 우리나라는 오천 년의 역사를 가진 민족이다. 비록 가난했지만 동방의 예의지국이라는 평을 받을 만큼 품위를 지켜왔다. 신흥 졸부와 같은 미국인보다는 오랜 전통으로 단련된 유럽인에 더 가까운 민족인데….

엄마들의 안하무인식 자식 사랑으로 인해 이미 맘충이라는 소리를 듣고 있다. 앞뒤 분별없이 날뛰는 아이들 때문에 인상을 찌푸리는 경우가 많다. 물론 부모의 말도 듣지 않는다. 자식이 부모 말을 안 듣는다면 이미 부모의 권위는 사라지고 자식이 부모를 지배하는 꼴이 되고 만다. 솔로몬은 잠언을 통해 아이는 어리석고 미련하니 꾸준히 가르치라고 했다. 아이의 마음에는 미련이 있어 부모가 자신을 사랑하기만 한다는 것을 알기에 제멋대로 하는 것이다. 자식은 때가 되면 부모를 떠나 사회생활을 해야 하는데 그곳에서 사랑받을 수 있도록 훈련하는 것이 부모의 몫이다.

21세기는 가정양육 시대다.

파이다고고스

사랑의 매란 없다. 그만큼 사랑하기 때문에 때리지 못하는 것이다. 엄밀한 의미에서 자식을 때리는 순간에는 때릴 만큼 미운 감정이 실린다. 베이비부머의 어머니는 자식을 곧잘 때렸다. 미워서 때리고, 섭섭해서 때리고, 그러다가 그럼 자신의 감정 때문에 맞아야 하는 자식이 불쌍해서 때리고, 도망도 안 가고 맞고 있는 자식이 야속해서 더 때리고… 그렇게 맞고 자란 자식은 어머니가 자신을 미워서 때렸다고 생각하지 않는다. 사랑해서 때린다는 것을 뼛속까지 알고 있다.

흔히 자식을 안 때리는 것이 성숙한 인격처럼 인식되지만 때리지 않고 사랑할 만큼 여유로운 상황이기 때문이다. 그래서 그만큼 가진 자나 여유로운 자의 자식 교육이 어렵다는 것이다. 최근 재벌이나 권력자들의 자식들의 추한 행동이 구설에 오르자 서민들은 나는 돈이나 권력이 아무리 많아도 저렇게 자식 안 키운다고 말한다. 하지만 막상 그런 자리에 이르면 같은 행동을 할 것이다. 그 누구도 자식에 대한 절대 사랑은 피해 가지 못하기 때문이다.

이런 자식 사랑으로 훈육을 제대로 할 수 없었던 것은 어느 시대를 막론하고 고민 사항이었던 모양이다. 그래서 그리스 귀족은 파이다고고스를 고용해서 자식의 훈육을 맡겼다. 이들은 집안에서 부리던 노예들 중

외모가 다소 위협적인 인물로 선택했다. 그리고 이들에게 6세부터 15세까지 자신의 아이들을 돌보고 행실을 감시하는 역할을 부여했다. 이들은 본래 무식해서 교육을 담당하지 않고 아이들을 그림자처럼 따라다니며 보호하며 잘못된 행실을 지적한다. 당연히 생활 규칙도 철저하게 지키도록 한다. 심지어 주인의 자식이지만 부당한 짓을 하면 체벌할 수 있는 권한까지 주었다고 한다. 그런 파이다고고스를 귀족의 자식들은 싫어하지만 어쩔 수 없이 그의 감시를 받아야 한다.

그러다가 16세, 성년이 되면 파이다고고스의 감시에서 벗어난다. 물론 임무가 끝난 노예는 자기의 자리로 돌아가지만 훈련을 받았던 귀족의 자식들도 그들에게 보복하지 않는다. 그즈음에는 어떤 감시가 없어도 성숙된 인간으로 완성되었기 때문이다. "믿음이 온 후로는 우리가 몽학 선생 아래에 있지 않다"는 갈라디아서의 구절처럼. 이 몽학 선생이 바로 파이다고고스를 뜻한다. 다른 말로 인간의 본분을 알려면 초등학문이라는 행동훈련이 절대적으로 필요하다. 그럼에도 우리나라에서는 이런 바른 행동에 대한 훈련을 지속적으로 시키지 않고 오로지 지식 교육에 돌입하는 것이 유행처럼 번져나고 있다. 세 살 때부터 글을 가르치고 영어를 가르치고 숫자를 가르치려 한단다. '혹여 내 자식이 영재가 아닐까?' 하며 적합한 프로그램을 찾아다니며 말이다.

적어도 학령기 전까지는 신체 발달이 우선이다. 스스로 대·소변을 가리고, 먹고, 옷을 입고, 신을 신다가 점점 세밀한 것의 훈련을 받는다. 단추를 채우고, 신발 끈을 매고, 젓가락질을 하는 등. 신체 발달기에 있는 아동은 이런 행동의 완성에서 자신감을 얻는다. 유독 우리나라 엄마는 그런 것을 대신해 주려 한다. 옷을 입히고, 신발을 신기고, 밥을 먹여주고, 대 소변의 뒤처리를 해주는 등 그까짓 것 좀 더 자라면 저절로 된다고 믿으면서….

그러나 이런 발달의 유형은 적합한 시기에 적합하게 훈련하지 않으면 다른 발달에 장애가 된다. 이유는 인간의 연령에 따른 발달은 완성품의 조립을 위해 한 개라도 빠지면 안 되는 나사와 같기 때문이다.

조립 도중에 조립자가 필요하지 않다고 임의로 빼버린다거나 속도를 지나치게 단축시키는 것은 결국 완성품을 망가뜨리는 결과를 초래할 수 있다. 더구나 지식 교육에 밀려 이런 훈련을 마무리하지 못하고 보육기관에 가서 보육교사에게 의존하게 되면 자신감을 상실하는 아이가 된다. 대·소변도 가리지 못하면서 입으로 영어를 잘한다고 해도 보육교사 입장에서는 귀찮고 못난 아이일 뿐이다.

내 자식이 절대 그럴 리 없다지만 말문 트고 행동이 자유로워지면서 부모 말도 안 듣는다. 보육교사도 철이 없기는 마찬가지다. 보육학과를 나와 사회생활을 시작한 보육교사이고 보니 아이를 부모만큼 사랑할 리 없는데 그런 사랑을 주라고 아우성치는 부모들….

21세기, 선택의 시대

누가 무어라 해도 내 자식은 내가…

삶은 고해다. 평생 인간의 심리를 연구해온 심리학자 융도, 스캇 팩 박사도 이것이 가장 위대한 삶의 진리라고 한다. 삶이란 문제의 연속이다. 문명의 발달은 인간이 원하는 이상적인 삶을 추구하며 끊임없는 제도 개선을 한다지만 예상치 못한 문제에 다시 직면한다. 질병을 극복하여 인간이 질병으로 해방되고, 수명을 늘린다지만 질병은 더 빠른 속도로 발달해 나간다고 한다. 수명을 늘렸다지만 인구 노령화로 인한 부작용도 만만치 않다.

과학이 발달하고 인간관계가 복잡할수록 직면하는 문제의 난도는 높아지는데 대부분 현대인은 문제를 해결하기보다는 질질 끌면서 문제가 저절로 사라지기를 바란다. 하지만 문제를 해결하지 않으면 그대로 남아 정신적인 성장과 발전의 장애가 된다고 한다. 더구나 현대에 들어서면서 급변하는 환경 변화에 미처 적응하지 못하면서 인간은 신경증과 성격장애로 양분된다. 스캇 팩 박사가 말했듯이 세상과 갈등이 있을 때 자기에게 잘못이 있다고 생각하는 신경증 장애자는 자신을 못살게 굴고, 세상이 잘못되었다고 생각하는 성격장애자는 자기 이외의 사람들을 못살게 군다.

최근 자식들의 환경 부적응에 대한 병리현상이 뚜렷함에도 우리나라 부모 대부분은 미래가 더 좋아질 거라는 망상적인 사고에 빠져 문제 해결에 대한 적극적인 방법을 취하지 않고 있다. 스캇 팩 박사는 점점 커지는 고통을 안고 살아가야 하는 자식들에게 부모들은 될 수 있으면 고통을 막아주거나 피해가게 하지만 그것으로 문제가 해결되지는 않는다고 한다. 오로지 자식에게 직면하는 고통의 문제를 부모와 함께 해결하면서 그 방법을 배우게 해야 한다고 강조한다. 그것을 위한 유일한 방법은 함께 시간을 갖는 것이라고 한다.

자식이 필요할 때 언제든지 흑기사처럼 나타나는 부모가 있다고 생각을 하는 아이들은 고통에 직면해도 전혀 두렵지 않다. 그래서 늘 엄마가 집에 있었던 베이비부머 세대들은 학교에서 돌아오는 발걸음이 바쁘다. 그러다가 집이 보일 즈음 '엄마'를 외치며 달리기 시작한다. 엄마는 대문에 서서 달려오는 자식을 가슴으로 끌어 앉는다. '아이구, 내 새끼. 오늘 학교에서 뭐 배웠어? 배고프지? 엄마가 떡볶이 만들어 놨지.' 그러면 자식은 그날에 기뻤던 일, 속상했던 일들을 다 쏟아낸다. 항상 집에 있던 엄마가 어느 날 없으면 자식은 금방 풀이 죽어 친구들과 놀러 나가려 하지도 않는다. 하지만 엄마가 집에 있으면 친구들과 놀러 나가는 그 발걸음이 위풍당당하다. 친구들과 신나게 놀다가도 행여나 자신을 괴롭게 하면 냅다 집으로 달린다. '우리 엄마한테 이를 거야' 하면서.

그러나 요즈음 아이들은 그저 전화기를 통해 들려오는 소리에 기계처럼 움직인다. 하교한 후, 아무도 반기는 사람이 없는 빈집에 들어오거나 학원으로 직행하는 것이 일상화되어 있다. 이어서 핸드폰에서 다음과 같은 엄마의 소리가 들려온다. '집에 왔어? 짜장면 시켜 먹어. 그리고 학원 가야지. 사랑해 아들, 엄마가 사랑하는 거 알지?' 스캇펙 박사는 부모가 자기 시간을 따로 가지면서 사랑한다는 말을 기계적으로 남발하는 것은 그만큼 사랑이 부족한 것을 감추기 위함이라고 한다.

맞벌이를 하면서 워킹 맘으로 살아왔던 친구들이 가장 후회하는 것은 자식들이 클 때 함께 하지 못했다는 것이다. 당시는 자식들을 돌보며 자신의 커리어를 제대로 쌓지 못하는 것에 불만이었는데 지나고 보니 그 시간도 잠깐이었다고 한다. 어느새 독립한 자식을 보면 그때 함께 하지 못한 아픔이 더 크다고… 다 크고 나니 서로 속을 알 수 없어 그저 남처럼 데면데면하다고… 예전에 우리 어머님은 자식 뒤통수만 봐도 무슨 생각을 하는지 다 안다고 했는데….

여자에서 하와로

뱀의 꼬임에 넘어간 여자가 아담에게 사과를 따 먹게 하면서 여자는 고통을 겪으면서 자식을 낳는 벌칙을 받는다. 고통을 겪지만 자식을 낳는 축복을 동시에 받은 셈이다. 죄 중에 생명을 잉태하였으므로 아담은 여자에게 하와라는 이름을 지어준다. 그 의미는 '생명의 어머니'라는 의미다. 남자에게 없는 여자의 자궁은 열 달 동안 생명을 품고 세상에 내보낸다. 출산의 고통은 잠시고 여자에게 자식은 얼마나 기쁨을 주는 존재인지…!

여자에게는 남자에게 없는 자궁이 있다. 시대가 바뀌어서 자식이 없어도 살만한 세상이라고 말은 하지만 여자는 자기의 신체에 있는 자궁이 역할을 못 하는 것이 못내 아쉽다. 30대까지 자기 일에 취해 살던 여자도 중년에 접어들며 결혼은 포기하더라도 애는 낳고 싶어 한다. 더구나 폐경이 다가올수록 여자들은 자신의 정체성에 대한 혼란이 가중된다. 남자에게는 없는 여자만의 자궁, 그 자궁의 어원이 긍휼의 어원과 같다고 한다. 긍휼은 누군가를 향한 마음이 애틋함을 넘어 자기를 기꺼이 희생해서 구하고자 하는 마음이란다.

오래전에 본 영화의 한 장면이 생각난다. 아들에게 잔인하게 살해당하는 순간 아들의 손톱이 튕겨 엄마의 입속으로 들어가자 엄마는 그대로 삼켜버린다. 아들의 살인 증거를 남기지 않으려고 죽어가면서도 그렇게 한 것이다. 자궁이 없는 남자는 이런 긍휼한 마음을 도저히 알 수가 없다. 그래서 자식이 아프거나 고통에 있을 때 복중에 있던 마음으로 품을 수 있는 것은 오로지 엄마뿐이다. 인간은 아가페 사랑이 불가능하지만, 자궁에 자식을 품은 여자는 인류를 구원하기 위해 십자가에서 죽은 예수님의 아가페 사랑을 느낄 수 있다.

이런 여자이기에 하나님과 통하는 영감이 발달해 있다고 한다. 그러나 하나님을 믿는다고 모든 소원을 들어주시는 것이 아니라 오로지 생명이신 하나님이므로 생명을 살리는 여자의 바른 영에 응답하실 뿐이다. 자기를 드러내는 성취를 위한 기도보다는 돌보고 희생하며 기도하는 여자를 가장 아름답다 하시고 힘이 있다 하신다. 자기 능력에 취해 스스로 해보겠다는 여자보다 하나님의 커다란 힘에 의지하는 여자가 더 힘이 있다. 직진하는 능력만 있는 남자의 방향을 바꾸는 힘은 여자에게 있다. 여자가 뱀이 말을 듣는지 하나님의 말을 듣는지를 놓고 여자의 영성이 분별된다. 영도 둘로 나뉜다. 뱀의 지배를 받는 악령(evil spirit)과 하나님의 지배를 받는 성령(holly spirit)으로.

세상은 점점 혼란스러워지고 있다. 세상은 온통 나를 따르라고 하지만 내 안에서 나를 향한 하나님의 소리를 찾아 귀 기울이고 자기의 인생을 살아야 하는데….

어쨌든 하나님은 세상을 투 트랙으로 관리하신다. 남자는 공적인 영역, 여자는 사적인 영역을 관리하게 한다. 그래서 여자는 가정을 구하고 남자는 나라를 구한다고 한다. 이 역할에 대한 반기를 들면서 변화를 꾀하지만 결국 고통만 깊어질 뿐이다. 조화로운 삶을 사랑하는 하나님은 생의 심판자이시다. 규칙을 정한 자도 하나님이시다. 선수가 아무리 뛰어나도 규칙을 바꿀 수는 없다. 규칙을 철저히 지키며 낮은 점수를 내는 선수에게는 상급을 줄 것이다.

하나님이 이 세상이 조화롭게 운행되기를 바라신다. 각자의 역할을 주셨으니 그 역할 수행에 최선을 다한 자에게 주는 상급이 가장 크리라. 남자는 남자답게, 여자는 여자답게, 부모는 부모답게, 자식은 자식답게…

원조 페미니스트의 반전

20세기 페미니스트를 말하라고 하면 단연 시몬느 드 보부아르다. 1945년 프랑스에서 출간된 《제2의 성》에서 여자로 태어나는 것이 아니라, 여자로 만들어지는 것이라는 화두로 여성주의적 실존주의가 시작되었다. 20세기 초에는 단순히 여성 인권을 위한 투쟁이었다면 보부아르는 지성으로 남성의 벽을 허물면서 전 세계 여성을 열광하게 했다. 더구나 실존주의 철학자인 사르트르와의 계약결혼으로 기존 질서를 타파하면서 전 세계 젊은이들을 열광하게 했다.

그랬던 그녀가 인생 후반에 20년간 사랑했던 남자와 주고받은 《연애편지》를 출간했다. 1947년 사르트르와의 계약결혼 기간 중 미국에서 만난

앨그랜과 단숨에 사랑에 빠졌고, 1964년 그와 헤어질 때까지 보낸 304통의 편지를 묶은 것이다.

소르본 대학을 졸업했으며, 전 세계 여성들의 우상이던 프랑스의 지성이 유부남인 앨그랜에게 이렇게 애원한다. "와서 당신의 힘세고 부드러우며 탐욕스러운 두 손으로 저를 안아줘요. 당신이 다른 여자를 만지면 그녀는 즉사할 거예요. 사랑해요. 전 여든 살까지 살려고 했으나 당신이 일흔일곱 살까지 산다고 하니 당신의 팔 안에서 일흔여덟 살에 죽고 싶어요. 당신에게 제 수명의 두 해를 드립니다." "나는 얌전한 여인이 되겠습니다. 설거지도 하고, 청소도 내가 하겠어요. 달걀이나 럼주가 섞인 과자도 내가 직접 사러 갈 거예요. 당신의 허락 없이는 당신의 머릿결도, 당신의 볼도, 당신의 어깨도 만지지 않을게요."

앨그랜을 향한 낯 뜨거운 구애의 표현을 한 당사자가, 여성이 남성에게 길들어서는 안 된다고 주장하며 여성혁명을 주도한 사람으로 밝혀지자 온 세상이 놀라움을 금치 못했다. 당시 그녀의 편지글을 접한 프랑스의 시사 주간지 〈르 누벨 옵세르바퇴르〉는 '순종적 아랍 여성'과 무엇이 다르냐며 배신감에 떨기도 했다. 그녀는 한 배우자에게 예속되는 것이 불합리하다며 사르트르와 계약결혼 관계를 유지했다. 그러면서 결혼 관계를 깨지 말고 각자 연예는 자유롭게 하자고 했던 그녀가 젊은 날의 꿈은 헛되이 사라진 채 이처럼 말년에는 남자에게 사랑을 구걸하는 모습을 보여주었다.

시몬 드 보부아르의 《제2의 성》을 읽고 인생의 항로를 바꾼 여인이 있다. 미국 백인 중상류층의 고학력 주부였던 베티 프리단이다. 잘나가는 남편과 세 아이를 키우며 남부럽지 않게 살던 그녀는 이 책을 보고 '나는 누구인가? 이것이 정말 내 삶의 전부인가?' 하는 정신적인 공허함에 빠져든다. 남들이 부러워하는 안정된 결혼 생활을 했지만 채워지지 않은 자기 성취욕이 발현된 것이다. 2차 대전 이후 태어난 세대의 여성들은 남자와 경쟁해서 대학까지 졸업했지만 결국 가정에 매여 일생을 마친 엄마 세대와 다르지 않음에 내심 분노하여 병이 된 이름하여 '이름없는 병'에 시달리던 즈음이었다.

결국 베티 프리단은 1963년 《여성의 신비》를 통해 안락한 가정은 포로수용소나 다름없다고 주장했다. 행복한 현모양처라는 중산층 여성의 지배적 문화를 해부하고 비판한 이 책은 당시 수많은 미국의 중산층 주부에게 '인생을 바꾸는 충격'이 되었다. 이 한 권의 책으로 여성들의 정체성을 찾는 교육의 확대와 취업을 위한 법률 및 제도 개선으로 이어지며 여성의 사회적 진출이 급격하게 확대되었다.

그녀는 당연히 1960년대 '미국 여성운동의 대모'로 추앙받았다. 당시 마흔을 갓 넘긴 그녀는 '여자들이여, 이제 부엌 바닥에서 일어나라!'를 외치며 급진적인 페미니즘운동을 주도했다. 그녀는 최초의 전국여성조직(national organization of woman)을 출범시키는 정치적 행보도 이어나갔다. 그랬던 그녀가 1970년대 급진적인 후배 페미니스트들과 갈등하기 시작했다. 노년에 접어들면서 인생의 새로운 의미를 찾았다며 '손주나 돌보는 할머니로 돌아가리라!'를 선언했기 때문이다. 수많은 여성에게 부엌 바닥에서 탈출하라고 해 놓고 그녀는 다시 부엌으로 돌아간 것이었다.

여자 스스로도 자기 마음을 모른다고 할 만큼 여성의 감정은 아주 복잡하다고 한다. 더구나 세월 따라 그 감정의 기폭도 그만큼 다양하다. 그러나 여자의 변신은 무죄라고 해야 하나? 나이를 먹고 보니 너도 나이

들어 봐라. 인생 별거 아니야 하는 생각이 드는가 보다. 목이 길어서 슬픈 짐승으로 노래한 노천명은 한국 근대사에 이름을 남기 처녀 시인이다. 그런 그녀가 죽을 때 남긴 유언은 이랬다. "언니, 나 시집 보내줘!"

블루 발렌타인

〈블루 발렌타인〉은 2010년 미국에서 제작한 영화다. 의대를 졸업한 여자가 감상에 빠져 사랑을 시작하지만 무능한 남편으로 인해 점차 지독한 현실주의자가 되는 심리적인 과정을 잘 표현한 작품이다. 비록 사회적으로 자신이 도전하는 목표를 이루었다 해도 결코 행복하지 못하는 게 여자의 현실이다. 하버드 프로젝트의 연구원이자 작가인 엘리자베스 디볼드는 수년 동안 여학생들과 젊은 여성들의 자기 파멸적인 유형을 연구해왔다. 남자와 동등한 전문직을 택한 여성도 세월이 흐르면 자신의 전부를 양보해야만 하는 데서 생기는 분노가 증폭한다고 한다.

서른아홉 살의 변호사 스테파니는 그날을 이렇게 회상한다. "어느 날 아침에 일어나 드디어 제가 미쳤다고 남편에게 말하던 날을 결코 잊을 수가 없습니다. 계속 반복되는 악몽에 시달렸습니다. 사랑하는 누군가가 계속 죽어 가는데 달려가 구하려 해도 결코 다가가지 못했죠. 근데 마침 알았어요. 바로 죽어가는 자가 바로 나였다는 것을…." 스테파니는 3년에 걸친 재판의 변론을 맡아 성공적으로 마무리했음에도 소속된 로펌과 재계약을 하지 못했다. "온몸이 녹초가 되도록 일을 해서 지칠 대로 지쳤습니다. 재계약을 하지 못한 것도 굴욕적이지만 나를 더 화나게 만드는 것은 경제적인 어려움입니다. 남편이 수년 동안 수련을 거쳐 심리치료사로 개업을 했지만 그의 수입으로는 생활이 되지를 않습니다. 나 역시 변호사만 해 왔기 때문에 다른 선택이 없었어요. 평생 해온 일을 할 수 없다는 것은 곧 존재 자체를 부정하는 것과 같습니다. 그런 위기에 봉착한 나는 심한 우울증에 빠졌습니다. 모든 것이 무의미해서 그냥 침대에 시체처럼 누워만 있었죠. 순식간에 몸무게가 7㎏이나 늘었어요. 마치 절대 빠져나오지 못하는 덫에 걸린 것처럼…."

디볼드는 나름 전문 직종에서 일을 해온 여성들은 일에 대한 자부심으로 살았지만 그 일이 다른 모든 것을 삼켜 버린 현실에 이르게 되면 삶의 전체 가치관이 파멸되는 유형이라고 설명한다. 특히 일에서 성공하면 더 나은 배우자를 만나거나 가족관계가 훨씬 좋아질 거라는 초기 계획이 틀어지면서 여자들은 중년의 위기를 겪는다. 하지만 너무 멀리 와서 길을 바꾸기도 쉽지 않기에 항상 덫에 걸린 듯 사는 현대 여성의 심리를 이렇게 표현한다.

'밧줄로 엉성하게 묶인 억눌린 자아가 움직이기 시작합니다. 상사, 동료, 배우자, 자녀들에게 분개하게 되죠. 금방이라도 머리가 터질 것 같은 느낌을 갖게 됩니다. 그러나 여성들이 더 큰 문제, 즉 제도 문제에 개입하는 것은 너무 위협적이기 때문에 '괜찮아, 문제는 나야'라고 말하면서 계속 자신을 달래죠. 여성들은 아직 이 문제를 해결할 방법을 찾지 못했고, 직장 세계 또한 진정한 대안을 제시할 만큼 달라지지 않았습니다.'

최근 의대 합격률이나 고시 합격률을 보면 여성이 오히려 높다고 한다. 그러나 인생을 살아본 여자들이 하는, 다음과 같은 말이 있다. "공부를 아무리 잘하는 여자라도 절대 못 이기는 여자가 바로 예쁜 여자다. 예쁜 여자가 죽어도 못 이기는 여자는 바로 팔자 좋은 여자다." 우리말 속담 중에 "여자 팔자는 뒤웅박 팔자"라는 말이 있다. 좋은 남자를 만나면 여자의 인생이 바뀐다고 했다. 비록 자기 성취를 목표로 사는 여성 시대라지만 시대를 막론하고 여자는 언제나 신데렐라 드림에 푹 빠져 있다. 여자가 성공하려는 이유는 자신의 가치를 극대화하여 더 나은 조건의 남자를 만나고 싶어 하기 때문이다. 그래서 선택이 자유로운 현대 여성은 한정된 미모를 뛰어넘는 지성으로 무장하지만 하버드 대학을 나온 여성들은 불만스럽다고 한다. 남자가 하버드 대학을 나오면 멋진 여자들이 벌떼처럼 달려들지만 오히려 하버드를 졸업한 여자는 결혼을 위해 학력을 감추어야 한다고….

그렇다고 남자와 경쟁하여 획득한 직업으로 누구에게도 구속되지 않은 자유로운 인생을 추구한다지만 나이가 들어가면서 결혼도 하지 못한 여자라는 소리도 상처가 된단다. 이처럼 남녀평등 시대라고 하지만 평가 방식에서 오는 남녀의 차이라고 한다. 글로리아 스템은 "자신이 누구냐가 아니라 무엇을 하느냐로 성공의 가치관을 평가하는 것은 남성적인 평가 방식"이라고 한다. 그런 남자의 성공평가 방식은 전부가 아니면 전무라는 의식으로 자기희생을 성공과 동격으로 보는 지극히 소모적인 성격을 띤다.

그에 반해 여자들은 내가 누구라는 것과 무슨 일을 하느냐와 분리해야 행복해진단다. 최근 들어 미국의 커리어 우먼들 중에서 이 사실을 깨닫고 일을 통한 정체성에서 벗어나 자신에게 중요하다고 생각하는 가치로 정체성을 재정립하는 여성들이 늘고 있단다.

커리어 우먼의 환상과 악몽

엘리자베스 멕케너는 《성공을 강요받는 여자들》에서 남자처럼 일해서 남자 못지않게·인정받고 고지에 도달했지만 전혀 행복하지 않은 자신을 돌아보게 될 즈음 자신만 그런 문제를 겪는 것이 아니라는 사실도 알게 되었단다. 그래서 그녀는 당시의 현실을 다음과 같이 기록했다.

"내가 그만두고 얼마 지나지 않아 〈포춘〉은 능력 있는 커리어 우먼들의 불만에 대한 조사를 했는데 중역실로 통하는 길을 터놓았던 여성 시대가 이제 스스로 그 길에서 철수하고 있다는 흥미로운 결과가 나왔다. 〈양클로비치 파트너스〉는 35세에서 49세 사이의 여성 중역을 대상으로 설문 조사를 실시한 결과 응답자의 87%가 생활의 변화를 원한다고 했다. 응답자의 40%는 자신이 덫에 걸린 기분이라고 대답하고 60%가 정신과 치료를 받고 있으며, 40세 이상은 46%가 항우울제를 먹고 있거나 먹는 동료를 알고 있다고 했다."

문제는 일에 대한 자신감을 상실한 것이 아니었다는 점이다. 응답자의 81%가 남자보다 일을 잘한다고 했고 승진에 대한 압박도 아니라고 했다. 응답 여성의 65~78%는 승진할 예정이라고 했다. 이 설문 조사는 자녀가 있는 여성이나 독신이나 같은 감정에 시달린다는 것을 보여준다. 달리 말하면 중년에 접어든 커리어 우먼 대부분이 더는 일이 자신을 행복하게 하지 않다는 것을 알게 되었다는 것을 보여준다.

남자처럼 맹렬히 일해온 여자들이 마지막 고지를 앞둔 중년에 이런 갈등에 시달리는 이유는 무엇일까? 엘리자베스 맥케너에 따르면, 여성은 일에서 성공을 해도 자신에게 있어야 할 가정생활이 없다면 실패했다고 생각하고, 남자는 가정생활이 아무리 만족스러워도 일에서 성공하지 못하면 실패했다고 생각한단다. 여성들은 가정을 가지기 전에는 일의 만족도도 높고 성취력도 높지만 일단 가정을 가지면 둘 다 잘할 수 있다는 가치관이 무너진단다. 가정 때문에 일을 잘 못 하고 일 때문에 가정에 충실하지 못한 압박감에 시달리고, 또한 결혼을 하지 못하면 인생의 완성을 하지 못했다는 자책에 시달리고, 자질이 안 되는 남자에게 기회가 돌아가는 상황에 직면하면 더 열심히 일을 해야겠다는 생각보다는 이런 식으로 일할 가치가 있는가 하는 의구심에 갈등하며….

더하여 남자와 달리 갱년기를 갖는 여성들은 급격한 신체적인 변화에 인간이 영원불멸하지 않다는 것을 느끼며 그동안 소외되었던 여성성에 대한 갈급함도 한 원인이 되고 있다. 사회학자이며 작가인 바바라 에덴리히는 커리어 우먼 1세대의 변화에 대해 다음과 같은 의견을 제시한다.

"성공 가도를 달리던 여성 기업가들이 중년에 접어들었으나, 중년의 위기를 겪고 있다. 의미 있는 일과 균형 잡힌 인생은 인간의 뿌리 깊은 진정한 욕구이기도 하다. 다른 욕구처럼 이 욕구도 일시적으로 억제하거나 무시할 수 있지만, 결국 다시 고개를 든다."

심리학자 융은 《유럽의 여성》에서 다음과 같이 설명한다. "여성의 특성은 인간에 대한 사랑으로 모든 것을 할 수 있고, 남성은 사물에 대한 사랑이 특성이다. 비록 사물에 대한 사랑으로 대단한 일을 수행하는 여자들도 있지만 이것은 예외에 해당한다. 왜냐하면 그것은 본성과 어울리지 않기 때문이다. 그러나 인간은 남성적인 것과 여성적인 것을 본성에 융합하고 있기 때문에 남성이 여성적인 것을, 여성이 남성적인 것을 체험할 수도 있다. 문제는 남성에게 여성적인 것, 여성에게 남성적인 것은 본래

뒷면에 있다는 것이다. 그래서 자기의 성과 반대되는 성을 앞면에 세워 살리게 되면 자기 고유의 성이 소홀해진다. 다시 말하면 무역, 정치, 기술, 학문 등 공적인 영역은 여성에게는 대개 의식의 그늘에 있는 것이다. 여성은 가정에 국한된 개인적인 관계의 의식성을 계속 발전시킨다."

게일 에반스는 모든 커리어 우먼은 부모든 형제자매든 자녀든, 그들과의 관계적인 요소로 인해 일에 방해를 받게 된다고 한다. 그녀는 이런 관계를 맺지 않고 혼자인 여성은 결코 만나본 적이 없다고 단정한다. 업무 지향적인 여성으로 일에서 성공할 수 있다 해도 결국에는 관계 지향적인 여성적인 본성의 소리를 결코 무시하지 못한다. 그래서 업무 자체보다 이런 관계 요인으로 직장을 그만두거나, 시간을 변경하거나, 다른 곳으로 이주해야 하는 경우가 속출한다. 그래서 여성의 게임판은 아주 복잡하다고 한다.

그러나 분명한 것은 누가 무어라 해도 여자가 되라고 했다. 드러나는 업적 위주보다는 따뜻한 관계에 우선순위를 두라고 한다. 누구도 남의 인생을 대신할 수는 없다. 자신의 본 모습대로 살면 어떤 게임판에서든 주도권을 쥐고 갈 수 있다.

정말 승리한 것인가?

2019년 1월 23일 성추행과 인사 불이익으로 재판을 받던 전직 검사장에게 2년의 실형이 선고되었다고 한다. 그 선고는 그날 대한민국 실시간 검색어 상위권을 오르내렸다. 왜냐하면, 2018년, 대한민국에 핫한 뉴스

중 하나였다. 방송에 출연해서 공개적으로 자신의 처지를 변론했던 여검사가 승리했다는 소식을 접하고 사회 정의가 실현되었다고 해야 할지 아니면 페미니스트의 성공이라며 여자로서 기뻐해야 할지… 환갑을 넘긴 나이가 되고 보니 그런 사건을 바라보는 마음은 언제나 두 방향이다. 아들 가진 엄마와 딸을 가진 엄마의 마음과 세상에는 끝까지 파헤쳐야 하는 정의가 있어야 하는가 하면 끝까지 가슴에 품고 가야 하는 것이 있다.

그래서 오래전 지인이 겪었던 일이 떠올랐다. 그 지인은 김대중 정권에서 중앙 부처의 고위 공직자로 있었다. 그는 가부장적이고, 언어가 거칠고, 직설적인 성향이 있어 그의 아내는 늘 근심 걱정에 싸여 있었다. 기독교인인 아내는 그런 남편의 태도를 바꾸어 달라는 기도를 하루도 거르지 않았다. 하지만 산하 단체 간부들과 회식을 하던 자리에서 그만 남편이 사고를 치고 말았다. 몇 명의 여성 직원도 함께 있는 자리에 특유의 여성 비하 발언을 하고 술에 취해 비틀거리다가 그만 과장급 여직원에게 쓰러지고 말았다고 한다. 그 후 얼마 지나지 않고 청와대에서 사표를 쓰라고 했단다. 지역감정을 부추겼다는 이유로… 그날 지인의 행동에 모욕감을 느낀 과장이 청와대에 투서를 했다고 한다. 지인은 영남 출신인데 세상이 바뀐 줄도 모르고 술김에 호남 사람들을 비난하는 발언도 거침없이 했던 모양이다.

졸지에 직장을 잃는 그는 아직도 백수로 지낸다. 이후로 그는 더 강경하게 여초 혐오자가 되었고, 지금도 교회를 열심히 다니는 아내를 보고 이렇게 소리친다고 한다. "하나님은 결코 정의롭지 않다."

투서를 한 자와 당한 자는 둘 다 가정을 가진 사람이다. 아내도 있을 것이고, 남편이 있을 것이고, 아들이나 딸도 있을 텐데 딸린 식구가 생기는 나이가 되고 보니 내가 당한 것이 개인의 문제로 끝나지 않는다는 것을 알게 된다. 그래서 하나님은 말씀하신다. 억울한 일을 당했을 때 직접 나서지 말라고 하신다. 오로지 억울한 마음을 가슴에 묻고 하나님께 기도하라고 한다. 그러면 때가 되어 직접 갚아주신다고 하거늘.

아직 멀었다고 할지 모르겠지만 대한민국은 성 평등 사회다. 대학 입시나 고시 등에서 여자의 합격률이 남자를 능가하고 있다. 현재 대한민국에서 여자라서 진입하지 못하는 영역은 전혀 없다. 이제 여자가 더는 약자가 아니라는 사실에 남자들도 날을 세우는 것이다. 비록 여 검사를 추행했다는 남자 검사에게 실형 2년이라는 사법부의 판단이 내려졌다지만 어쩌면 끝이 아닌 새로운 시작이 되는 것은 아닌지? 추행과 인사 불이익이라는 사적인 사건임에도 대한민국 남녀가 양분되어 갑론을박하면서 얻은 것은 무엇일까? 이유는 그들이 모두가 갈망하는 특권층이며 사회 지도층이었다는 것이다. 결국, 구경꾼 박수가 각자의 인생과 전혀 관련이 없건만 나름대로 기득권인 그들이 어쩌자고 여론을 등에 업고 광대처럼 춤을 추는지….

그래서 우리나라보다 먼저 양성평등이 실현된 나라에서 여자들에게 먼저 경고한다. CNN 부사장을 지냈던 게일 에반스는 남자와 경쟁하는 직업군에 있는 여자들은 남자의 게임 방식에 먼저 적응하라고…. 남녀가 같은 테이블에 앉아 게임을 시작한 지 1세기가 되었지만, 여전히 여자들이 불리한 게임을 하고 있다는 불만을 털어놓는 것을 보고 《남자처럼 일하고 여자처럼 성공하라》라는 책을 출간했다.

제2차 대전 이후로 경제호황과 함께 미국 여성들의 사회적 역할이 공격적으로 확장되면서 남성의 역할과 대등한 위치에 다다르는 듯했다. 그러나 1990년대부터 미국의 경기가 전고점에서 답보 상태를 보이자 여성들은 다시 남성 중심의 사회구조 때문이라는 불만에 빠져 있었다. 대부분 전문직 여성들이지만 자신의 직업에 대한 자부심보다는 '상실감, 덫에 걸린 기분, 발목 잡힌 느낌' 같은 용어를 남발하는 것을 보고 게일 에반스는 이해할 수 없다고 했다.

어떤 게임이든 시작을 하기 전에 안내서를 읽고 게임의 방법을 숙지해야 하는데 여자 대부분은 자기 방식만 고집한다는 것이다. 물론 남자도 게임 방법 안내서를 읽지 않는다고 한다. 이유는 남자들이 그 방법을 만들어냈기 때문에 읽을 필요가 없다는 것이다. 그래서 여자들은 불공평하다고 하지만 그런데도 여자들이 게임을 하려고 경기장에 입장했으면 그들의 규정을 먼저 이해하고 대응해 나가야 한다는 것이다.

검찰은 남자에 의해 만들어진 조직이다. 여검사의 비율이 갈수록 커지지만, 조직에 안착하는 비율이 낮은 이유를 단순히 남자 중심의 조직문화로 돌리면 오히려 여자들의 확장성은 떨어질 것이다. 어차피 남자와 경쟁하겠다고 게임에 뛰어들었으면 이기는 게임을 해야 한다. 상대의 잘못이라고 게임의 규칙을 바꾸어 달라고 징징대면서는 게임에서 이길 수 없다.

남자처럼 'NO'라고 소리쳐라

8시 뉴스 시간에 나온 여검사는 자신이 당한 성추행 과정을 아주 상세하게 말했다. 상사, 동료들과 함께 간 장례식의 식사 자리에서 곁에 앉은 상사가 자신의 몸을 추행했다는 것이다. 그 장면을 주변의 동료들이 보고 경악을 했지만 정작 본인은 무슨 이유인지 참아냈다는 것이다.

그녀는 남자와 게임을 하려고 경기장에 들어섰지만 경쟁자를 파악하는 데 실패한 것은 아닌지 하는 생각이 든다. 흔히 남녀평등이라지만 남자와 여자는 절대 같지 않다. 염색체도 남자는 XY, 여자는 XX로 다르다. 유전학자들은 남성과 여성의 사회적인 생활 방식에서 현격한 차이를 보인다고 했다. 남자는 자신의 욕구 충족이 강한 반면에 여자는 관계에 중점을 둔다고 했다. 특히 경기에 임하는 남자들의 목표는 오로지 이기는 것뿐이다. 하지만 여자들은 게임에 참여하는 구성원들이 이기고 지는 과정에서 받는 상처를 피하고 싶어 한단다. 경쟁보다 화합에 주력하고 싶은 것이다.

게일 에반스는 남성과 여성이 모여 토의할 때마다 직업과 관계없이 남성은 남성끼리, 여성은 여성끼리 같은 언어 표현을 쓰는 특성이 있다고 한다. 남성은 '공격적인, 끈질긴, 완전한 승리, 이기려는 욕망, 권력을 쥔…'과 같은 용어를 남발하는 데 반해 여성들은 '협조적인, 타인 존중, 비경쟁적, 권력의 공유, 모두 승자가 될 수 있는 느낌, 모두에게 사랑받고 싶어…'를 자주 쓴다. 이는 나름대로 성공 대열에 있는 사람들의 인터뷰에서 도출한 결과라고 했다.

여검사는 그의 손이 자신의 엉덩이에서 꽤 오랫동안 오르내렸다고 말했다. 공개된 장소에서 동료가 보고 분노할 만큼 말이다. 그러나 게일 에반스는 행동하는 남자보다 참는 여자에게 문제가 있다고 했다. 게임에 임하는 남자는 자신이 원하지 않는 것은 즉시 'NO'라고 한단다. 그러나 여자는 어떤 상황을 개인화하기 때문에 'NO'라고 하지도 않고 상대로부터 들으려고 하지도 않는단다. 특히 남자와 게임을 하는 여자들은 'NO'

라고 하면 상관과 자기와의 관계가 실패해 버렸다고 생각한다. 여자들은 거부당할까 봐 두려워 자신이 원하는 것을 분명하게 요구하지 않고 속으로 끙끙대다가 참고 말지 하는 쪽으로 기운다는 것이다.

여검사는 당연히 그 자리에서 강력한 거부의 의사를 표시하든지, 기지를 발휘하여 농담처럼 가볍게 제지하든지 했어야 한다. 상대의 체면을 위해 참았다는 것은 게임을 하는 여자의 자세가 아니다. 말에 대한 개인의 반응은 말 자체에 실린 힘에서 나온다고 한다. 여자는 문제를 확대하지 않기 위해 조용히 있었다 해도 가해자인 남자는 계속해도 된다는 사인으로 받아들일 수 있다. 더구나 남자의 비율이 절대적인 권력 집단에서는 남자는 오히려 그런 자신을 드러내며 영웅시하는 경향이 있다. 남자는 특성상 때린 자만 계속 때리게 되어 있다. 처음 맞았을 때 적절하게 대응하지 않으면 같은 방법으로 계속 공격하는 것이 남자다.

게일 에반스는 게임에서 치고 나가려면 과감하게 알을 깨고 나오라고 한다. 물론 남자는 어려서부터 남자답게 모험을 하라는 격려를 받으며 자라왔지만 여자는 피하라는 교육만 받아왔다. '몸을 다치지 않게 조심하라', '뛰지 마라', '혹시 상처라도 나면 시집이라도 가겠니?' 하면서. 하지만 어쩌겠나? 남자와 게임을 하려고 운동장에 뛰어들었는데. 억울하다고 울면서 도와달라고 해 봤자 게임이 시작되면 혹독한 승부사의 세계일 뿐이다.

게일 에반스는 경기장 등장할 때와 퇴장할 때를 알라고 한다. 여성 대부분은 일이 자신이 생각하는 만큼 잘 돌아가지 않으면 자신을 시스템의 희생양으로 보고 참으려는 경향이 있다고 한다. 그러면 인생은 점점 더 고달파진다고 한다. 불평불만 하면서 다니느니 과감하게 때려치우라고 조언한다. 여자라고 봐주기 없다고 씩씩대며 달려든 남자에게 '나 안 해!' 하며 경기장을 빠져나오면 남자는 오히려 그 여자와 경쟁하면서 느낀 박탈감보다 더 심한 박탈감을 느낀다고 한다. 여자에게는 가정이라는 퇴로가 있지만 남자들에게는 퇴로가 전혀 없기에…

인생은 결국 자기 일을 사랑하는 사람이 마지막 승자다. 게일 에반스는 남들이 부러워하는 중요한 직책을 맡고 있으면서 암담하게 사는 사람이 많다고 말한다. 하지만 자기 일을 사랑하면서 암담하게 사는 사람을 본 적이 없다고 한다.

경단녀?

최근 여자들이 일을 할 수 있는 환경을 조성해 달라고 아우성이다. 그러면서 가정생활로 인해 어쩔 수 없이 직업을 그만두고 단절된 경력을 보상해 달라고 외친다. 그러나 게일 에반스는 절대 그렇지 않단다.

'오히려 일을 그만두고 살림을 하고 아이를 키우면서 일을 매우 많이 배운다. 성격이 서로 다른 아이들을 교육하고 관리하고, 집안 살림을 예산에 맞게 운영하고, 필요한 물품을 사려고 질 좋고 싼 곳을 찾아다니고, 한정된 비용으로 가족에게 싸고 영양가 높은 음식을 만들어 주려고 연구하고, 믿을 만한 파출부를 구하고 관리하는 기술을 배우고… 이렇게 가족 구성원의 각각의 특성에 맞게 대처해야 하는 일은 직장에서 하는 일과 다를 바가 없고 훨씬 압박감이 크다. 그럼에도 잡다한 살림살이가 오로지 자신들의 경력에 방해가 된다는 사고방식은 문제가 있다. 요리사, 재정 담당, 심리학자, 버스 기사 역할을 담당하는 미국의 어머니는 평균 연봉에 기초할 때 연봉 50만 8천7백 달러를 받아야 한다는 연구 결과도 있다.'

그러나 에반스는 최근에 유행하는 슈퍼우먼 신드롬처럼 일과 가정을 동시에 완벽하게 해낸다는 생각에서 벗어나라고 충고한다. "물론 여자는 둘 다 잘할 수 있다. 하지만 한 번에 한 가지 부분만 초점을 맞추는 것이 둘 다 잘하는 비결이다." 일을 할 때 일을 하고 가정일을 할 때는 과감하게 가정일에 몰입해야 한다. 앞서 설명했듯이 여자에게 가정일은 자신의 업무 능력을 사장하는 것이 아니라 오히려 발전시키기 때문이다. 그래서 가정일을 한 후에 현업에 복귀하면 오히려 업무 능력이 더 향상된다.

심리학자 엠마 융도 여자의 창조 능력은 가정생활에서 발휘된다고 한다. "어머니로서의 역할, 교육자로서 여성의 역할, 남성의 반려자로서의 역할, 그 외에 가정을 관리하는 능력은 여성 고유의 창조력이다. 가정생활을 만들어 가는 과정에서 관계의 발전은 일차적으로 중요한 일이고, 이것이 여성의 창조적인 힘의 진정한 장이다."

남성과 여성이 다른 것은 남자는 사물에서 창조적인 능력을 발휘하고 여자는 관계에서 창조성을 발휘하기 때문이다. 예전과 달리 여자도 사회적인 일을 하지만 일을 지속하지 못할 상황은 남자보다 여자에게 더 자주 발생한다. 가족을 돌보는 것 외에도 남편 때문에 다른 지역으로 옮겨가야 하거나, 나이 든 부모님을 모셔야 한다거나, 혹은 직장에서 상사가 나가기를 바라는 때도 있고, 스스로 일에 지쳐서 그만두고 싶을 때도 있기 때문이다. 그때마다 관계 중심의 여자 마음이 일보다 가족 중심으로 기울어지는 것은 본성이라고 한다.

에반스에 의하면 미국인들은 평생에 평균적으로 8번 직장을 옮겨 다닌 다고 한다. 이런 상황에서 게임을 치러본 경험이 있는 남자는 팀에 들어 갈 때 이미 출구전략을 짜 놓는다는 것이다. 시작부터 머문다기보다 떠 난다에 초점을 두는 남자에 비해 여성은 머물면서 자신의 능력을 증명하 려고 한단다. 그러다가 인정을 받지 못하면 비참해하고 분개한단다. 스 스로 변화에 대한 두려움으로 머물면서 직장을 탓하고 사회 분위기를 탓하면서….

그러나 게일 에반스는 그만두고 싶을 때 가정으로 돌아갈 수 있는 것 이 오히려 여자에게는 강점이 될 수 있다. 돌볼 가족이 있고 그나마 생활 비를 주는 남편이 있다면 폼나게 그만둘 수 있다는 것이다. 최근 들어 독 신 가구가 급증하면서 책임져줄 사람이 저 혼자라는 사실 때문에 그런 용기를 내지 못하는 경우가 대부분이다. 화려한 싱글이라지만 그저 잠깐 의 자기만족일 뿐이다. 인생은 홀로 살기에는 너무도 두렵고 긴 세월을 보내야 한다. 그래서 잠언에 혼자보다 둘이 낫고 둘보다 셋이 낫다고 하 지 않는가?

최근 들어 일과 가정에 양다리를 걸치고 경단녀에 대한 대책 수립을 정치권에 요구하는 여자들을 보고 에반스는 이렇게 말한다. "줄곧 일하 는 게 아니라 물러났다 다시 시작하면서 발견하는 것들을 충분히 이용 하자. 물러났다가 다시 시작하는 것을 최대한 이용하자. 은퇴를 재직 때 만큼이나 생산적이고 강력한 것으로 만드는 여성의 재능을 한껏 이용할 수 있지 않을까?"

미국의 배우이자 가수인 베트 미틀로는 "내가 생각하는 슈퍼우먼은 자 기 집 바닥을 닦는 사람"이라고 말했다. 누가 무어라 해도 자신이 가진 것으로 행복을 창출하는 것이 인생이다. 남자는 업적 지향적이고 여자는 관계 지향적이라면 자기 이름을 떨쳐 보겠다고 밖으로 돌지 말고 등대가 되어 가족 간의 관계에 중심에 서는 것은 어떨지? 그것은 별거 없다. 어머니들이 집 나간 가족을 기다리며 등불을 밝히고 기다렸듯이 집을 나온 가족 구성원은 해가 지면 집에서 기다리는 그 한 사람 때문에 서둘러 돌아가건만… 모든 사회 범죄는 바로 이렇게 기다려 주는 그 한 사람이 없어서 발생하는 것은 아닌지?

핑계 대지 마라

흔히 여자들은 사회적인 불평등으로 자신들이 불이익을 받는다고 주장한다. 그래서 이번 정권은 유독 여자 등용에 집중하고 있다. 특히 여자들의 사회 활동을 독려하느라 권력을 주거나 일하는 여성을 위한 복지의 영역을 넓히고 있다. 그래도 정치권이나 권력을 잡은 여자들은 아직도 멀었다고 하면서 정부가 주도적으로 문제를 해결해 달라고 아우성이다. 남편 때문에, 자식 때문에, 고령화에 접어든 부모 때문에 여자들의 능력 발휘가 안 된다고… 하지만 그저 핑계가 아닐는지?

박은정(50) 아주대 의대 연구교수는 글로벌 정보분석기업 클래리베이트 애널리틱스(옛 톰슨 로이터)가 선정한 '2017년 연구 성과 세계 상위 1% 연구자(HCR)'에 이름을 올렸다. 그녀는 현택환 서울대 석좌교수, 이상엽 KAIST 특훈교수 등 한국 최고 과학자 32인과 나란히 이름을 올렸다. 2년 연속 HCR에 오른 것은 이례적이다. HCR 시상식의 단상에 선박 교수는 쑥스럽다는 듯이 말문을 열었다. "저는 경력단절 아줌마입니다. 이런 자리에 올 사람이 아닌데…" 그래서 그녀에게는 '세계 상위 1% 연구자에 오른, 경력단절의 임시직 중년 아줌마 박사'라는 수식어가 또 붙는다.

박 교수는 집안이 어려워 4년 장학금을 주는 동덕여대 건강관리학과에 입학했다. 의대를 가고 싶었지만 가정 형편 때문에 포기한 것이었다. 4학년 말 한국전력에 별정직으로 입사했지만 연수원으로 발령이 나자 퇴사했다. 첫 아이를 임신했는데 집과의 거리가 너무 멀었기에 때문이었다.

그녀는 아이가 세 살이 되자 모교 약대 대학원에 입학했다. 그러나 석사 과정을 마치기도 전에 역경이 몰려왔다. 아이는 백혈병 진단을 받고, 친정어머니는 췌장암으로 세상을 떠났다. 1개월 뒤엔 시아버지마저 식도암 말기 판정을 받았다. 공부 대신 간병을 하는 세월이 이어졌지만 석사 과정을 마쳤다.

이후 8년이 지나 박사 과정에 다시 도전한다. 하지만 형편상 망설이는 박 교수에게 남편이 "지금 공부를 하지 못하면 앞으로는 못해. 그래도 괜찮아?"라고 물었다. 아내가 공부에 대한 열정이 누구보다 많다는 것을 아는 남편은 차마 대답을 하지 못하고 우는 박 교수에게 이렇게 말했다. "당신이 가족을 위해 너무 오래 고생했잖아. 이제 내가 당신을 도울 차례야. 걱정하지 말고 당신이 하고 싶은 공부 계속해."

박사 과정에 들어간 박 교수는 가족들의 계속된 발병의 원인이 궁금했다. 생활 주변의 오염물질이 만병의 원인이라는 생각이 들었다. 그래서 '환경성 질환 원인 규명'을 주제로 나노 독성학을 연구하기 시작했다. 연구의 실마리를 찾기 위해 전국 각지에 안 가본 곳이 없다. 실험실에서 동료도 없이 홀로 쥐 세포 실험 연구를 하느라 3일 밤을 꼬박 새운 날도 있었다.

그렇게 3년 만에 박사 과정을 마치고 SCI(국제 과학논문 색인)급 해외 저널에 5편의 논문을 실었다. 하지만 세계가 알아주는 우수한 연구 실적이 있는데도 그녀를 받아주는 곳은 없었다. 마흔을 넘긴 나이와 명문대를 졸업하지 못한 스펙 때문이었다. 결국 그녀는 모교에서 연구원 신분으로 연구를 계속했다.

박사 과정을 마치고 3년이 지난 2011년, 드디어 기회가 찾아왔다. 지인의 소개로 한국연구재단의 '대통령 포스트닥 펠로우십'에 지원하게 된 것이다. 비정규직 연구자 중 우수한 사람을 뽑는 프로그램인데, 그녀는 당당하게 펠로우십을 따내고 연간 1억5,000만 원씩 5년간 연구비를 지원받게 됐다. 이 펠로우십으로 아주대 의대 연구교수 자리를 얻게 된다. 물론 계약직이지만, 그녀의 연구는 지칠 줄 모르고 이어졌다. 어느새 그녀의 논문들이 편당 400~500회 이상 피인용 될 정도로 세계 독성학 연구자들 사이에 정평이 나 있다. 2015년, 이 같은 성과를 인정받아 미래창조과학부에서 '지식창조대상 장관상'을 받았다. 2016년에 이어 2017년 세계 상위 1% 연구자(HCR)에 오른 것이다.

2017년 11월 드디어 경희대학교 동서대학원 정교수로 임용되었다. 비로소 그녀를 위한 연구실과 실험실이 주어졌다. 처음 가져보는 안정된 그녀만의 공간에서 환하게 웃으며 대답했다. "이렇게 말하면 비웃는 사람이 많지만 제가 노벨상 한 번 받아볼게요. 하지만 과학자는 실패를 밥 먹듯이 해요. 위대한 연구나 발명 뒤에는 무수한 실패가 숨어 있게 마련이고 노벨상을 받으려면 남들이 생각하지 못한 것을 해내야 하기에 결코 실패를 두려워해서는 안 되죠." 세계 1%라는 타이틀이 붙은 그녀는 우쭐

하기도 할 텐데 자신이 유명해진 것을 즐기기보다는 실험하는 것이 훨씬 좋단다. 그녀는 비록 현실의 벽이 단단하지만 그럼에도 자신이 만든 데이터가 가족뿐만 아니라 누군가에게는 희망이 될 수 있을 거라는 생각으로 연구에 몰두해 왔기에 여기까지 올 수 있었다고 한다. 처음에는 빗속을 걷는 것이 두렵지만 비에 흠뻑 젖으면 더는 두렵지 않은 것처럼, 무언가에 온몸을 던지면 더는 두렵지 않다.

아마도 그날 그녀의 뉴스를 읽었던 사람은 모두 함께 그녀의 소원이 이루어지기를 기도했을 것이다. 인간은 슬픔은 나누어도 기쁨은 나누지 못한다고 하지 않던가? 세상 모든 일은 시기 질투하는 마음뿐이라고. 그럼에도 약자가 경쟁에서 이기길 바라는 인간의 마음도 있다. 언더독 효과이다. 이 용어는 개싸움에서 유래되었다. 절대적인 강자가 존재할 때 상대적으로 약자인 사람이 그런 강자를 이겨주기를 바라는 현상을 말한다. 초라한 스펙, 경단녀, 비정규직으로 과학계에서 세계 1%에 오른 그녀를 응원하는 국민들의 마음이 전해져서 반드시 대한민국의 노벨상 1호 박사가 되기를 기대한다.

인간에 대한 구원은 사랑을 통해서, 그리고 사랑 안에서 실현된다.

그때 나는 이 세상에 남길 것이 하나도 없는 사람이라도 사랑하는

사람을 생각하며(그것이 아주 짧은 순간이라도 해도)

여전히 더 말할 나위 없는 행복을 느낄 수 있다는 것을 알게 되었다.

빅터 프랭클의 《죽음의 수용소에서》

4장

그중에 제일은 사랑이라

남자는 나라를 구하고 여자는 가정을 구하고

남편은 벌고, 아내는 모으고

베이비부머에게는 온 가족이 아버지의 월급날을 기다린 기억이 있다. 그날만큼은 제법 밥상이 풍족해지고 어머니의 얼굴에 함박웃음이 피었다. 특히 아버지는 그날만큼은 위풍당당하게 누런 월급봉투를 내밀고 엄마는 황송하게 두 손을 모아 그것을 받았다. 그때 엄마의 모습을 보고 여자인 딸들은 때론 수치스러웠다. '꼭 저렇게 살아야 해?'라는 생각이 들었던 것이다.

그러나 환갑을 바라보는 나이가 되고 보니 엄마는 힘이 없어서 그런 아버지를 황제처럼 대접한 게 아니었다는 것을 알게 되었다. 엄마는 아버지가 그 돈을 벌기 위해 간, 쓸개 다 뺐다는 것을 알고 있었다. 때론 위압적으로, 때론 비굴하게 굴었다는 것도 안다. 그래서 남편 자체를 신뢰하거나 믿는 아내는 없다. 융은 이렇게 말한다. "여성들은 대개 뛰어난 직관과 정확한 비판력을 지니고 있어, 남자의 비밀스러운 의향까지 간파하고, 교활하게 꾸미는 음모까지 꿰뚫어 볼 줄 안다. 그래서 남편이 초인이라고 확신하는 아내는 한 명도 없다."

그렇게 불완전한 남편이 일을 나가니 집에 있는 아내는 같은 줄을 탄 심정으로 동행한 것이 아니었을지. 오로지 남편이 거친 세상에서 잘 싸워주기를 기도하며… 그런 심정으로 남편을 위하고 자식을 돌보는 우리의 어머니는 절대로 생활비를 허투루 쓰지 않았다. 자신을 위한 치레는 물론 자식에게도 야박했다. 그래서 자식의 입장에서 돈줄을 쥐고 있는 어머니에게 용돈이라도 타 쓰려면 엄청나게 줄다리기를 해야 했다. 그러나 쥐꼬리만 한 아버지 월급으로 돈을 모아 재테크까지 해서 후일 자식에게 물려주기까지 했다. 부자가 되는 왕도인 나가는 돈이 들어온 돈보다 적어야 한다는 법칙을 그대로 따른 건지…

아내에게 월급봉투 채로 갖다 주는 나라는 대한민국밖에 없다. 간혹 외국인과 혼인을 한 여자들은 습관적으로 남편이 월급을 통째로 갖다 주지 않는다고 불만이고 그런 요구를 하는 것에 이방인 남편은 아주 황당하다는 반응이란다. 이렇듯 한국에서 전통적으로 곳간 열쇠를 아내가 관리해 온 이유는 한국 여인들은 알뜰하게 살면서 재산까지 늘려 왔기 때문이다. 그래서 오늘날까지 남편들이 월급봉투째로 갖다 주고 용돈을 타 쓰고 있건만…

그런 어머니를 보고 자란 베이비부머도 아내에게 경제권을 맡겼는데 최근 은퇴를 앞둔 시점에서 보니 남은 재산은 없고 빚만 늘었다고 한탄하는 지인이 늘고 있다. 더구나 자식들도 벌기보다는 쓰는 것에 익숙해서 대학은 물론 유학까지 갔다 왔다지만 부모에게서 독립하지 못하고 있단다. 베이비부머는 그 나이에 가족을 먹여 살리는 가장 노릇을 했는데… 아무래도 아내가 자식들에게 쓰는 것만 가르쳤지 아끼고 절약하는 것을 가르치지 못한 것 같다는…

사주 명리학에서 여자를 財(재물)라고 한단다. 아무리 남편이 돈을 많이 벌어 와도 아내가 재물 운이 없으면 모이지 않는다고 한다. 사실 여자에게 귀한 것을 꼽으라면 첫째 돈, 둘째도 돈, 셋째도 돈이라고 할 만큼 여자는 돈을 사랑하는데 두 가지 방향으로 나눌 수 있다. 돈 자체를 사랑해서 불리고 싶은 여자와 돈을 쓰고 싶은 여자로 나뉜다. 남자는 돈을 권력의 수단으로 쓰고 싶은 것이지 여자처럼 돈 자체를 사랑하지는 않는다. 남자는 과시욕으로 돈을 벌고 계획 없이 쓸 줄만 안다고 한다. 그래서 남자는 재물을 모으는 여자를 만나야 한다고 한다. 더하여 지식보다는 지혜로운 여자를 만나야 한단다. 지혜는 부족한 것에서 발휘되는 것이다.

결국 많이 벌어서 부자가 되는 것이 아니라 아끼고 절약하고 모은 것만 재물로 쌓인다. 남보다 많이 벌어 소비에 길들어지면 점점 더 벌어야 하는 수익 구조가 되어야 하는데 인생이란 계획한 대로 흘러가지 않는다. 돈이 많거나 돈을 잘 버는 아내를 만나기보다는 잘 모으는 여자를 만나야 한다고 한다. 시편에 보면 아내는 열매 맺는 포도나무 같다고 했다. 솔로몬도 "재물은 부모에게 상속받지만 슬기로운 아내는 하나님께서 주신다"라고 말한다. 하나님의 은총을 받은 남자는 지혜로운 아내를 얻는 행운을 받는 것인데….

미녀와 야수

요즈음 한국 드라마의 주류는 온통 여자들의 이탈이다. 무능하거나 나쁜 남자를 만나 고생하다가 이혼을 하고 남자처럼 일을 하면서 자기 성취감에 도취하다가 멋진 남자를 만나 행복해진다는 소재가 대부분이다. 예전에는 나쁘거나 무능한 남자를 만났지만 아내는 고생 끝에 가정을 지키고 결국 남자도 변하게 만드는 스토리가 주류였다. 결국 남자는 역사 이래로 무능한 남자와 능력이 있는 나쁜 남자 중 하나였다. 그런 남자에게 어떻게 대처하느냐 하는 여자의 자세만 바뀌었을 뿐이다.

드라마에서 전개되는 여자의 스토리를 보면 남자에게 배신당하였지만 홀로서기에 성공하여 멋지게 사는 엔딩은 전혀 없다. 잘못된 만남으로 자신의 인생을 회복하겠다면서 남자와 이혼하고 나왔는데 더 멋진 남자를 만난다는 해피엔딩(?)이다. 그래서 여자들은 신데렐라나 백설공주와 같은 스토리에 흠뻑 빠져든다. 그러나 둘은 끝까지 행복하게 살지 못했을 것이다. 모든 여자가 탐을 내는 백마 탄 남자는 얼마 지나지 않아 다른 백설공주를 찾아 떠났을 것이 분명하다.

융은 《심혼과 대지》에서 남성의 주된 관심은 여성을 정복하는 것이라고 했다. 다시 말해서 여자를 한 인격체로 사랑하는 마음이 아니라 정복해야 할 사물로 대하는 것이다. 상대를 위한 것이라기보다는 일종의 자기 능력 과시인 셈이다. 거기다가 남성은 하나의 정복에 머물지 않는다고 한다. 심지어 아내도 많은 사람 가운데 하나로 본다고 한다. 물론 여성의 의식은 한 남자에 국한되는 반면에 남자의 의식은 개인적인 것을 넘어 확장하는 성향을 띠며 때로는 모든 개인적인 것을 거역한다. 물론 융은 이것을 생물학적 측면에서 본 것이다. 무의식에서는 다른 측면이 있다고 하지만 일단 남성에 대한 특성만 설명하는 것이다.

반대의 스토리가 있다. 여성 주도의 사랑인 미녀와 야수다. 일단 모두가 기피하는 못난 남자지만 그런 자신이 진정으로 사랑받는다고 느끼면 남자는 비로소 멋진 남자로 변신하게 된다. 부족한 자신을 절대로 사랑하는 여자의 심리를 알게 된 남자는 비로소 그 여자에게 충성한다. 아마도 이런 커플은 끝까지 행복하게 살았다는 엔딩을 추측할 수 있다. 그래서 잘나갈 때 만나 결혼한 커플보다는 부족한 상태에 있는 남자와 결혼했지만 얼마 후에 멋진 남자가 되는 커플을 종종 본다.

융은 그런 여자의 심리를 이렇게 설명한다. "미래도 확실하지 않지만 함께하기로 결심하는 것은 여성의 심리다. 그것은 오랜 진리가 아니었던가? 여성이 강한 자의 약점을 그 강함보다 더 사랑하고 영리한 자의 어리석음을 그의 영리함보다 더 사랑한다는 것은. 그런데 그것이 바로 여성의 사랑이다. 단지 남성적인 남성이 아니라 그의 암시적인 감정까지를 포함하는 전체적인 남성을 원한다. 물론 여성만이 남성의 약함을 사랑하는 것은 아닐 것이다. 남성 또한 강한 여성성보다는 그녀의 약한 측면을 도우면서 남성의 긍지를 느낀다. 남녀의 성을 떠나서 약한 것을 돕는 보람을 느끼는 것은 인간 본연의 사랑의 감정임은 틀림없다. 그러나 여성은 그것을 사랑으로 감싸고 남성은 그것을 통해 자기 능력을 확인한다."

결국 여자는 사회적으로 남성의 자리를 위협하면서도 멋진 남자를 만난다는 환상에 빠져 있다 보니 남자는 점점 유약해져 간다. 정복하고자 하는 남성은 속성상 자기보다 강한 여자에게 사랑을 느끼지 못하기에 쉽게 자포자기하고 만다. 결국 오늘날의 남자들은 여자가 만들어 낸 과대망상의 왕자보다는 점점 비스트로 내려앉고 있다. 더구나 비스트를 왕자로 만들려는 여자도 없으니 잠만 자다 깨어난 된장녀와 비스트뿐인 세상이 되고 말았다.

나라마다 남녀의 관계에 대한 설화가 다른데 한국의 전통적인 남녀 사랑 모델은 미녀와 야수다. 우렁각시, 평강공주, 신사임당 등은 전통적으로 유약한 남자를 보필하며 가정의 주도권을 쥐고 나가는 한국의 여인이었다 .

요리하는 남자

최근 요리하는 남자가 대세다. 돈도 벌고 요리도 하고 아이들도 잘 돌보는 남자… 그러나 남자가 집에서 요리를 시작하면 여자들은 두 가지를 걱정해야 한다. 먼저 경제 불황으로 인한 대량 실직 사태를 염려해야 한다. 일본에서는 1990년대 후반 경제 불황이 시작되면서 요리하는 남자들이 급증하고 먹방 프로그램이 인기를 얻었다고 한다. 현재 우리나라에서 요리하는 남자와 먹방 프로그램은 남자들의 대량 실직을 예고하는 불황기의 일본의 모습과 흡사하단다. 남자는 살림남이 되고 여자는 값싼 임금을 받고 일을 해야 하는….

둘째, 남자들이 여자로부터 독립하면서 결혼할 필요성을 느끼지 못한다. 최근 들어 우리나라 남자들의 독신이 급증하고 있다. 이러한 현상이 발생한 이유 중 하나는 전통적으로 대한민국 남자가 가장 취약했던 요리에서의 독립이다. 서구 남자들이 일찍 독립하는 것은 바로 먹는 것에서 자유롭기 때문이다. 그런데 우리나라 남자들은 요리하는 것에 길들지 않아 음식을 해주는 어머니나 아내에 대한 의존도가 높았다. 결국 여자들이 전통적으로 가지고 있으면서 남자에게 군림할 수 있었던 두 가지, 즉 가계 경제권과 요리하는 특권을 빼앗기고 말았다.

20세기에 들어 여자가 남자의 자리를 위협하는 이유는 부엌이 사라졌기 때문이라는 학설이 있다. 부엌은 역사 이래 가족을 위한 여자들의 공간이었다. 즉, 일을 하러 나간 남편을 생각하며 음식을 만들고, 성장해 나가는 자식들을 생각하며 음식을 만들고, 이웃 간에 화평하게 지내기 위해 음식을 만들면서 관계 형성은 물론 여성의 창의성이 극대화되는 곳이었다.

이와 달리 사물에 대한 창의성은 남자에게만 있다고 한다. 엠마 융은 "사물에 대한 창의성이 떨어지는 여자는 남자가 국자를 만들어 주지 않았으면 아직도 막대기로 수프를 젓고 있을 것이다"라고 할 정도다. 사물에 대한 창의력으로 남자들은 근대화 과정을 통해 생활 가전제품들을 만들어내기 시작했다. 냉장고를 만들고, 가스레인지도 만들고, 세탁기도 만드는 등. 그래서 부엌으로부터 여자를 해방시켜 주었지만 그로 인해 남는 시간을 오히려 남자의 자리를 위협하게 하고 말았다고 융은 말한다.

오늘날 여자들이 가족을 위한 요리를 하지 않으니 부엌 무용론이 대두되고 있다. 전통적으로 집에서 밥을 먹던 동양권에서도 외식문화가 확산되고, 남자도 요리에 가세하다 보니 더는 요리가 여자의 몫이 아니게 되었다. 인간은 요리를 하면서 두뇌가 발달했다고 한다. 우리나라 여성은 서양의 여성보다 치매율이 낮았으나 최근에는 여성 치매가 급격하게 늘고 있다고 한다. 사실 서양에서는 요리라기보다는 딱딱한 빵, 치즈, 샐러드, 스테이크 등의 가공하지 않은 원재료에 소스나 뿌리는 정도다.

우리나라는 요리를 하지 않으면 안 되는 음식문화가 형성되어 있다. 밥에 따른 반찬이 있어야 하고, 반찬도 만들자고 들자면 그 가짓수를 셀 수 없을 지경이다. 더구나 냉장고를 열어 즉석에서 할 수 있는 음식들이 아니다. 된장찌개를 하려면 된장이 맛있어야 하고 김치찌개를 하려면 김치를 담가 두어야 한다. 가족을 위한 세 끼 식사를 때맞춰 하려면 아침 후에 먹을 점심을 미리 생각해두고 점심 후에는 저녁 반찬을 준비해 두려니 끊임없이 뇌를 활성화해야 한다. 4계절이 있는 우리나라는 계절별로 만들어 놓아야 할 음식들도 다양하다. 겨울이 오기 전에 김장을 하고,

겨우내 된장을 띄워 봄이 오는 길목에서 장을 담그고, 이어서 마늘장아찌, 매실청 등, 철마다 담가야 할 것은 또 얼마나 많은지….

사람의 정신을 건강하게 하는 것은 바로 선행 지식이다. 자신이 해야 할 것을 두뇌에서 인지하면서 뇌 활동이 활발해진다. 노인성 치매란 바로 이런 선행 지식이 발생하지 않으면서 오는 것이다. 특히 생활 영역에서 창의력이 발휘되는 여자들이 하던 요리를 그만두면 치매가 급격하게 진행된다고 한다. 나라마다 이어오는 고유의 요리는 토양과 기후 등의 자연조건, 그 나라 사람들의 체질과 조화롭게 만들어져 온 것이다. 역사 이래로 내려온 전통을 물려받았으면 전통을 이을 책임도 있다. 한국 남자는 이런 음식을 하지 못했기에 아내에게 경제권도 주면서 쥐여살았건만….

여자들이 밥하는 것이 무가치하다지만 세상에 가장 큰 선행이 밥보시라는 말이 있다. 인류학자인 마빈 헤리스는 "음식은 영양가도 건강도 아니다, 음식은 문화의 정신이다"라고 했다.

집밥?

최근에 주간 근로 시간을 52주로 바꾸면서 저녁이 있는 삶을 살게 해 주겠다고 한다. 그러면서 그런 추세에 발 빠르게 등장한 업체가 있다. 밥과 반찬을 담고 과일도 한쪽 있는 신선 식품을 아침 식사용으로도 배달해 준다. 맞벌이를 위해 집밥처럼 만들어 배달해 주는 업체인데 인기가 상승 중이라고 한다. 그 기사를 보고 두 가지 의문이 들었다. 첫째는 집밥은 말 그대로 가정 구성원의 영양 상태를 고려해서 집에서 만들어진 음식인데 과연 그 정도로 될까 하는 것이다. 둘째는 굳이 아침부터 한식을 고집하며 배달까지 시켜 먹어야 하는지 모르겠다는 것이다.

여자들이 가족을 위해 밥하는 것이 너무도 힘들다고 하니 급식 문제를 해결하기 위해 지자체장이나 국회의원, 교육부 수장, 심지어 대통령의 공약 사항이 되는 나라다. 급기야 급식 문제로 시장이 임기도 채우지 못하고 사퇴를 한 사례도 있다. 1990년대 후반에 딸이 미국에서 초등학교에 다녔던 네쉬빌은 남부에서 중산층이 사는 제법 소득 수준이 높은 지역이다. 그곳에서 급식이라고 해 봐야 마른 빵에 과일, 음료수다. 당시 우리나라 국민소득의 3배도 넘는 국가라 먹는 것도 화려한 줄 알았는데 초라하기 그지없었다. 더구나 학교 주변에는 우리나라처럼 간식을 파는 곳도 없다. 학생들은 오전에 주로 운동을 하는 등 활동량이 많았는데도 점심이 간단했고 그런데도 누구 하나 불만을 토로하지 않았다.

이후로 25년이 지난 우리나라는 아직까지 급식 논쟁이다. 부모들이 집밥처럼 해내란다. 밥과 국과 반찬을 골고루 담아 먹게 하는 한식대첩… 한식은 가족을 생각하는 엄마의 마음으로 요리를 하지 않으면 오히려 건강을 해칠 우려가 더 크다. 조리 과정이 복잡하여 배탈을 유발하는 식재료를 분별하기가 어렵고, 국이나 찌개와 같은 습식 요리가 상할 확률이 높기에 단체 급식에는 적합하지 않다.

한국으로 돌아와 중학교에 다니는 딸의 참관 수업에서 본 급식 장면이 내게는 오히려 충격이었다. 식당도 마땅히 없어 교실에서 밥을 먹으려 하니 11시도 되기 전에 복도 끝에는 각 교실로 가야 하는 밥차가 대기하고 있었다. 아직 1시간의 수업을 더 해야 하는데 복도를 타고 흐르는 음식 냄새 때문에 이미 식당에 있는 느낌이 들었다. 학생들은 수업 중인데도 코를 벌름대며 속닥거린다. 카레라이스인가? 아니면 돈까스? 그러자 누군가 미역국 냄새라고 소리친다.

세계화란 언어만 잘하는 것이 아니다. 그 나라에 머무를 때 현지 적응을 잘하는 것이 우선이다. 이때 언어도 물론 중요하지만 음식문화에 잘 적응해야 한다. 그러려면 현지인들의 문화를 알고 활발하게 교류해야 하는데 유독 한국 유학생들은 밥과 얼큰한 찌개를 고집하며 끼리끼리 몰려다닌다고 한다. 유럽인들은 음식문화가 단순하다. 아침에는 마른 빵을 먹고 점심에는 케이크 한 조각을 먹는다. 저녁은 제법 풍성하게 먹는다. 여행 중에 그런 그들의 음식문화를 보고 '저렇게 먹고 어떻게 살까?' 하는 생각이 들어 독일에서 유학 생활을 했던 친구에게 물었다. 그랬더니 초콜릿 바 3~4개를 가지고 도서관에 틀어박혀 하루를 버티는 독일 친구가 많다고 한다. 체격이 크다고 많이 먹지도 않고 먹는 것을 탐하지도 않는다며. 흔히 노천카페에서 커피 한 잔을 놓고 멋지게 앉아 있는 유럽인의 모습을 선망하지만 그냥 만들어지는 것이 아니다.

어느새 국민소득 3만 달러 시대에 돌입했다. 이 정도 국가 수준이면 영양 부족이 아니라 과영양으로 비만지수가 높아져서 염려해야 하는 상황이다. 선진국은 비만지수가 상류사회의 척도라고 한다. 덴마크는 최근 비만세를 신설했다. 적게 먹는 것이 세계적인 추세인데 우리나라는 더 먹어야 한다면서 온 나라가 정쟁에 휩싸여 있다. 그래서 학교 급식이 시작된 지 오랜 시간이 지났지만 여전히 표를 가르는 갈등으로 남아 있다. 학부모들은 엄마가 해주는 것처럼 위생적으로 만들고, 영양가를 높이는 것은 물론 정성까지 담아서 해 달란다. 물론 정치권은 그런 수준까지 올려 주겠으니 표를 달라고 하고. 이제 학교는 공부를 가르치는 곳이 아니라 급식을 먹이는 곳으로, 그 본질이 변한 느낌이 든다.

뼛속까지 배고픔을 느꼈던 구세대는 먹는 것을 탐했지만 미래를 향해 가야 하는 세대는 간단하게 먹는다. 금강산도 식후경이라며 때와 장소를 가리지 않고 펼치고 앉아 굽고 끓으며 먹는 시대는 부모 세대에서 막을 내려야 한다. 부모가 해주지 못하는 가정식 배반을 고집하며 나라가 온통 뒤섞여 소모적인 논쟁을 벌이지 말고 정해진 예산 안에서 중지를 모으면 되지 않을까? 세상에 모든 사람이 먹는 음식은 다 먹거리다. 단체급식이니 간단하고 영양가 있는 것을 찾아 공급하면 된다. 감자가 풍성할 때 감자 주고 고구마가 풍성할 때 고구마 주면 된다. 차고 넘치는 곳에 인간의 지혜는 결코 발휘되지 않는다. 부족한 예산으로 최대의 효과를 보려면 부모와 학교 관련자들이 열린 사고로 접근하는 것이 선행되어야 하지 않을까?

명절 증후군?

대한한국은 일 년에 두 번의 명절이 있는 나라다. 365일 중 단 이틀 때문에 대한민국의 많은 여자가 애간장이 타서 못 살겠다고 아우성이다. 통계청이 최근 5년간의 이혼통계를 조사한 결과에 따르면, 설과 추석 명절을 지낸 직후인 2월과 10월에는 이혼 건수가 바로 직전 달보다 평균 11.5%가량 높다고 한다. 이에 따라, 해마다 명절을 쇠고 나면 제일 붐비는 곳이 가정법원이란다.

과거 대부분 직장인이 명절 특근을 기피해서 명절 근무 수당을 2배로 올려주기까지 했지만 최근의 명절 특근은 없어서 못하는 '황금 특근'이 되었단다. 명절만 다가오면 '아내의 추석 특근'은 인터넷 게시판에서도 뜨거운 주제가 된다. 한 40대 남성이 아내의 추석 특근을 비난했다.

아내가 지난 명절에 시댁으로부터 잔소리를 들었는데 이번 추석에 특근을 신청했다고 불만을 토로하는 글을 올렸다. 사실 얼마 전까지만 해도 명절 때 아내의 고생을 인정하며 미안해하던 남편들도 비난의 포문을 열었다는 것이 염려스러울 따름이다.

과유불급이라고 했던가? 그저 가벼운 투정으로 보아 넘기기에는 위험 수위를 넘고 있다. 명절이 시작되기 전부터 신문이나 방송, 매체마다 명절을 앞둔 여자들의 고달픔을 앞다투어 부각한다. 그리고 돕지 않는 남편을 비난한다. 그래서 명절을 앞두고 가족이 모이는 것에 대한 기대와 설렘도 전에 여자와 남자가 공개적으로 싸우는 것부터 시작된다. 그래서 오랜만에 가족들이 모여도 그저 누가 일을 더 하는지, 하지 않는지를 놓고 신경전을 벌이다가 가슴에 상처만 안고 헤어진다. 먹을 것은 풍요로운데 오래간만에 만난 식구들이 그날의 하루 수고 때문에 서로 싸우다가 결국 가정까지 파괴하는 이 사회의 명절 증후군.

명절증후군이 생긴 이유는 많겠지만 3가지로 나누어 생각해 보았다. 첫째, 옛날보다 일이 서툴러졌기 때문이다. 예전에는 모든 집안일을 일일이 손으로 했다. 계절마다 장을 담그고, 때마다 김치를 담그고 물도 기르고 바느질도 하고 국수도 빚으면서… 예전의 어머니들은 입으로 밥이 들어가려면 손이 부지런해야 한다며 쉴 새 없이 움직였다. 그러나 현대에 들어와서 집안일을 대신하는 청소기, 세탁기 등의 편리한 제품이 차고 넘치고 음식을 요리하기보다는 간편식을 손쉽게 구할 수 있으며, 대체 식품도 많아졌다. 그래서 어떤 문화연구가는 현재의 편리성이 예전에 하인 30명을 쓰는 효과라고 말한다. 이렇게 편리하게 살다가 갑작스럽게 늘어난 일 자체를 감당하지 못하는 것이다.

둘째, 감사한 마음이 적어졌다. 예전에 어머니들은 명절에 산더미처럼 쌓인 일을 앞에 두고, 힘들지 않겠느냐고 걱정을 하면, 벌어오는 이도 있는데 음식을 만드는 일이 뭐가 어렵냐고 오히려 반문했다. 양식이 있어 모일 수 있는 가족이 있다는 것만도 그저 감사하다며.

셋째, 이 시대의 가치관이 변질되었기 때문이다. 뉴욕대 심리학자 얀켈로비치는 현대는 자기실현만이 올바른 삶의 방향이라고 공공연히 가르친 유일한 세대라는 것이다. 그는 이런 현실은 결국 자기 욕구만을 표현한 뒤집힌 세상이라고 했다. 물론 자기실현이 절대 나쁘다는 것은 아니다. 그러나 무엇 때문에? 왜? 자기를 실현하느냐는 것이다. 자기실현도 누군가로부터 사랑을 받기 위해서이거나 혹은 누군가를 사랑하기 때문이다. 인간은 앞서도 말했지만 자신을 위해 무언가를 하는 이기적인 존재가 아니라 사랑하는 누군가를 위해 죽을 힘을 다해 성취하려는, 이타적인 존재다.

일 년에 딱 두 번 있는 명절에 가족을 위해, 남편보다 혹은 형제자매보다 일을 좀 더 했다고 해서 너무 속상해하지 말라는 것이다. 내가 조금 힘들었지만 가족이 행복했다면 이는 가장 아름답고 위대한 자기실현이 될 수 있다. 공연히 봉사한다고 불특정 다수를 향해 돌아다니기도 하는 판에 가장 사랑하는 가족을 위해 일 년에 두 번 봉사하는 것이 그렇게 어려울까?

가난했지만 집을 나누며 생명을 키워냈다

얼마 전에 친구가 오페라 티켓을, 그것도 VIP석 티켓 두 장을 선물 받았다며 함께 가자고 했다. 친구에게 표를 준 사람이 다름 아닌 자신의 집에 든 세입자라고 했다. 신혼부부가 와서 형편이 안 되지만 임차할 집이 너무 마음에 든다고 세를 깎아달라고 하더란다. 그래서 친구가 그들의 제시하는 가격에 세를 주었는데 그 부부가 너무 감사하다며 표를 주었다고 한다. 남편이 연극을 하는 분이라며….

그래서 오래전 기억이 떠올랐다. 베이비부머 세대는 어린 시절에 집이 있는 사람이나 없는 사람이나 형편이 같았다. 집이 있어도 방을 나누어 세를 주다 보니 한 집에 여러 세대가 세를 사는 것을 흔히 볼 수 있었다. 비좁은 집이지만 방을 나누며 살다 보니 집은 언제나 사람들의 소리로 시끌벅적했다. 물론 아이가 많은 가족은 주인이 방을 내주려고 하지 않는, 기피 대상이었다. 옛날 드라마의 단골 소재 중 하나는 세입자가 아이들이 적다고 속이고 방을 얻고서는 며칠에 걸쳐 데리고 들어오는 장면이다. 아이가 둘이라고 철석같이 믿은 주인은 결국 다섯 명의 아이가 한방에서 뒹구는 것을 보고 도저히 용서하지 못하겠다고 소리를 지르지만 결국 애원하는 아이들의 눈빛에 허락하고 만다.

물론 세입자는 주인집 자식들에게 어린 자식들이 갑질을 당하는 것을 종종 보고 가슴을 쓸어내리지만 세상은 공평했다. 세월이 지나니 그렇게 주인집 눈치를 보며 세를 살던 아이들 중에는 의사도 되고 검사도 되고 기업가도 나왔다. 주인집 아주머니도 그렇게 출세한 남의 자식이지만 자랑스러워했다. 내 집에서 자랐으며, 어려서부터 남달라 뭐가 되도 될 줄 알았다며….

세계 역사에도 없다는 대한민국 성공 신화의 주 요인은 국민 모두가 이렇게 각자의 영역에서 역할을 제대로 해냈다는 점이다. 하나님은 자기 형상으로 만든 인간에게 세상을 다스리라는 권한을 주셨다. 세상 만물을 특성에 맞게 관리하라고. 그중에서도 생명을 소중하게 다루고 생육하고 번성하라는 명령과 함께. 가난했지만 이처럼 사람을 소중히 하고 자신이 가진 것을 나누어 오늘에 이르렀건만… 집은 그때와 비교해서 상상을 초월할 만큼 늘어났지만 살 집이 없다고 아우성이다.

이제 이 땅에 생명의 소리는 들려오지 않는다. 집이 없어 결혼도 하지 못하고 아이도 낳지 못하겠다고 한다. 그토록 잘살기를 열망해서 소득 수준이 올랐다지만 이미 중산층은 붕괴되고 빈부격차는 날로 심화되고 있다. 중산층은 말 그대로 스스로 번 소득으로 안정적으로 먹고사는 계층을 말한다. 이런 계층이 인구 대부분을 차지하고 5대까지 이어져야 비로소 건실한 국가라고 할 수 있다. 누군가 한국 사람은 열심히 사는 민족이기에 3대까지는 이어져도 된다고 하는데 3대로 이어지지는 못할 것 같다.

아파트로 부를 축적한 베이비부머들은 자신이 가진 아파트 가격이 더 올라야 한다고 하지만 아파트값이 오르면 오를수록 자식들이 집을 갖는 것은 더 요원해진다. 내가 가진 집값이 오른 것이 일시적으로는 이득이 될지는 모르지만 그 오른 집값을 결국 자식들에게 떠넘기는 것인데도 가진 자는 더 올라야 한다고 주장한다. 한 지인은 6개월째 집을 비워 두고 있으면서 자기가 제시한 가격에 세입자가 들어오기만을 기다리고 있단다. 도심의 고층 빌딩이 비워지고 있단다. 건물에 사람의 온기가 없으면 귀신이 선점한다고 하던데….

땅은 하나님의 것이라고 하신다. 그러나 인간에게 땅을 나누어 주면서 6년 동안 가꾸면서 온 땅에서 나는 것으로 남자나 여자나 이방인이나 품꾼이나 가축은 물론 들짐승도 먹게 하라 하신다. 그리고 7년마다 땅도 쉬게 하라 하신다. 물론 부지런한 자와 게으른 자의 상급도 인정하신다. 그러니 불린 자가 더 크게 불릴 수 있다. 하지만 7년마다 빚을 탕감해 주고 부리던 종도 7년째 되는 해에 놓아주면서 빈손으로 보내지 말라고 하셨건만… 더하여 희년이라는 제도를 통해 7년이 7번, 즉 49년이 지난 50년은 희년으로 모든 것을 본 상태로 돌려 새로 시작하라 했건만… 인간은 경제활동으로 인해 땅이 편중되는 것을 50년마다 원상 복귀시키라는 하나님의 말씀을 결코 듣지 않는다. 더구나 돌보라는 땅에 말뚝 박아 바벨탑을 쌓아 매점매석하고….

차별은 없으나 구별은 있다

최근 들어 양성평등을 주장하는 여자들의 대부분은 남자와 같은 대접을 해달라고 한다. 여자처럼 바라보는 시선도 싫단다. 선정적으로 옷을 입을 자유를 달란다. 남자의 시선이 여자들의 표현의 자유를 구속한다는 것이 이유다. 그러면서도 여자들은 외모 관리에 다른 어느 나라보다 큰 비용을 쓴다. 섹시하고 예쁘다는 소리를 듣기 위해 부단히 노력하는 것이다. 그래서 대부분의 여자는 자기를 연예인처럼 관리한다. 뉴스를 전달하는 아나운서나 검사나, 주부나, 미혼의 여성이나 모두 같은 잣대로 자신을 드러내려 하는 것이다. 여자로 보지 말고 능력으로만 인정해 달라면서 여자처럼 꾸미는 이율배반적인 주장이 참으로 묘하다.

우리말에 '답게'라는 말이 있다. '여자답게'는 페미니스트들이 주장하는 성차별적인 발언이라고 하지만 '답게'는 차별이 아니라 구별성 용어다.

아나운서는 당연히 '아나운서답게' 뉴스를 전달해야 한다. 그런데 자칫 연예인과 같은 외모를 한다면 정보 전달의 기능이 약화될 수 있다. CNN 앵커 출신인 게일 에반스는 텔레비전에 출연할 때는 쨍그랑대는 팔찌와 달랑대는 귀고리 등 시선을 분산시키는 것은 모두 피해야 한다고 한다. 그런 액세서리는 상대방의 시선을 흩트리고 싶을 때만 필요하다고 한다. 상대의 시선을 흩트리는 것은 상대 탓이기보다 내 탓일 경우가 많다. 검사는 사회 정의를 구현하기 위해 고군분투하는 직업이다. 행여나 여자처럼 보인다고 하면 절대 칭찬이 아니다. 더하여 여자로 봐달라는 암묵적 표현이라고 동료 남자들이 오해할 수도 있다.

이제 우리나라에서도 다양한 직업의 여성들이 남성과 동등하게 자신의 역할을 해내고 있지만 게일 에반스는 전략에 맞는 옷을 입으라고 한다. 남자는 양복이라는 복장에서 크게 벗어나지 않는다. 그래서 남성들을 평가할 때는 의상은 전혀 관계하지 않고 성품이나 태도 혹은 이력서에만 관심을 쏟는다고 한다. 그저 남자들에게 넥타이만 바꿀 뿐이라는 농담을 건넨다고 한다.

하지만 여성의 경우에는 옷차림이 많은 것을 대변해 준다고 한다. 차림새는 곧 여자를 평가하는 잣대로 작용하기 때문이다. 여자이기 때문에 차별적인 것이 아니라 사회적 역할에 적합한 의상 선택이나 외모 관리가 필수라고 한다. 옷차림이 기본적으로 전달하는 메시지는 '내가 그 일에 적합한 인물'임을 강조하는 것이다. 여자로서의 내가 아니라 그 일에 적합한 내가 되어야 하는데 에로배우처럼 성적인 매력을 부각하려는 경향이 있다. 게일 에반스의 지인 중에 금융계에서 일하는 유능한 여인이 있는데 능력만큼 승진을 하지 못했다. 그녀가 지나치게 몸에 꼭 붙는 옷을 입고 외모를 드러내는 것에 오히려 남자들이 불만을 털어놓는다고 한다. 그녀와 업무상 저녁 식사도 할 수 없다고. 자기 부인이 오해할지 모른다며… 남자의 이중성이다.

언젠가 여성단체가 노출된 옷을 입을 자유를 외치며 거리를 행진하는 것을 보았다. 스스로 '잡년들의 모임'이라는 이름을 내세우며. 여자들이 자기가 입고 싶은 옷을 마음대로 입는 세상으로 만들어 달라지만 그런 세상은 없다. 심리학자 폴투르니에는 "남성은 여성을 '성적으로 훔쳐보는 자들(voyeur)'"이라고 단정적으로 말한다. 남성은 여성을 인격으로 보지 않고 단지 사물로 받아들인다. 그런데 여자들은 그런 사물화된 남성의 시각에 순응하면서 한편으로는 여자를 눈요기 대상으로 바라보는 남자의 속물 근성을 국가가 법적으로 막아달라고 하니….

결국 그건 창조주에게 따져야 한다. 국가가 무슨 수로 남자의 속성을 바꿀 수 있겠는가? 그렇지 못한다면 여자가 스스로 자기를 지켜나가는 수밖에 없다. 최근 들어 성추행, 성폭행이 만연하고 것에는 남자는 물론 조심성 없는 여성에게도 책임이 있다. 그래서 전통적으로 대한민국 어머니들은 딸들이 집 밖을 나서는 그 순간부터 감시하고 잔소리를 했다. '치마가 짧다.', '가슴이 훤히 드러난다.', '당장 옷 바꾸어 입고 나가라.' 또한 다음과 같은 잔소리도 이어진다. '세상에 믿을 남자 없다.', '몸가짐, 행동 조심해라.', '그러다 잘못되면 이 어미 혀 깨물고 죽는다.'

남자다움과 여자다움

흔히 남자답다 혹은 여자답다 하면 굳이 설명하지 않아도 알 수 있다. 사전 지식이나 훈련이 없어도 특정 행동이 일관성을 띠고 이어진다. 엄마가 된 사람은 남아와 여아가 자라나는 형태가 판이하게 다르다는 것을 안다. 젖을 먹을 때도 남아는 공격적으로 젖을 빨다가 배가 부르면 그대로 떨어져 나간다고 한다. 여아는 젖을 빨면서도 손으로는 주변을 만지작거리고 눈을 떴다가 감았다 하며 주변을 살피는 데 관심을 갖는다고 한다. 남아는 태어나는 순간부터 한 가지에 집중하는 반면 여아는 한 가지에 집중하지 못한다고 한다. 유아기에 남아는 목표를 주고 달리라고 하면 일제히 함성을 지르며 뛰어나가는데 반하여 여아들은 주변을 뱅뱅 돌며 딴짓을 한다고 한다. 게임을 해도 남아는 피라미드 게임을 좋아한다고 한다. 서로 치고받으면서 올라가서 마지막 승자가 되기를 원하지만 여자들은 원탁게임을 하며 승자보다는 관계를 개선하는 게임을 좋아한단다.

남자와 함께 일을 해온 게일 에반스는 업무와 관련하여 남녀가 다른 점을 이렇게 설명한다. "남자는 예스나 노로 명확하게 의사결정을 하고 행동에 돌입하지만 여자는 결정을 했더라도 하지만이라는 여지를 남긴다. 이는 남자라면 결정에 승복하지만 여자는 누군가를 조종해서 일을 바꾸려고 시도하기 때문이다. 남자는 원하는 것을 직설적으로 표현하는 것에 반해 여자들은 본래의 의도를 감춘 채 질질 끌면서 일을 복잡하게 풀어나간다."

심리 면에서 남자와 여자는 극명하게 다르다. 남자는 논리만으로 만족하고 여자는 심리적이다. 그래서 남자는 사물 자체를 알기 원하지만 여자에게는 어떻게 느끼는지 아는 것이 중요하다. 강의를 들을 때 남자는 그 내용을 분석하는 데 반해 여자는 강사의 외모나 태도 혹은 입은 옷 등에 더 큰 관심을 갖는다. 남자와 여자는 유전자도 다르고 신체도 다르다. 당연히 발달 과정도 다르다. 이처럼 외형도 다르니 행동도 다르고 생각도 다를 수밖에 없다. 이전에는 남녀가 같다는 논리로 교육 과정을 동일하게 제공했는데 최근에는 선진국에서는 성장기에 남녀의 교육 과정을 다르게 해야 한다는 의견이 구체화되고 있다. 이는 정신 연령 발달이 여자보다 2~3세 늦는 남아가 불이익을 받기 때문이란다.

인간은 태어나 부모의 보호를 받으면 몸과 정신이 성장해 나가면서 20세를 전후해서 부모에게서 독립할 수 있는 인격으로 완성된다. 이 기간에 각각의 신체와 정신에 따라 환경에 적응하면서 개성화가 이루어진다. 심리학에서는 여기까지 인지하는 것을 자아라고 한다. 자아는 한 인격을 객관적으로 평가할 수 있다. 내성적이다, 외향적이다, 머리가 비상하다, 운동을 잘한다 등으로… 물론 이런 성격 이외에 쉽게 드러나지 않은 무의식의 내적 인격도 있지만 이는 중년 이후에 활성화된다고 한다. 문제는 먼저 외적 인격인 '자아' 발달이 이뤄져야 내적 인격도 발달한다는 점이다.

문제는 이런 '자아'가 올바르게 형성되려면 남자는 남자답게 여자는 여자답게 양육되어야 한다고 한다. 인간의 모양이 제각각인 것처럼 각자의 개성에 따라 사는 것이 건강한 심리를 갖는다고 한다. 그런데 20세기에 들어 여자가 남자처럼 키워지는 것보다 남자가 여자처럼 키워지는 것이 문제라는 것이다. 더구나 힘을 쓰지 않는 정보사회로 발전해 나가며 신체를 쓰는 남자다움보다는 여성 취향의 꽃미남이 대세가 되어 남자 스스로도 자신의 정체성을 상실하고 있다.

예전에는 남아의 경우 주로 아버지가 함께 밭일을 하거나 사냥을 하면서 남자다움을 가르쳤지만 현재는 여자들에 의해 양육되는 과정에서 남자다움이 말살된 것이다. 그러나 존 엘드리지는 여자들이 이해할 수 없다는 남자의 경쟁심과 대담함이 세상을 올바르게 나아가도록 하는 단순한 진리를 잊어서는 안 된다고 한다. 총기를 난사하는 흉악범도 있지만 그 흉악범으로부터 사람을 구해내는 것도 남자다. 노예제도를 근절하기 위한 전쟁에서 죽는 것도 남자다. 나치를 파멸한 것도 남자고 타이타닉호가 침몰할 때 여자와 아이를 먼저 구해낸 것도 남자다. 남자는 많지만 남자다운 남자가 점점 줄어 세상은 다시 위협받고 있다.

남성성을 상실하는 남아의 비애

작가인 데이빗 머로우는 20세기에 만연한 가장 큰 거짓말은 남자와 여자가 전혀 다르지 않다는 것이라고 한다. 지난 1세기 동안 여자의 권위는 올라갔지만 상대적으로 남자는 낮아졌다. 그래서 인권과 평등을 부르짖는 미국인들도 그런 현상을 두고 고민에 빠졌다. 그래서 토크 쇼나 신간 서적에서는 '진짜 남자는 어디에 있는가?'라는 질문이 자주 나온다. 《와일드 하트》의 저자인 존 엘드리지는 이렇게 소리친다. "당신들이 남자에게 여자가 되라고 했잖소!"

역사 이래로 억눌린 여성의 권위를 되찾았다고 해서 남성이 약해지는 상관관계는 무엇일까? 존 엘드리지는 "오늘날 사회가 남자로 성장시키는 방법을 모르거나 아니면 남아를 진정한 남자로 키우기를 원치 않거나"라고 두 가지로 설명한다. 그에 의하면 현대인들은 남아가 성장하면서 형성되는 사회화 과정에서 발생하는 거칠고 격정적이고 때론 난폭해지는 것을 없애려는 것이다. 달리 말하면 남성적인 것을 말살하고 여성적인 것을 가까이하게 하는 교육제도 탓이라고 한다. 예전에는 부모가 자식을 양육했지만 이제는 양육기관에 보내진다. 그러다 보니 오늘날에는 대부분 남아가 여자들에게 둘러싸여 성장한다. 생애의 첫 10개월 동안 엄마 몸 안에서 자라고, 태어나는 순간부터 엄마와 보모, 유치원 여교사, 이어서 초등학교 여선생까지….

좌뇌와 우뇌를 연결하는 뇌량의 차이도 있단다. 마치 좌와 우를 연결 다리라면 여자는 6차선이고 남자는 2차선이란다. 뇌량이 커야 읽기에 유리한데 남자가 난독증이 많은 것은 이처럼 구조적인 결함이 있기 때문이라고 한다. 언어를 관장하는 뇌도 여자가 크다고 한다. 당연히 여아보다 남아가 말을 유창하게 하는데 연구에 의하면 여아는 하루 평균 2만5천 개의 단어를 쓰는 반면 남아는 고작 7천 개 정도라고 한다. 그래서 여자는 언어의 세계에 편안함을 느끼고 모든 것을 의인화하는 기술이 탁월하다고 한다. 여아는 동그랗게 둘러앉아 인형놀이나 소꿉놀이를 하면서 관계를 짓고 조잘대기를 즐겨 한다고 한다.

이렇게 타고난 구조로 인해 여아가 남아보다 사회성을 빨리 익힌다. 더구나 예전과 달리 아이들이 일찍 보육기관에 맡겨지고, 남아는 돌보는 여자 보육교사로부터 늘 문제라는 식의 평가를 받는다. 자기표현이 안되고 주어진 장난감을 가지고 사이좋게 놀기보다는 해체하려는 습성을 단순히 파괴 성향이 있다는 평가를 받을 수도 있다. 결국 장난감을 빼앗기고 새처럼 조잘대는 여자 옆에 얌전히 앉아 있어야 하는 남아는 무기

력증을 심하게 느낀다고 한다.

이렇다 보니 여자 양육자가 남아의 행동을 도대체 이해하지 못하므로 남아의 교육법을 고민하기보다는 남자 자체를 바꾸어 버리는 쉬운 길을 택한다며 라이오넬 타이거가 쓴 《남자의 몰락》에서 설명한다. "남아들이 좋아하는 놀이 방법이 학교의 구조에 적절하지 않기 때문에 여아의 서너 배가 되는 남아들이 학교에 적응하지 못한다. 따라서 심리교사들이 ADHD를 진정시키는 약으로 리탈린을 처방한다. 하지만 남아는 테스토스테론이라는 남성 호르몬이 분비되어 공격적이고, 모험을 감수하고, 성에 관심을 갖게 된다. 그래서 남아는 여아에 비해 ADHD가 최대 9배까지 높게 나온다고 한다. 그러나 하버드 연구팀에 의하면 이 호르몬이 왕성하게 나올 때 규제를 하면 자존감이 떨어지는 것을 넘어 질병으로 진단을 받는다. 이 시대의 남아의 잘못은 그저 남아로 태어났다는 것뿐이다."

남아는 엄마 뱃속에 안착할 때부터 위협을 받는다. 엄마는 XX이고 아들은 XY이기 때문이다. 신체는 유전자가 다른 것에 거부 반응을 일으킨다. 그래서 남아의 유산 비율이 높다고 한다. 남자들은 태아에서부터 힘겹게 자신을 지켜내야 하는 운명을 타고나는 모양이다. 성장기에 남아는 테스토스테론이라는 호르몬의 과분비로 병적으로 극성스럽다고 느끼는 여자의 시선에서 살아남아야 하는 운명….

아들이 약해졌다고 아들의 엄마는 슬퍼하지만 남자다움은 그냥 갖출 수 있는 것이 아니다. 인류학자인 데이빗 길모어는 남자다움은 신체적으로 건강하고 정신적으로 성숙하다 하여 성장하면서 저절로 얻어지는 것이 아니라고 했다. 다시 말하면 남자다움은 방해물을 극복하는 과정을 통해서 강화되는 인위적인 상태를 의미한다고 한다. 그렇게 남자답게 키워지는 것은 가족과 국가가 위기에 처했을 때 부름을 받으면 의연히 나설 수 있도록 미리 연습하는 것이란다. 그래서 평화로울 때도 남자답게 행동하도록 훈련을 받아야 한단다.

최근에 만일 전쟁이 나면 어떻게 할 것이냐는 물음에 80% 이상의 남자가 나이를 불문하고 참전할 거라고 답변했다. 막상 그런 위기 상황이 되면 얼마나 참전할지는 모르겠지만 상당수 남자는 언젠가는 조국을 위해 희생하겠다는 의지를 마음속에 품고 있단다. 그런데 세상이 변했으니 여자처럼 살라지만 인간이 살아가는 세상은 끊임없이 인간의 삶을 위협한다. 천재지변과 전쟁이 끊이지 않는다. 전쟁이 발발하면 남자는 먼저 차출되고, 불길에 휩싸인 건물에 들어가야 하고, 적군과 맞서 싸워야 한다. 타고난 신체가 여자보다 남자가 강하기 때문에 지금도 위험 직업군에서 사망하는 남자의 비율이 94%에 달한다. 아무리 첨단 장비가 발달했다고 해도 목숨을 거는 일은 결국 남자가 도맡아야 한다. 그래서 문명이 생존하고 번성하려면 위기의 순간에 행동하는 남자가 필요하다고 한다.

인류 문명의 발달은 남자의 진화로 인한 것이라는 학설도 있다. 남자가 진화되면서 인류 문명이 발달한다고 한다. MIT 교수 데이비드 페이지가 이끄는 과학자들은, 〈네이처〉에 남성의 Y염색체가 다른 어떤 유전자보다 힘찬 속도로 빠르게 진화하고 있다고 발표했다. 이 진화는 600만 년을 이어져 내려오며 재건축되는 집처럼 유전자 재건축 작업이 지속적으로 진행되고 있다고 한다. 결국 인류 문명은 남자로 인해 발전한다면 오늘날처럼 남자다운 남자가 없다면 발달을 기대하기 어려운 것은 아닐지?

융도 단정한다. 남자는 사물에 대한 사랑으로 모든 것을 이룬다고 단정한다. 장난감을 가지고 놀아도 분해한 후 그 구조에 관심을 갖는다고 한다. 그래서 창조는 남자만이 할 수 있다고 한다. 물론 남자 같은 여자가 있지만 그것은 예외일 뿐이란다. 창조력을 가진 남자는 과학뿐 아니라, 예술, 문학, 심리, 철학, 신학 등에서 수많은 업적을 이루어냈다. 물론 페미니스트들은 남자 중심의 사회로 인해 남자가 독식했기에 그런 결과가 나왔다고 주장해 왔다. 여성이 남자와 동등한 교육과 기회를 제공받은 지 100년이 훌쩍 지났지만 창조 영역에서 아직 이렇다 할 업적이 나타나지 않고 있다.

하나님은 아름다운 천지를 창조한 후에 마지막 날에 당신의 형상을 닮은 아담을 만든다. 그리고 아담에게 천지를 다스리는 권한을 위임한다. 그리고 생물의 이름을 각각의 특성에 맞게 이름을 지으라고 하신다. 당신이 만든 작품에 이름까지 짓는 권한까지 받은 아담의 후예인 남자인데… 어쩌자고 꽃미남이 대세가 되어 여자의 비위나 맞추는 푸들 강아지가 되었는지 모르겠다.

아버지의 권위

영성가인 헨리 나우엔은 현대인의 특징을 3가지로 나누었다. 첫째, 극단적인 개인주의로 모든 생각이 자기 세계로 움츠러들어 자기 외에는 어떤 사고도 하지 않는다고 한다. 그로 인해 타인은 물론 남편이나 아내 심지어는 자식도 생각하지 않고 오로지 자신만 생각한다고 한다. 둘째, 부성 상실의 시대라고 한다. 권위를 인정하지 않고, 윗사람을 인정하지 않고 버릇없이 구는 막돼먹은 세상이란다. 셋째, 강박적 시대라고 한다. 스트레스에 시달리면서 경련과 발작적인 행동으로 이어지고 생각 없는 우발적인 행위가 주를 이룬다고 한다.

이 시대에는 부성 상실이 대세라지만 최근 우리나라 아버지의 서열이 집안에서 기르는 반려견 밑으로 내려갔단다. 지나치다 싶을 만큼 아버지의 권위가 떨어지고 있다. 흔히 사람들은 권위와 권위적인 것을 혼돈하는데, 권위적이라 함은 우월적 위치에 있는 사람이 상대에게 대접받기를 강요하는 것이다. 하지만 성경에서는 사람이 아니라 위치에 대한 권위를 인정하라고 한다. 가정 내에서 아버지의 자리에 대한 권위, 남편의 자리에 대한 권위를 인정하라고 한다. 그런데 현대인은 이런 권위조차 인정하지 않으며 혼란을 자초한다.

가정 내에서 권위가 유지되지 못하는 것은 권위 자체가 상대적이기 때문이다. 아내가 남편의 권위를 인정하고, 자식이 아버지 권위를 인정해야 비로소 권위가 존재한다. 현대의 부성 상실도 패권 다툼이 가정 내에 들어 왔기 때문이다. 경제권을 가진 아내가 남편의 권위를 인정하지 않고 지배력을 가지려 하기 때문이다. 더하여 여성 상위라는 시대적 상황에 따라 아내가 가정에서의 남편 역할에 대해 점점 더 큰 불만을 가지기 때문이다. 문제는 이런 다툼이 부부간의 문제로 끝나는 것이 아니라 자식에게도 그대로 영향을 미친다.

남편에게 불만이 많았던 친구는 남편과 다투거나 불만이 쌓이면 자식들에게 남편의 험담을 늘어놓고 때론 욕도 한다. 부모가 자주 싸워 늘 불안해하는 자식들이 물으면 자신의 정당성을 입증하기 위해 더욱 남편을 몰아세우게 된다고 한다. 그런데 아들이 사춘기에 접어들자 아빠와 의견 대립이 잦고 반항을 하면서 때론 심한 욕설도 퍼부었다.

이처럼 아버지의 권위가 사라지고 가정이 붕괴되는 현실을 보고 티나 켈러 박사는 이렇게 말한다. "세계 각 지역에서 일어나는 전쟁과 똑같은 상황이 가정 안에서 그리고 개인의 마음속에서 일어난다. 갈등이 있는 가정을 보면 부부가 제각기 합법적인 이의를 제기할 준비가 되어 있다. 정당하고 도덕적이라는 원칙하에 자신의 입장만을 주장한다. 각자가 자신의 '선진 사무국'을 두고 빈틈없이 자신을 정당화하기 위한 방법을 찾아 자기주장을 내세운다. 이후 자신을 방어하려는 분노를 폭발하다가 상대방의 회유적인 태도에 대한 의심을 하게 되고 이에 따라 사태를 악화시키는 신경전만 계속된다."

최근에 각종 방송이나 SNS를 통한 부부간의 공방이 치열하다. 물론 문제 해결을 위해 치열한 소통을 하면서 상대를 이해하려 한다지만 한쪽이 완전하게 내려가면 소통이 되는 곳이 있다. 바로 가정이다. 예전에 우리 어머니들은 바닥에 놓인 넓은 쟁반처럼 모든 것을 떠받치며 소통을 주도했다. 가장다운 권위는 전혀 없는 아버지임에도 어머니는 감싸고 숨기기에 급급했다. 작은 다툼이라도 생기면 아버지가 알면 큰일 난다고 호들갑을 떨면서… 자식들이 머리가 커 갈수록 아버지의 허당기를 보고 험담이라도 하면 니들이 몰라서 그러는 것이라고 단숨에 잘랐다. 그때는 그런 어머니를 도대체 이해할 수가 없었지만 남편이라는 남자와 부부의 연을 맺고 어머니 나이가 되고 보니 어렴풋이 이해할 수가 있었다. 어머니도 아버지가 자식에게 존경받을 만한 인물이 못 된다는 것을 알고 있었다. 그래서 어머니는 아버지를 자신의 치마폭에 감추어 두었다가 방황하는 자식들에게 아버지의 권위를 무기처럼 들이밀었다. 그런 어머니를 실망시키지 않으려고 자식들도 못 이기는 체 굴복했을 뿐이다. 결국 가정

내에서 아내가 만들어 주지 않는 남편의 권위는 절대 존재하지 않는다. 남편의 권위란 어쩌면 아내에 의해 만들어진 허구인지도 모른다.

아담을 만들어 놓고 보니 안쓰러울 만큼 부족한 남자였던 모양이다. 그래서 하나님은 돕는 배필이라는 명분으로 만들어 준 아내에게 부실한 남편이지만 권위를 지켜주라고 한 것은 아닌지? 바울도 남편에게 주께 하듯 하라 하지 않던가? 돈 잘 벌고 출세한 남편은 당연히 주께 하듯 하지만 못난 남편을 주께 하듯 했다면 상급이 클 것이다. 평생 원수를 사랑하는 것도 모자라 주께 하듯 했으니….

세상이 커졌다고 하지만 내 손톱 밑의 상처가 제일 아프다고 했다. 아무리 개인이 우세한 세상이라지만 가정이 깨지면 모든 게 깨진다. 선도 악도 모두 가정에서 시작된다. 하나님은 모든 행복을 가정에서 찾으라고 하신다. 온전한 가정만 이루어지면 나라도 세계도 평화롭고 행복할 텐데 말이다.

여자, 그대의 사명은

위기의 대한민국, 이제 여자가 나설 때인데 ─────

공기업에 근무하는 지인이 은퇴를 앞두고 있다. 그는 얼마 전까지만 해도 40여 년 동안의 직장 생활에서 벗어나 진정으로 자신이 원하는 삶을 살아보겠다고 야심 찬 계획도 세웠다. 그러나 막상 은퇴를 앞두고 짬짬이 집에서 노는 연습을 해보지만 아내의 눈치가 보여 결국 집을 나오고 만다. 아내도 노골적으로 세끼 밥을 다 해주는 것은 어렵다 하니 은퇴한 동료들과 오피스텔을 얻어 각자의 책상에 컴퓨터를 한 대씩 놓고 시간을 보내면 어떨까 하는 궁리까지 했다고 한다. 그러면서 밤잠을 설치기까지 하니 아무래도 우울증인 것 같다고….

상담한 내가 지인의 아내에게 "남편이 40여 년 동안 돈을 벌어 가족을 먹여 살렸으니 남편을 집에서 쉬게 해 주는 것은 어떻겠습니까?"라고 말했다. 그러자 아내는 죽어도 못하겠다며 펄쩍 뛰었다. 그래서 아내에게 다시 말했다. "교회에서 독거노인 봉사도 한다는데 그런 마음으로 남편 곁에서 세 끼 해주며 있어 보세요." 그러나 아내는 이렇게 말하며 거부 의사를 명확히 했다. "독거노인들은 그런 자기에게 고맙다는 말이나 하지요. 남편은 분명 식모 취급을 할 겁니다. 40년 세월 동안 해온 그 노릇이 이제 지긋지긋해서 손 털고 친구들과 놀러 다닐 겁니다, 정 싫으면 갈라설 거예요. 요즘음 황혼 이혼이나 졸혼이 대세 아닙니까."

대한민국 경제의 주체가 되었던 베이비부머 세대가 은퇴를 시작한다.

무려 800만이 쏟아져 나온다고 하는데 대책은 전무하다. 1995년을 전후하여 일본의 베이비부머가 은퇴를 시작했다. 무려 1,200만이 쏟아져 나오며 경기가 하강하기 시작했다. 출산율도 떨어지지만 경제력이 있던 세대의 실업 상태가 경기 하강을 부추긴다. 이때 일본 여자들은 기다렸다는 듯이 연금을 나누고 황혼이혼을 시작했단다. 그래서 대한민국 남자들도 그런 일을 당할지 모르니 은퇴를 앞선 남자들을 향해 아내에게 잘하라고 하지만 나는 오히려 아내에게 그런 남편 곁에서 세 끼 밥해주며 3년만 살아보라고 한다. 일본 아내와 대한민국 아내는 근본이 다르다는 말과 함께….

사무라이 전통문화인 일본은 전형적인 부계 사회다. 강한 남성성으로 여자를 지배하는 문화다. 그래서 부부로 살다가 남자가 마음에 들지 않으면 여자를 하인처럼 내보낸다. 또한 장인도 시집을 간 딸이라도 사위가 마음에 들지 않으면 낳은 자식도 두고 다른 남자에게 보내기도 한다. 전통적으로 일본 여자들은 인격이 아니라 사물로 취급당해왔다. 그런 전통을 바탕으로 현재까지 대부분의 일본 여자는 남편의 재력과 관계없이 일당을 받는 하인처럼 사는 경우가 많다고 한다. 일본 여자들이 경제활동을 많이 하는 이유도 남편이 여유 있게 돈을 주지 않기 때문이란다. 이처럼 아내라는 인격적인 대접을 받지 못했으니 법적 지분이 인정되는 연금을 나누어 받을 때까지 기다렸다가 서둘러 이혼을 한다고 한다.

그러나 우리나라는 전통적으로 여자가 강한 모계 사회다. 전통 가옥에서도 아내가 집안 가장 안쪽에 있는 안방을 차지하고 곳간 열쇠를 쥐고 경제권을 행사하지만 남편은 사랑채에 있으며 들고나기 쉬운 손님처럼 살아왔다. 남편은 표현 그대로 집을 나가면 남의 편이라고 할 만큼… 한국 남편에게 여자가 생기면 남편은 부모도, 자식도 버리고 집을 떠나버리지만 아내는 남아서 식솔을 관리하며 사는 것을 당연한 듯 받아들였다. 그런 전통이 생겼다는 것이 바로 민족성이다. 누가 가르쳐 주지 않았는데 그런 문화가 자연스럽게 형성된 것은 유전자가 그렇기 때문이다.

문제는 전통이 다른 일본이 위기에서 가정이 해체되고 남자가 유약해지는 현상을 일반화하지 말라는 것이다. 우리 민족의 경우 위기에 처했을 때 여자가 가정을 지켜낸다. 강한 여성성으로 남편을 품고 어린 자식들을 키워 나간다. 역사적으로 한국 남성은 유약하여 다른 나라를 침략하기보다는 침략을 당해온 편이다. 침략을 하는 것이 남자답고, 침략을 당하는 것이 남자답지 않다는 판단은 옳지 않다. 역사적으로 강한 남성성으로 침략을 일삼다가 일시적으로 강대국에 있었으나 이내 침략을 받아 현재는 흔적도 없고 사라져버린 나라가 대부분이다. 비록 한국 남자들이 힘 우위의 강한 기질은 없어도 정신이 바른 가치관을 가진 특성이 있다. 그래서 힘으로 침략을 하기보다는 위기에 처한 나라를 위해 자기희생을 주도하는 의병이나 의인 등이 많다. 남자가 나라를 위해 집을 떠났을 때는 아내가 가정을 지키며 살아내는 전통을 오천 년간 이어온 것이다.

일본은 수세기 내에 지구상에서 사라진다는 예언이 끊이지 않고 있다. 지리적인 문제도 있지만 영적으로 구원되지 않을 민족이 아닐는지? 일본은 기독교의 전파가 우리나라보다 먼저 시작되었음에도 기독교인이 현재까지 1%를 넘지 못하고 있다. 그래서 역사 이래로 수많은 나라가 생기고 한때 부강했지만 흔적도 없이 소멸되는 나라처럼 되고 마는 것은 아닌지…?

단기간에 세계 경제 10위권에 오른 대한민국에 위기가 찾아올 거라는 예상이다. 제2차 대전 이후로 나라마다 현대화 과정을 거치며 유럽은 1980년대, 미국은 1990년대 경제위기를 한 차례 겪었다. 일본도 1990년대 중반부터 혹독한 경계 위기를 겪었다. 우리나라의 위기는 이제 시작이란다. IMF 외환위기가 일어난 1997년이 아니라⋯ 이제 아내가 은퇴한 남편 곁을 지키며 이 위기를 극복해 나가야 할 텐데⋯.

가정을 회복하는 것만이 살길이다

고통은 예견되었을 때 실제보다 더 아프게 느껴진다. 흔히 줄을 지어 매를 맞고 있을 때 앞줄에서 맞는 소리만 들어도 고통이 가중되어, 어떤 사람들은 맞기도 전에 쓰러지기도 한다. 사회학자인 안토니 기드슨은 현대인의 특징 중 하나로 간접 경험이 직접 경험의 우위에 있다고 한다. 정보가 열린 상태에서 모든 것을 간접적으로 경험하기 때문이다. 결혼도 하기 전에 권태부터 느끼고 이혼을 대비하는 것처럼⋯ 특히 급증하는 유튜브나 SNS를 통해 세력화된 개인 견해에 대부분의 사람은 의심과 적개심으로 갈등한다. 이처럼 현대인은 남이 들려주는 우세한 간접 경험으로 인해 삶의 희망보다는 절망부터 배우고 비관에 젖는다.

한국은 이제 60년 만에 오는 위기에 봉착하고 있다. 단순한 경제위기가 아닌 모든 면에서 총체적 난국이 예상되고 있다. 이 위기를 넘기는 방법은 오로지 역할 회복이 아닐까 생각한다. 특히 베이비부머 세대의 여자 역할이 그 어느 때보다 절실하게 요구된다. 오로지 은퇴한 남편을 품고 약해진 아들에게 용기를 주면서 가정을 지키는 전통적인 역할로⋯ 세상이 변했다고 그렇게는 못 살겠다고 하지만 하나님은 대한민국 여자의 마음 깊은 곳에 그런 강한 아니무스를 심어놓으셨다. 위기에서 세상을 구하는 것은 남자도 여자도 아니다. 그저 원칙을 회복하는 그 한 사람의 기도 뿐이다. 베이비부머 세대의 아내와 엄마가 그 역할을 회복해야 하는 것은 아닐지?

대한민국 경제성장과 함께 베이비부머 여인들도 역사 이래로 받아온 온갖 차별과 굴욕의 역사에 반기를 들고 엄청난 변화를 일으켰다. 1970년대에는 여자 대학을 제외하고는 대학에 여자 화장실이 따로 없을 정도였다. 그런 최악의 상황에도 굴하지 않고 남자 위주의 대학에 엉덩이를 들이밀고 들어가 불과 40년 만에 남자의 영역을 휩쓸었다. 현재 전문직의 절반이 여자들로 채워졌고, 국가고시 합격률은 오히려 여자가 높게 나오고 있다. 앞서 미국의 커리어 우먼들처럼 업무 면에서 남자보다 우세하다는 평가를 받고 있다. 이처럼 남녀 차별이 고착화된 사회 전통을 변화시킨 커리어 우먼도 있지만 가정주부로 살아온 여자들도 그만한 역할을 해냈다. 전통적인 유교문화에 적응하면서 가정일에 무심한, 마치 손님 같은 남편을 보필하면서 자식을 교육시키고 알뜰하게 살림하며 투자처를 물색하며 가정 경제까지 성장시켰건만….

어느새 환갑을 훌쩍 넘기고 그동안 못해 본 것을 하고 싶었기에 뒷다리를 잡는 오늘의 현실에 억울한 마음이 들기도 하겠지만 어쩌겠는가? 세상이 아무리 크다고 한들 내 손톱 밑에 상처가 가장 아프다는 것을… 베이비부머 세대는 그런대로 경제 호황기의 수혜를 입고 잘 살아왔다지만 자식들의 불안한 미래가 곧 부모의 미래가 되어 가슴을 짓누를 것이다.

얀 그레이스 호프는 "좋은 책이란 우리에게 무엇을 주는 것이 아니라 우리가 확신하는 것을 빼앗아 가는 것"이라고 했다. 다시 말해 전혀 새로운 세계로 인도하며 생각을 바꾸는 것이다. 인간의 예측처럼 허망한 것이 없는데 현대인들은 통신이라는 매체를 통해 폭포수처럼 쏟아지는 그들의 말에 따라 움직인다. 악은 준비된 자가 덜 준비된 자를 정복하는 것이고, 덜 중요한 것이 더 중요한 것을 정복하고, 비본질이 본질을 덮는 것이라고 했다. 그런 악은 세력을 형성하기 위해 사람들을 끌어들이는 파급력이 있다.

온통 개인주의 삶의 방식을 추구하며 살라는 외침뿐이다. 하지만 남편을 조정하여 죄의 길로 들어서지 말고 하와가 되어 생명을 잉태하는 한 알의 씨앗으로 살아보는 것은 어떨지? 융은 자신의 자서전에서 이렇게 말한다. "나의 존재 의미는 인생이 나에게 물음을 가지고 있다는 데 있다. 다시 말하면 나 자신이 세계를 향해 던지는 하나의 물음이며 나는 거기에 대한 나의 대답을 제시해야 한다. 그렇지 않으면 나는 단지 세계가 주는 대답에 의지할 뿐이다. 죽으면 내가 한 일을 들고 가야 하는데 빈손으로 갈까 두렵다."

여자에게 강한 영감

융은 다른 심리학자와 달리 인간의 심리에 영적인 요소를 강조한 학자다. 일반적으로 인간을 육체와 정신으로 나누는 이분설이 일반적이다. 그는 정신(soul)에서 영(spirit)을 따로 분리한 삼분설을 주장한다. 인간의 마음 깊은 곳에 있는 영은 뇌 기능의 결과인 정신의 지배를 받지 않는 독자적이고, 자율적인 영역이기 때문이라고 설명한다. 나의 의식과 의지가 모든 것을 결정한다는 의식심리학과 달리 영은 '나'를 능가하는 내 안에 어떤 것으로 내 의지의 지배를 받지 않는 독립적인 객체로 이해하면 된다. 이 영역은 활성화되며 존재감을 부각하기에 개인마다 다른 신비한 체험이 단순한 환상이 아니라 바로 마음속에 있는 영이 작동했다고 이해하면 된다.

융은 이런 인간의 영감이 무의식에 있다고 설명한다. 융이 주장하는 무의식은 프로이트의 무의식이론과는 근원이 다르다. 프로이트가 주장하는 무의식은 자기의 경험을 의식화하지 못한 것이지만 융은 태어날 때 이미 이를 마음에 품고 나온다고 한다. 융은 개인 무의식에 집단 무의식이 존재하고 이에는 인간이 태어날 때 가지고 나오는 가장 보편적이고 원초적인 행동 유형들이 포함되어 있는데 이를 원형이라고 했다. 원형들에는 바로 태초부터 인류가 되풀이한 각종의 경험이 쌓여 있음은 물론, 관습적으로 내려오는 종교나 신화까지 포함되어 있다. 그래서 인간이 어떤 시대를 살든 보편타당하게 내려오는 전통과 관습에 지배를 받는다고 한다.

아마도 이런 특징 때문에 나라마다 민족성이 차이를 보이며 전해 내려온 것이 아닌지 모르겠다. 이런 과거의 역사성을 포함한 집단 무의식이 영의 지배를 받는다면 이 영을 바르게 받아들이는 것이 민족성으로 형성된다. 융은 남자보다 여자가 영감이 더 발달했다고 한다. 이런 여자의 예감 능력으로 남자에게 유익한 경고를 할 수 있다고 한다. 다른 말로 남자에게 여자를 통해 하나님이 하시고자 하는 말을 대변한다는 것이다. 이때 남자들처럼 생각하고 논리적으로 제시하는 것이 아니라 누군가의 말을 대변한 것 같다고 해서 '의견'이라는 표현을 쓴다. 자신의 생각을 논리적으로 설명하기보다는 앞뒤가 맞지 않는, 뜬금없이 쏟아내는 '의견'에 강한 여자의 영감!

융은 자기 어머니가 이런 능력이 발달했다고 한다. 어머니는 평범한 여자였지만 아들에게 위험이 닥치거나 필요한 것이 있으면 전혀 다른 인격으로 그에게 말했다고 한다. 때론 어머니도 자신이 무슨 말을 하고 있는지 잘 몰랐으나 그 목소리는 절대적인 권위를 지닌 것 같았고, 상황에 적합한 내용을 말했다고 한다. 그 예로 그가 악의 문제에 대해 심각하게 고민할 때 어머니가 뜬금없이 파우스트를 읽어보라고 한 것이다. 어머니가 그런 책을 알 리도 없는데. 융은 때론 너무 정확하게 요점을 집어내는 어머니를 보고 무서워 떨기까지 할 지경이라고 했다. 융은 자신의 자서전에 목사였던 아버지보다 그저 평범했지만 방황할 때마다 자신에게 정신적인 지주가 되었던 어머니에 대한 이야기를 많이 서술했다.

대한민국 여자들도 이런 영감이 다른 민족보다 발달한 듯싶다. 마치 이스라엘 여자처럼 수많은 고난을 겪으면서도 결코 원칙에 어긋나지 않게 살면서 바른말을 하며 어머니의 위엄을 보여주었다. 그리고 예감이 좋다, 안 좋다 하면서 앞길을 더듬게 하고 어머니를 속이다가 들켜서 볼멘소리로 물으면 당당하게 말했다. "귀신을 속여라. 이 어미는 네 뱃속까지 다 들여다보고 있다." 그래서 성장기에 일탈을 하고 싶어도 매와 같은 눈으로 자식을 살피는 엄마의 눈치를 보면서 차마 행동으로 옮기지 못했다. 지나고 보니 '때마다 다가오는 유혹을 어머니 때문에 용케 참으며 그나마 바른길로 온 것이 아닌지' 하는 생각이 든다.

그러나 융은 이런 여자의 신비한 영적인 능력은 가족에 국한된다고 말한다. 다시 말하면 공적인 영역이 아니라 지극히 개인적인 영역임을 알아야 한다. 여자들이 공적인 영에 도전하여 세상을 바꾼다지만 여자에게는 그런 능력이 별로 없다. 물론 여자지만 하나님의 정의와 긍휼함으로 공적인 이름을 남기는 이도 있다. 그러나 그런 여자들이 개인적으로 행복했는지는 알 수 없다. 마리아 테레사 수녀도 말년에는 개인적으로는 몹시 불행해 했다는 말이 있다. 영국과 결혼했다며 평생을 독신으로 살아온 엘리자베스 여왕도 죽을 때까지 사랑한 한 남자를 가슴에 품었다고 한다.

미성숙한 아니마와 아니무스

심리학자인 융은 독특한 용어로 남성과 여성의 심리를 분석했다. 집단 무의식의 원형 중에 남성에게는 여성성이 있고 여성에게는 남성성이 있다고 한다. 남성 내에 여성성을 아니마라 하고 여성 내에 남성성을 아니무스라 한다. 이는 카를 구스타프 융의 분석심리학에서 나오는 이론으로 일반인이 쉽게 이해하기 어렵다. 그러나 이부영은 《아니마와 아니무스》에서 비교적 자세히 융의 분석 심리를 설명했다. 나는 단지 심리 과정을 이수한 사람으로 현대사회에서 심각해진 남녀 갈등을 바라보며 자칫 이 용어가 잘못된 개념으로 확산되는 것을 바로 잡고자 하는 마음뿐이다.

최근에 우리나라 여성의 남성을 향한 공격이 수위를 넘고 있다. 특히 중년 여성들의 이탈이 가속되고 있다. 방송가를 장악한 여자들이 거친 입담으로 남자를 공개적으로 공격하며 대중의 인기를 얻고 있다. 흔히 중년 이후에 남자는 여성 호르몬이, 여자는 남성 호르몬이 분비되어 그렇다고 한다. 그러나 호르몬은 신체적인 변화에만 영향을 미친다. 여성 호르몬이 분비되지 않아 여성들은 폐경이 되고 피부가 건조해지면서 노화의 진행 속도가 빨라진다. 그러다 보니 스스로 여성성을 부정하면서 생기는 성격 변화일 뿐 남성 호르몬이 분비된다는 논리는 설득력이 떨어진다.

그러나 중년 이후로 무의식에 있는 여성 내의 남성성이 발현되고 남성에게는 여성성이 발현된다고 한다. 앞서 '자아'를 설명한 것처럼 남자와 여자의 신체 발달이 뚜렷한 청년기까지는 이런 무의식의 발현이 잘 안 되지만 중년에 접어들면서 무의식에 묻혔던 남성성과 여성성이 발현되기 시작한다고 한다. 융은 이것을 진정한 '자기'라고 한다.

하지만 대부분 성숙하지 못한 부정적인 아니마와 아니무스를 드러내는데 오늘날처럼 남자와 여자가 대립하는 '투사'의 형태로 드러난다. 특히 부부로 살았던 남녀는 결혼 생활을 통해 알게 된 약점만 부각하며 상대를 공격한다. 융은 중년 이후에 나타나는 남성의 미성숙한 아니마는 감상적이고 노여움에 차 있어 사물을 분명하게 분별하지 못한다고 한다. 여성의 흥분된 아니무스는 앞뒤 분별없는 의견을 쏟아내고 비방하고, 잘못된 구상을 하면서 서로 관계 차단에 주력한다고 한다. 그래서 결국 질투심 많은 연인처럼 상대의 약점을 찌르는 데 주력한다. 그것이 미숙할수록 그런 민감한 암투가 더욱 치열해진다고 한다.

융은 이렇듯 남녀가 미완의 존재이므로 상대에 대한 약점을 공격하기보다는 자신의 성에 합당한 자기실현을 먼저 하라고 했다. 그럼에도 현대의 남녀가 상대의 약점을 끌어내리면서 남성의 나태함과 여성의 남성화로 인해 신경증 환자가 급증하고 있다고 한다. 이런 정신적인 해로움을 염려한 융은 남성과 여성이 고유한 자기완성의 길로 가라고 한다.

어쩌다 세상에 태어나 환경이 전혀 다른 삶을 살다가 한 남자와 한 여자가 부부로 만나 자식까지 낳았다. 그래도 온갖 정성을 기울여 애지중지 키운 자식이 독립하여 다시 가정을 꾸리는 나이가 되었으니 죽어도 여한이 없는 나이다. 인생길에서 나름 때마다 준비하고 계획하며 살았다지만 되돌아보니 모든 것은 그저 우연이었다. 누군가 다시 태어나면 절대로 이렇게 안 살겠다지만 아마도 다시 태어나도 같은 길을 걸을 것이다. 누구든 만들어진 길을 가는 것이 아니라 만들며 가는 것이 인생길이라는 것을 노년에 들어 알게 되었다. 결국, 모든 인생길은 시작만 있을 뿐이었다. 하루도 같지 않은 인생을 살면서 무슨 수로 내일을 장담하는지… 흔히 죽으면 끝이라지만 죽음도 시작일 뿐이다. 사후 세계가 있느니 없느니 갑론을박하지만, 이는 각자의 판단이다. 그러나 인류 역사를 보면 사후 세계에 대한 의문이 사라진 적이 없다.

유행처럼 노년의 부부가 서로를 향해 너 때문에 인생 망쳤다고 공개적으로 외치는 모습을 보고 자식들이 결혼을 점차 기피하는 것은 아닐는지… 하지만 각자 고유한 자기 인생을 완성하라는 의미는 융의 말처럼 살아온 인생길에 스스로 의미를 부여하라는 것이 아닐까. 상대를 깎아내려 높아지려 하기보다는 그래도 내 선택이 옳았다고 하는 것이 진정 자존감을 높이는 것이 아닐지…?

독일 작가인 알렉산더 폰 쉔부르크는 《우아하게 가난해지는 법》에서 말한다. "우리 집안은 이미 몇백 년 전부터 가난해지는 길을 걷고 있었기 때문에 가난해지면서도 부유함을 느끼는 방법을 조언한다."

별거 없다. 과거를 바꿀 수는 없지만, 과거를 내가 우아하게 포장하면 되는 것이다. 비록 마음속에는 너 때문에 인생 망쳤다는 생각이 들기도 하겠지만 뒤집어 생각하면 손주 볼 나이만큼 살았다. 그러니 차라리 당신 때문에 이만큼 살게 되어 감사하다고 하면 어떨까? 그래야 남 보기에 마냥 우아할 것이다.

위기에 작동하는 하나님의 영

하나님은 인간을 흙으로 빚고 코에 '후' 하고 생령을 불어 넣어 주었다. 그래서 인간은 하나님의 영과 통한다고 한다. 창조주이신 하나님은 지구라는 거대한 하드웨어를 만들고 그 안에서 각각의 모양대로 살아 움직이는 식물과 동물이라는 소프트웨어를 작동시키고 아담에게 하나님을 대신하는 반장 역할을 맡겼다. 그러나 하나님은 인간에게 자유 의지를 주어 스스로 판단하며 자체 발달하라는 전권도 이임했다. 하나님이 만든 아름다운 지구의 모든 것을 그 특성에 맞게 잘 다스리고, 인간도 생육하고 번성하라고…

그러나 아담이 금단의 열매를 먹고 죄를 짓게 되면서 아담의 다스리는 권한이 지배력으로 바뀌었고, 여자는 아담을 돌보라는 기능에서 조정으로 바뀌었다. 상생하며 조화롭게 살라는 것은 모두 상극으로 대립하면서 약육강식으로 바뀌었다. 그래서 아름다운 자연이 파괴되고 생명이 경시되고, 서로의 것을 탈취하고 억압하는 것에만 몰입했다. 생육을 위해 가정을 이루고 한몸이 되어 절대 사랑하라고 했건만 남녀가 서로 지배권을 가지겠다고 대립하느라 가정이 파괴되고 있다. 문명화되었다지만 번영의 방향은 파괴의 성향을 띤 거대 권력으로 자리 잡으면서 이제는 인류 전체를 위협하고 있다.

아마도 하나님이 영을 불어 넣어 주시지 않았으면 하나님의 아름다운 창조물인 지구는 인간의 지칠 줄 모르는 탐욕으로 자체 종말을 고했을지도 모른다. 그러나 역사는 오늘까지 이어지고 있다. 그것은 때마다 찾아오는 위기에 하나님이 개입하신다. 그때를 위해 인간에게 하나님과 교통하는 영적인 능력을 갖추고 태어나게 하신 것이다. 즉 인간이 왜곡된 길로 질주할 때 쓸 수 있는 브레이크 기능을 주셨다는 생각이 든다.

정신의 지배를 받는 외적 인격은 사회적인 발달이 동반되어 나아가지만 영의 지배를 받는 내적 인격은 곧 위기관리 시스템인 셈이다. 좋은 차가 되려면 달릴 때 성능도 좋아야 하지만 위기에서 생명을 구할 수 있도록 브레이크 기능이 뛰어나야 한다. 심리 공부를 하면서 융의 무의식을 완전히 이해하기는 어려웠으나 이 나이까지 살고 보니 어느 정도 그 의미를 알게 되었다. 아마도 인생을 차에 비유한다면 기능이 좋은 차의 경우 펼쳐지는 도로에 적합한 속도 조절을 하며 적응해나가는 것이 외적 인격이라면 내적 인격은 바로 브레이크 기능인 것 같다. 인생에 때마다 닥치는 위기를 어느 정도 잘 극복하는 것이 바로 이 내적 인격 덕분이 아닌가하는 생각이 든다.

그래서 하나님께서 인간을 세상에 보내면서 이런 위기의 장치를 내면에 심은 것이리라. 융의 설명처럼 집단 무의식에 존재하는 원형은 인간이 겪어온 갖가지 역사성의 침전물이란다. 위기 때마다 살아남은 자들의 사건이 축적된 역사가 인간의 마음에 심어져서 위기를 극복하기 위한 시도를 한다. 대부분 시대적인 추세로 극복하려 하지만 내적 인격이 발달한 사람은 역사적인 방법을 시도하는 것이다. 시공간을 초월하라는 하나님의 지침에 따라.

더구나 남성과 여성에게는 서로 다른 영적인 능력을 발휘하도록 하였다. 남성에게는 여성성(아니마)을, 여성에게는 남성성(아니무스)을 인간의 깊은 내면에 심어 위기에 작동하는 안전장치로 심어놓은 것이다. 현대인이 주장하는 남녀는 개별적으로 완벽한 존재가 아니라 부족한 부분을 서로 보완해주기 위함이다. 관계 중심의 사랑이 완전체인 여자와 사물 중심의 정신이 완전체인 남자가 되어 전체를 실현해야 한다. 다시 말하면 남녀는 개별적으로 발달하는 존재가 아니라 둘이 하나로 통합되어야 완전체를 이룬다고 한다. 왜냐하면 정신의 사랑과 사랑의 정신에는 완성이 필요하기 때문이다. 이처럼 부족한 부분이 있는 둘이 완전체를 이루면 엄청나게 신비한 분위기를 나타내며 주목할 만한 역사적 감정이 생각난다면서 융은 괴테의 표현을 인용했다. "아, 너는 지나간 세월의 나의 누이, 나의 아내였구나."

결국 여성의 아니무스 사랑은 감상이 아닌 삶의 의지이고 끔찍할 정도로 비감상적이며 심지어 자기희생을 강요할 수 있다고 한다. 남성의 아니마 사랑은 감상이라고 하는데 그런 예를 들자면 〈미스터 션샤인〉에서 등장하는 남자들의 사랑으로 끔찍할 정도로 감상적이다. 한 여자를 두고 세 남자가 의연하게 목숨을 내놓는다. 이는 단순히 드라마라기보다는 남자는 실제 그런 상황에 놓이면 그런 결정을 한다. 그것이 남자의 아니마 사랑이다.

위기에서 세상을 구하는 성숙한 아니무스

흔히 여자들은 하나님을 남성주의자라고 한다. 성경에서 보면 남성주의자인 것처럼 느껴지지만 하나님은 여자를 절대적으로 사랑했다. 비록 여자가 뱀의 꼬임에 넘어가서 아담을 죄에 빠뜨렸어도 하나님은 여자를 질책하지 않으시고 아담의 죄 때문이라고 하신다. 또한 여자를 신체적으로 남자보다 유약하게 만들었지만 하나님께서 직접 돌봐 주신다. 그래서 여자는 남자에게 억울하고 분한 일을 당했을 때 하나님께 기도하면 남자의 마음이 되어 들어주시는 것이 아닌지?

하나님은 독초하는 아담이 안쓰러워 자고 있던 아담의 갈비뼈로 여자를 만들어 주며 남편을 도우라고 했다. 여자들은 이 용어도 성차별이라고 발끈한다. 하지만 이 용어는 servant 개념의 assist가 아니라 ezzer라는 히브리어로 기록되어 있다. 이는 전능하신 하나님에게만 적용되는 거룩한 용어로 아래에서 돕는 것이 아니라 위에서 옳은 방향으로 이끄는 힘이다.

이미 심리학적으로도 남자보다 신체적으로 유약한 여자에게는 하나님과 교통하는 영적 능력이 탁월하다는 것이 입증되었다. 앞서 설명했듯이 여자는 논리 정연한 자기 생각보다는 외부에서 들려주는 의견에 우세하다는 것을… 그러나 그런 하나님의 생각을 알려면 여자는 자기 주도적인 희생정신의 강한 아니무스를 의식화할 만큼 성숙해져야 한다고 한다.

발달심리학에서 여자는 결혼을 하면서 성숙해진다고 한다. 자기가 살던 곳을 떠나 새로운 환경에 적응하면서 생명을 걸고 자식을 낳고 성향이 다른 구성원을 하나로 묶는 역할을 해내면서 남자보다 더 강인해진다고 한다. 비록 남편 하나만 믿고 한 결혼이지만 남편은 절대로 내 편이 아니라는 것을 알게 되면서 여자들이 좌절한다. 하지만 자식을 낳고 부족한 남편을 보살피라는 의무를 부여하신 하나님이 동행하면서 그 일을 완성해 나가도록 해 주신다. 그것이 아니무스의 역할이다.

엠마 융은 요즈음 흔히 말하는 여성 안의 남성성이 남성처럼 공격적이거나 경쟁적이거나 자신을 과도하게 드러내는 것이 아니라 숨은 공주 역할로 남성으로 하여금 새로운 일을 하게 한다고 한다. 또한 사회적인 업무보다 가정 내에서 배우자의 역할이나 어머니로서의 창조성을 발휘하는 교육자의 역할을 한다고 한다. 다시 말해서 올바른 아니무스의 주도성을 지닌 여성은 유약함을 넘어 정신적으로 흔들림 없는 존재가 되는 것이다. 역사적으로 이런 여성은 능력이 탁월한 남자보다 창조적인 이념으로 미래를 향한 정신세계의 매개자가 된다고 한다.

그러나 엠만 융은 여성이 이런 아니무스를 의식화하여 긍정적인 것으로 바꾸려면 많은 시간과 고통을 참아야 한다고 한다. 내적 인격에 감추어진 아니무스는 중년 이후부터 발현되기 때문이다. 이미 외적으로 밀려드는 세상 지식에 젖어 있는 상태에서는 미성숙한 아니무스의 투사를 드러내기 쉽다고 앞서 설명했다. 그 어느 시대보다 복잡한 생활환경에 직면하면서 저마다 옳다는 마구잡이 의견들, 확신들, 이론들과 집단 성향이 두껍게 형성된 지지층에 막혀서 내면에 자리 잡고 있는, 인간이 원래 가진 바른 가치와 존엄성이 좀처럼 활성화되지 못한 채 그대로 소멸되고 만다.

여자는 평소에는 미약하지만 막상 위기가 닥치면 남자들이 감히 가지지 못하는 용기와 담대함으로 움직이기 시작한다. 심리학에서는 아니무스의 발현이고, 성경에는 위기에서 하나님에게 쓰임 받는 여자들이 많이 등장한다.

아니무스가 강한 성경 속의 여자들 ————

모세가 태어날 때 세 여자가 먼저 움직였다. 당시 모세는 태어나면 죽을 운명이었다. 이집트에서 노예생활을 하던 이스라엘 사람들이 기하급수적으로 늘자 이집트 왕은 불안을 느꼈다. 자칫 노예 폭동이라도 날까 봐 염려스러웠던 이집트 왕은 이스라엘에서 아들이 태어나면 무조건 죽이라는 명령을 내린다. 그러나 모세를 임신한 엄마는 죽을 각오로 아들을 낳는다. 그리고 모세를 강에 떠내려 보내고 모세의 누나는 위협을 무릅쓰고 떠내려가는 모세를 따라간다. 그리고 이집트의 공주가 모세를 건져 자기의 아들로 키운다. 모세는 노예 상태에 있던 이스라엘 사람들을 이끌고 이집트를 탈출한다.

사무엘은 하나님이 가장 사랑한 제사장이었다. 이집트를 탈출한 이스라엘 사람들은 40년 만에 젖과 꿀이 흐르는 가나안 땅에 입성하여 지파별로 땅을 나누어 살았다. 그곳에 정착하면 400여 년의 세월이 흐르는 동안 하나님을 잊고 제멋대로 살면서 자체 부패하기 시작한다. 당시 이스라엘은 통치자가 없었다. 이스라엘 사람들은 하나님의 뜻을 전달하는 제사장에 의지하며 살아가고 있었다. 견제 세력도 없던 제사장의 역할이 그만큼 막중할 때임에도 제사장의 부패도 극에 달했다. 한나의 남편도 제사장이었지만 부닌나라는 첩을 두고 살았다. 부부가 한 몸처럼 사랑하라는 하나님의 일부일처제의 가르침이 있음에도. 그런 상황에 비록 정실이지만 아이를 낳지 못하는 한나를 자식을 많이 낳은 브닌나가 경멸하고 괴롭힌다.

그때마다 한나가 먹지도 않고 울면 남편은 그까짓 10명의 아들보다 자기 사랑이 더 크다며 대수롭지 않게 대한다. 결국 한나는 하나님께 기도한다. 처음에는 브닌나에 대한 질투심으로 아들을 달라고. 그렇게 홀로 기도를 하면서 한나는 하나님의 마음을 알게 된다. 당신의 뜻을 제대로 전하지 않는 제사장이 없어 슬퍼하신다는 것을…. 그래서 한나는 아들을 주시면 하나님에게 바치겠다고 한다. 한나가 오로지 자기의 한풀이로 소원하던 아들을 포기한 결과 하나님을 위한 제사장으로 쓰임 받는 사무엘이 탄생한다. 하나님의 마음까지 아는 여자의 영성이다.

그리고 한나는 아들이 젖을 때자 당시의 제사장에게 가서 제사장으로 키워달라고 한다. 그리도 한나의 기도가 바뀐다. 이제 사무엘을 통해 세상이 다시 하나님의 의로 바로 세워질 것이라며. 단순히 자기 소생의 아들에 집착하지 않고 아들을 통해 세상의 의가 회복되기를 기도한다. 당시 위기에서 바른 지도자가 없어 슬퍼하신 하나님의 마음을 아는 한나의 아니무스다.

예수가 태어났을 때도 극도의 혼란스러운 상황이었다. 로마가 그 세력을 확장하며 주변 국가들은 혼란에 빠져 있었다. 강자만 살아남는 극한 상황이니 약자나 약소국가들은 불안에 떨어야 했다. 물론 이스라엘도 로마의 지배를 받고 있었다. 하지만 그들을 구원해준다는 전통적인 믿음으로 살고 있던 그때 결혼을 앞둔 마리아가 남자와 관계도 맺지 않은 상태에서 임신을 한 사실을 알고 충격에 빠진다. 그런 마리아에게 하나님은 천사를 보내어 하나님이 하신 일임을 알려준다. 이에 마리아는 하나님의 말씀대로 이루어지기를 믿는다고 담대히 대답한다.

이어 마리아가 하나님을 찬양한다. "… 주님은 강한 팔로 권능을 행하시고 마음이 교만한 자를 흩으셨습니다. 하나님은 왕들을 왕좌에서 끌어내리시고, 낮고 천한 자들을 높이셨습니다. 굶주린 사람들을 좋은 것으로 채우시고 부자를 빈손으로 돌려보냈습니다…"

당시 여성들은 전혀 배우지 못한 계층이었다. 그러니 그들이 쏟아내는 말은 그들의 지식에서 나온 것이 전혀 아니다. 그래서 융은 이것을 여자에게 강한 의견이라고 표현한다. 다른 말로 여자에게만 있는 아니무스를 통해 하나님의 생각을 받아들이고 담대히 표현하고 또 실천하는 것이다.

성경에 나오는 여자들 중에는 이처럼 하나님의 영을 받아 행동하는 사람이 많다. 라합, 나오미, 룻, 사브렛 과부, 막달라 마리아 등등. 세상이 위기에 빠졌을 때 하나님은 먼저 여자들이 기도하게 하고 이어 행동하게 한다.

위기에 당당했던 한국 여인의 아니무스

나라가 위기에 처하면 둘로 나뉜다. 팔아먹으려 하는 자와 저항하려는 자로. 외세의 침략에 익숙하기만 대한민국은 20세기에 들어 결국 일본에 나라를 빼앗기는 지경에 이르렀다. 이때 조선의 어머니가 나라를 위해 아들에게 힘을 불어넣으며 분연히 일어섰다. 안중근의 어머니 조마리아다.

조마리아의 남편인 안태훈은 황해도에 출생으로 어려서부터 신동으로 불렸고, 일찍이 진사시험에 합격하여 안 진사로 불렸으며, 개화파 박영

효가 선발한 일본 유학생단에 포함되기도 하였다. 한편 평소에 개신교나 천주교에 관심을 두고 있었던 그는 1896년 가을 명동성당을 찾아가 천주교에 귀의하였다. 이를 계기로 조마리아는 독실한 천주교 신자로서 일생을 살아가게 되었다.

조마리아와 안태훈과의 사이에 3남 1녀의 자녀를 두었는데, 1907년 7월 장남인 안중근이 독립운동을 위해 돈의학교 교장직을 사직하고 고국을 떠날 때 모친인 조마리아가 이렇게 말했다. "집안일은 생각지 말고 최후까지 남자답게 싸워라."

1909년 10월 26일, 안중근은 중국 하얼빈 역에서 조선 침략의 원흉인 이토 히로부미를 처단하였다. 이 의거는 서구 열강의 주목을 끌 만한 일대 사건이었지만 안중근은 투옥된다. 당연히 한국에 남겨진 안중근의 가족들은 일제의 혹독한 탄압에 직면해야 했다. 특히, 안중근의 동생들은 안중근 의거 관련 혐의로 일본군에 체포되어 한 달 넘게 옥고를 치렀다.

조마리아는 평양으로 가서 안병찬 변호사에게 아들의 변호를 요청했지만 1910년 2월 14일 일제는 안중근에게 사형을 선고했다. 이에 조마리아는 분노를 표했다. "이토가 많은 조선인을 죽였으니, 이토 한 사람을 죽인 것이 무슨 죄냐."

조마리아는 죽음을 앞둔 안중근을 면회하지 않았다. 누구보다 당차고 의로운 어머니였지만, 죽음을 앞둔 아들을 차마 대면할 수는 없었던 것으로 보인다. 다만 조마리아는 뤼순감옥으로 형을 면회하러 가는 두 아들에게 편지를 들려 보낸다. "만약 늙은 어미보다 먼저 죽은 것을 불효라 생각한다면, 이 어미는 웃음거리가 될 것이다. 너의 죽음은 너 한 사람의 것이 아니라 조선인 전체의 공분을 짊어지고 있는 것이다. 네가 항소를 한다면 그것은 일제에 목숨을 구걸하는 짓이다. 네가 나라를 위해 이에 이른즉 딴 맘 먹지 말고 죽으라. 옳은 일을 하고 받은 형이니 비겁하게 삶을 구하지 말고 대의에 죽는 것이 어미에 대한 효도이다. 아마도 이 편지가 이 어미가 너에게 쓰는 마지막 편지가 될 것이다. 여기에 너의 수의(壽衣)를 지어 보내니 이 옷을 입고 가거라. 어미는 현세에서 너와 재회하기를 기대치 않으니, 다음 세상에는 반드시 선량한 천부의 아들이 되어 이 세상에 나오너라."

안중근의 동생들도 모두 독립투사로 평생을 보냈다. 차남 안정근은 북만주에 난립한 독립군단을 통합시켜 청산리전투에서 승리할 수 있었던 기반을 확립하였다. 삼남인 안공근은 백범 김구의 한인 애국단을 실질적으로 운영하며 윤봉길과 이봉창의 항일 의거를 성사시켰고, 딸인 안성녀는 안중근 의거 이후 일제의 탄압을 피해 중국으로 망명하여 손수 독립군의 군복을 만들었다. 실로 조마리아는 자식들을 모두 독립운동의 제단에 바친, 장한 어머니였다.

이런 일련의 사건을 보면 당시의 여자 혼자서 할 수 있는 말이나 행동이 아니다. 심지어는 안중근의 사후 조마리아는 러시아 동부를 순회할 때 깊은 밀림에서 산적이나 맹수를 만나도 놀라거나 두려워하지 않았다고 한다. 다음은 그와 관련된 일화를 적은 기록이다.

"러시아 동부에서 마차에 이삿짐을 잔뜩 싣고 가는데 마적들이 나타났어요. 총을 마구 쏘면서. 그러자 함께 가던 수십 명의 청년이 땅에 엎드려서 달달 떨었죠. 그때 안중근의 어머님이 척 내려오더니 '이놈들아, 독립운동한다는 놈들이 이렇게 엎드려 떨고만 있어?' 하며 벌벌 떠는 마부를 제쳤어요. 그리고 스스로 말고삐를 확 쥐더니 죽는 한이 있어도 가보자고 '이리야' 하며 마차를 몰아 결국 무사했다는 것 아닙니까? 보통 여자가 아니었습니다." 이런 전설 같은 조마리아의 기개가 당시 나라를 빼앗기고 만주나 러시아에서 살던 동포들에게 민족의식과 독립의식을 각성시키고 희망을 품게 했다고 한다.

나라가 위기에 빠졌을 때 수많은 조 마리아와 같은 어머니와 아내가 있었다는 것은 이미 역사에서 입증되고 있다. 행주치마를 두르고 전투를 하는 아줌마들이 있고, 적장을 끌어 죽은 기생이 있고, 정절을 지키려 가슴에 은장도를 품는 여인도 있고, 아들을 위해 기꺼이 목숨을 내놓는 무수한 어머니가 있었는데…

하지만 오늘날 한국의 여인들에게서 그런 기개는 전혀 찾아볼 수가 없다. 오천년 역사 이래로 가장 풍요로운 국민소득 3만불 시대, 단군 이래 최대 호황을 누린다고 하건만… 은퇴한 남편을 삼식이로 몰고, 자식을 조정하여 가정 내에서 편 가르기를 주도하고, 친구들과 어울려 맛집 찾아다니는 것을 자랑하고, 명품 가방 싸게 산 것을 자랑하고, 성형 잘한 것을 자랑하고, 나만큼 여행 많이 간 사람이 있냐고 자랑하고…

사도 바울은 육신의 생각은 사망이요, 영의 생각은 생명과 평안이라 했다. 어차피 100년도 못살고 썩어질 육체에 집착하지 말고, 하나님의 영과 교통하면서 하늘의 법도를 깨우치면서 평강을 누려야 진정한 생명의 길이라고 했건만…

그 한 사람이 없는 세상

미국의 41대 대통령인 조지 부시가 향년 94세로 별세했다. 그의 재임 기간엔 소련이 해체되며 40년간 유지됐던 냉전이 종식됐다. 제2차 대전 이후 서방국가들과 대립하던 공산주의 국가들이 몰락하는 혼돈의 시대에 전통적인 미국의 가치관인 평화, 온유와 같은 유화책으로 세계 정치사에 길이 남는 업적을 남겼다. 하지만 그는 당시 미국경제 위기에 적절히 대응하지 못해 재선에 실패한다. 그러나 부시는 떠나는 집무실 책상에 다음과 같은 글을 남긴다.

> "친애하는 빌, 지금 나는 4년 전 이 방에 들어왔을 때 느꼈던 경이와 존경의 감정을 그대로 가지고 있습니다. 당신도 같은 감정일 것이라고 생각합니다. 부디 이 자리에서 행복하기를 빕니다. 몇몇 대통령이 언급하였던 고독함을 나는 결코 느껴본 적이 없었습니다. 물론 어려운 시기가 있을 것이고, 공정하지 못하다는 비판에 직면할 때도 있을 겁니다. 감히 내가 충고할만한 입장은 아니지만, 비판자들 때문에 실망하거나 그래서 길을 벗어나는 일이 없었으면 합니다. 당신이 이 글을 읽을 때는 우리나라의 대통령일 겁니다. 당신의 성공이 곧 우리나라의 성공입니다. 나는 당신의 성공을 절대적으로 지지합니다. 행운이 있기를…."
>
> — 조지

41대 대통령 취임사에 '미래 세대에 물려줄 것은 큰 차와 거액의 통장 잔고가 아니라 신의와 사랑'이라고 강조했던 부시는 퇴임한 후에도 같은 통치이념을 실천했다. 그의 나이 89세에 백혈병에 걸린 패트릭을 위해 삭발을 했다. 패트릭은 그의 비밀 경호원인 존의 2살 된 아들인데 암 치료 과정에서 머리카락이 빠진 것을 아파하며 부시가 몸소 위로한 것이다. 이에 존과 한솥밥을 먹던 대원 26명도 자진하여 삭발하였다. 패트릭을 무릎에 앉히고 환하게 웃고 있는 부시의 모습을 대변인 짐 맥그레스가 자신의 트위터에 올렸다. 이것을 빌 클린턴 대통령이 리트윗하면서 세상에 널리 알려졌다. 그런 부시도 불과 6개월 전에 먼저 세상을 떠난 아내 바바라를 따라갔다. 그의 죽음에 대한 미국인의 애도사는 다음과 같다. "겸손과 품위의 지도자를 잃었다."

미국의 전 대통령인 조지 부시의 국장이 치러진 날, 대한민국 전 대통령 박근혜와 이명박은 구치소에 수용돼 있고 전두환은 재판을 받고 있다. 노태우는 살아있다지만 죽은 자처럼 소문만 무성하다. 대한민국 정부 수립 이후로 19대까지 대통령의 이름을 올렸지만, 부시와 같은 인기를 얻고 생을 마감하는 대통령이 아직은 없다. 퇴임한 지 25년이 지났어도 그는 미국의 대통령으로 살았고 죽어서도 그 자리를 유지하고 있는데….

역대 대한민국 대통령 중에서 국장으로 장례를 치른 이는 박정희와 김대중뿐이다. 박정희의 장례는 얼떨결에 국장으로 치렀지만 김대중의 장례는 국민의 합의로 진행되었다. 그가 과연 국장을 치를 만한 자격이 되는지를 놓고 갑론을박했었다. 더구나 당시 정권을 잡은 이명박은 김대중이 받은 노벨상도 물리겠다고 했을 만큼 시기심이 강했기에 당연히 국장에는 난감해했다. 결국 이희호 여사의 집요함으로 국장으로 결정되었다지만 결코 그녀의 힘만으로 된 것은 아닐 것이다. 아마도 눈에 보이지 않는 더 큰 힘이 작용했을 것이다.

김대중, 그는 당시 74세라는 노구로 대통령에 오르기까지 엄청난 역경을 이겨낸 인간 승리의 표본 같은 사람이지만 출생부터 비자금까지 그를 둘러싼 의혹도 엄청나다. 그런 무성한 소문 속에 그도 결국 세상을 떠났다. 그럼에도 국장에 대한 국민의 합의를 이루어낸, 유일한 대통령이다. 열매가 모든 것을 말해준다. 실한 열매가 맺히면 좋은 나무였고, 부실한 열매가 맺히면 나쁜 나무였다. 대부분 사람은 나무를 보고 열매를 예측하지만 맺힌 열매를 봐야 비로써 나무를 평가하게 된다.

결국, 인생의 마지막 점 하나가 전체를 평가한다. 99번을 실패했지만, 마지막 한 번의 성공으로 99의 실패를 미담으로 바꾸게 한다. 비록 99까지 성공했는데 마지막 열매를 맺지 못하면 결국 전체를 실패로 돌리게 된다. 김대중 전 대통령이 대한민국 국장을 치를 만한 인물이 되느냐 아니냐는 의미가 없다. 결국, 국장을 치른 대통령이라는 열매를 맺은 사람이라는 게 중요할 뿐이다.

그도 말년에는 병원에 입원하는 날이 많았다. 오랜 병환으로 그의 심신은 미약하고 정신도 흐릿했지만, 그의 품위는 지켜졌다. 아내인 이희호 여사가 남편의 침상 곁을 잠시도 떠나지 않았다. 행여나 남편의 초라한 모습이 드러나지 않게 하기 위한 그녀의 세심한 배려는 의료인들을 감동시키기에 충분했다. 남편보다 2살이 많은 노구임에도 임종할 무렵에는 원활하지 않은 혈액순환으로 차가워진 남편의 몸을 안타까워하며 손수 마사지하는 것을 게을리하지 않았다. 그러더니 그녀는 결국 손싸개와 발싸개를 털실로 짜기 시작했다. 비록 영부인 출신이라고는 하지만 한 남편의 아내로 손뜨개질을 하며 마지막을 지키는 모습에 감동하지 않을 사람이 있을까? 아마도 그녀는 유달리 명예에 집착하는 남편의 성품을 알기에 뜨개질을 하면서 국장이 치러지기를 간절히 기도했을 것이다.

세상에 모든 것을 다 해봤고, 왕비와 후궁을 합쳐 1,000명의 여인을 거느렸다는 솔로몬도 말년에 자신을 사랑한 그 한 사람이 없어 허무하다고 했다. 세상이 아무리 혼란스러워도 그 한 사람만 있으면 두렵지 않다고 한다. 가정이나, 국가나 바로 그 한 사람이 있다면 그 영향권에 있는 사람들은 결코 세태에 흔들리지 않고 살아갈 수 있다.

포이에마

poiema는 '만들다'라는 뜻을 지닌 동사다. poiema는 성경에서 두 군데에 나온다. 로마서 1:20절에서는 '그의 만드신 만물'로 전 우주가 그의 창조물이라는 것, 에베소서 2:10절에서 '그의 만드신 바'는 인간을 의미한다. 하나님은 6일 만에 천지를 창조하시고, 마지막 작품인 인간은 당신의 형상으로 만들고 생령까지 불어 넣었다. 또한 로마서 1:20절에서 하나님의 영을 나눈 인간은 비록 하나님이 눈에 보이지 않아도 하나님이 만든 모든 피조물을 보고 만드신 분도 알 수 있다고 했다. 비록 세월이 흐르고 시대가 변해도 결코 핑계를 댈 수 없도록 마음 밭에 칩을 심어 두었건만….

이처럼 하나님은 천지를 만들고 동·식물을 만들고 마지막에 만든 인간을 주인공으로 세우고 조화롭게 운행되라는 기대감으로 바라보며 흡족해하셨다. 더는 손을 볼 필요도 없이 완벽하게 만들어진 작품을 바라보며 하나님 자신도 만족한 미소를 지으며 "보기 좋았다"라고 말씀하셨다. 그리고 심혈을 기울이느라 고단했던 모든 것을 내려놓고 비로소 안식하며 바라본 작품인 'poiema'. 피조물인 인간에게는 결코 붙일 수 없는 하나님의 작품인 'poiema'.

현재 지구상에는 70억 명의 인간이 살고 있다고 한다. 그러니 인류가 생긴 이래로 지구를 거쳐 간 인간의 수는 엄청나게 많다. 그런데 더 놀라운 것은 모두가 생김이 다르다는 사실이다. 그래 봐야 어른 손바닥만 한 얼굴 면적에 눈 코 입의 배열인데 구별할 수 있는 인물로 각자의 개성을 지녔다는 것이 기적이다. 그것은 마치 토기장이가 빚은 토기로 비유된다. 흙으로 빚는 어떤 토기도 같지 않은⋯ 그러나 토기를 빚을 때 토기장이는 쓰임을 생각하고 빚는다. 각자 용도에 맞는 모양으로 구워진 모든 그릇은 토기장이의 명예를 걸고 만든 작품이다. 이렇게 만들어진 토기는 오로지 역할에 충실하면서 전체의 조화로움에 참여하는 것이다.

모든 창조물의 마지막 작품인 인간은 하나님의 자존심을 건 걸작이란다. 더구나 당신의 형상으로 만들고 하나님과 소통할 수 있는 영도 불어넣어 주셨다. 하나님이 이런 인간에게 바라는 것은 딱 한 가지 하나님의 걸작답게 살라는 것이다. 그래야 만드신 하나님도 흡족해하실 것이다. 부모가 자식에게 바라는 것은 부모의 마음을 알아주며, 부모의 명예를 손상하지 않고 더 나은 작품으로 완성되는 것이다.

하나님께서 인간에게 가장 바라는 것은 인간답게 살라는 것이다. 다시 말해서 어떤 생명체보다 구별되는 하나님의 형상을 닮은 존귀한 자가 되라는 것이다. 아담은 '이름 짓는 자'라는 뜻을 가지고 있다. 누군가의 이름을 짓는다는 것은 그 피조물의 특성을 잘 알고 그에 적합한 이름을 짓는 것이다. 그래서 아담에게 창의력을 주신 것이다. 또한 하나님이 인간을 얼마나 사랑했으면 자기의 작품에 이름을 붙이라고 했을까? 이름을 붙이는 것은 작품에 마지막 정점을 찍는 것이다. 작품 전체를 대변하는 가장 중요한 일을 인간에게 위임할 만큼 능력도 주고 믿었건만….

최근 들어 문명이 거대화되면서 인간의 존귀함은 말살되고 문명의 도구로 전락하고 있다. 문명은 그저 삶을 편하게 하는 수단일 뿐 인간의 근본적인 삶과는 전혀 관계없다. 예나 지금이나 인간은 그저 세 끼 먹고 살다가 죽는다. 흔히 죽음을 '돌아간다'는 말로 표현한다. 사람마다 죽음의 개념을 다르게 받아들이지만 인간의 운명을 지배하는 그 무엇이 있다, 없다로 나뉜다. 있다고 믿는 자는 돌아갈 곳을 생각하는 것이고 믿지 않는 자는 이 세상이 전부라고 믿고 사는 것이다. 만일 이 세상이 끝이라면 참으로 인간의 존재는 허무하기 짝이 없다. 기나긴 지구 역사를 살아온 무수한 인간이 죽으면서 한결같이 고백한 말은 단 한마디인데 바로 '허무하다'이다.

호스피스의 대가인 엘리자베스 퀴블러 로스는 《인생수업》에서 "하나님은 인간에게 지구라는 아름다운 곳에 여행을 하고 오라고 했다"고 썼다. 여행이 즐거운 이유는 돌아갈 집이 있기 때문이다. 돌아갈 곳이 없는 자를 방랑자라고, 돌아갈 곳이 있는 자를 순례자라고 한다. 돌아갈 곳이 있는 자는 돌아갈 곳에 대한 기대감으로 여행 중에 고단하고 힘들어도 돌아갈 집을 생각하며 다시 힘을 얻는다. 긴 여행을 끝날 즈음 따뜻한 불을 밝히며 자신을 기다려 주는 부모님을 생각하면 가슴이 설렌다. 아무리 여행지가 좋아도, 아무리 여행 중 힘이 들었어도 오로지 집으로 가고 싶은 마음뿐이다.

하나님은 인간에게 여행을 보내며 각자의 자기 작품을 들고 오라고 하신다. 융도 사람이 죽으면 세상에서 한 일을 들고 간다 하지 않았나. 얼굴처럼 모양이 다른 각자의 그림을 들고 가야 하건만 대세나 인기몰이에 주워들은 것을 조합해서 가지고 가면 심판자인 하나님이 점수를 주지 않을 텐데… 더구나 인간을 세상에 보낼 때 하나님의 전체 작품을 아름답게 완성하는 칩을 넣어 보냈건만 그런 것이 없다거나, 혹은 내 마음대로 만든 엉뚱한 것을 들고 가면 안 되는 일인데….

검은 백조

1962년 이후 경제개발 계획이 차질 없이 진행되는 것 같더니 1997년 IMF 외환위기라는 국가 부도 사태를 맞이했다. 초유의 경제위기에 직면한 국민들의 체감 공포는 다른 어떤 나라와도 비교할 수 없을 만큼 위력적이었다. 이유는 나라도 빼앗겨 보고 전쟁도 치른 기억의 잔재가 남아 있기 때문이었을 것이다. 그런 공포와 함께 순식간에 부동산과 증시가 폭락하고 기업과 은행이 도산했지만 예상보다 빠르게 IMF 관리 체제에서 벗어났다. 그러나 이후로 10년이 지난 2008년 발생한 서브프라임 모기지로 전 세계가 충격에 빠지면서 우리나라 경제가 다시 위기에 빠졌다. 당시 금융위기는 국내 요인이 아니기에 우리나라는 IMF 외환위기만큼 심각하게 받아들이지는 않았지만 세계 경제는 공포의 전조 시그널이라는 것을 암시했다. 당시 등장한 용어가 검은 백조의 출현이었다.

서브프라임 모기지 사태는 미국이 경제 부양책으로 금융규제 완화(초저금리 정책)를 시도한 것에서부터 시작되었다. 나름대로 투자 및 경제 활성화를 노린 전략이었지만 의도했던 방향과는 다르게 시장이 흘러가고 여러 악재가 발생하면서 미국 경제뿐만 아니라 세계 경제에 큰 타격을 주고 말았다. 검은 백조는 전설이나 동화 속에 나오는 가공의 실체처럼 여겨졌지만 실제로 300여 년 전에 호주에서 출현했다. 예측 지수에 강한 인간이 전혀 대비를 하지 않았으니 그 충격과 파급효과는 엄청나다.

당시 경기 부양책으로 만든 파생상품으로 무너진 가치를 달러로 환산하면 1조 달러가 넘는다고 한다. 물론 그런 사태가 터지기 직전까지 아무도 이런 무시무시한 결과를 예측하지 못했다. 그러나 상황을 겪고 나면 그 계획이 너무나도 터무니없는 짓이라는 것을 알게 된다. 0.1%의 검은 백조의 출현이 모든 것을 바꾼다는 것도 알고 있으면서 이를 보지 않으려 했을 뿐이다.

런던에서 활동하는 투자가이자 환경운동가인 애덤 스웨이든은 '검은 코끼리'라는 용어를 설명한다. 이는 '검은 백조'와 '방 안의 코끼리'를 합성한 말이라고 한다. 앞서 검은 백조는 엄청난 결과를 초래하는 아주 드물고 낮은 가능성으로 전혀 예상하지 못한 사건을 뜻하며, 방 안의 코끼리는 모든 사람에게 뚜렷이 보이는 문제지만 아무도 해결하려고 하지 않는다는 것이다. 눈에 명확히 보이는데도 인간은 단지 필요한 규모와 속도로 그 문제들을 다루지 않고 있을 뿐이다.

나라마다 이처럼 블랙스완이 사례가 있는데 미국의 9·11테러(2001), 유로존 재정위기(2010) 등을 사례로 보고, 우리나라는 태안 기름 유출 사건(2007), 메르스 사태(2015) 등을 꼽을 수 있단다. 프랑스의 투자은행인 소시에테 제네랄이 발간한 '2016 세계 경제를 위협할 블랙스완 챠트'를 참고로 보면 영국의 EU 탈퇴를 뜻하는 브렉시트(Brexit), 중국 경제

경착륙, 미국의 소비침체, 글로벌 경기침체 재연 등이다. 어쩌면 미국의 트럼프가 45대 대통령으로 당선된 것이나, 우리나라가 촛불로 이어진 대통령 탄핵으로 정권을 교체한 것도 블랙스완의 출현이다.

2018년, 세상은 하나라고 개방하라고 소리치던 세력은 순식간에 서둘러 빗장을 걸어 잠그고 있다. 대문을 활짝 열고 우리 것은 다 내어주고 그들의 것만 선호하며 쫓아다니다가 순식간에 등 터진 새우가 될 판이다. 이제 할 말도 없다. 오천 년 묵은 것을 십수 년 내에 다 내어주고 말았으니 말이다. 역사도, 정신도, 민족성도, 예의도, 자존심도, 원칙도, 심지어 영혼까지도….

다가오는 2019년을 감히 이렇다고 예측할 자가 누구일까? 이제 정말 흔해 빠진 흰 백조 다 사라지고 속을 알 수 없는 시꺼먼 백조만 호수를 메울지. 더구나 현 정권은 벌써 3년 차를 바라보고 있다. 그들이 정권을 잡을 때 노무현 정신을 운운했지만 벌써 내부에서 패가 갈리는 모양이다. 진보라는 이름으로 죽은 노무현을 세울 때는 경쟁자가 없었지만 이제 살아있는 문재인의 세력들이 발 빠르게 움직이고 있다. 그래서 산 개가 죽은 사자보다 낫다던가…?

정치에서도 검은 백조가 출현하고 있다. '신권위주의' 출현이다. 최근 들어 전 세계적으로 장기집권 권력자가 민주주의 투표로 자리를 내놓은 경우는 거의 없지만, 반대로 '스트롱맨(강한 지도자)'을 자처한 리더가 장기집권으로 가는 사례는 곳곳에서 찾아볼 수 있다.

에르도안 대통령에겐 터키의 전신 오스만제국의 황제를 일컫는 술탄에 빗대 '21세기 술탄'이라는 수식어가 붙었다. 에르도안 대통령뿐만 아니라 2018년은 '황제', '차르', '파라오' 등이 줄줄이 출현한 해로 기록될 것이다.

중국 시진핑(習近平) 국가주석은 2018년 종신 집권이 가능하도록 헌법을 개정해 '황제'라는 수식어가 붙었고, 같은 달 블라디미르 푸틴 러시아 대통령도 앞서 14년간의 통치에 이어 2024년까지 6년간의 대통령 임기를 시작하여 '현대판 차르'라는 별명을 얻었다. 역시 같은 달 이집트에선 '파라오'라는 별칭을 얻은 군부 출신의 압둘팟타흐 시시 이집트 대통령이 재선에 성공해 2022년까지 4년 더 집권하게 되었다. 그가 헌법을 개정해 2022년 이후에도 권력을 놓지 않을 가능성이 있다는 분석이 나온다.

장기집권 바람은 민주주의 국가에서나 권위주의 국가에서나 똑같이 불고 있다. 2월엔 앙겔라 메르켈 독일 총리가 대연정에 성공해 2005년부터 이어진 집권의 네 번째 임기를 시작했다. 4월엔 헝가리에서 오르반 빅토르 총리가 총선에서 승리해 역시 네 번째 임기를 시작했다. 올해 9월 아베 신조 일본 총리까지 3선에 성공해 2021년까지 연임하면, 그는 일본 최장기 총리가 된다.

그런데 대한민국 정치는 어디로 가는지? 국민들은 보수도 진보도 다 싫다는데….

위기에서 원칙을 회복해야 하는데

우리나라와 달리 세계 경제가 회복세에 접어들었다고 한다. 미국도 경기가 좋아져 금리를 올린다고 하고 일본도 20년 장기 불황에서 서서히 벗어나고 있다는 신호가 보인다. 그런데 위기를 벗어난 회복 단계에서 취업 전선에 뛰어드는 미국 청년과 일본 청년의 자세가 전혀 다르다는 것에 주목할 필요가 있다.

월스트리트저널(WSJ)은 최근 미국에서 일명 '유튜브 세대'로 불리는 Z세대(1995년 이후 출생자)가 취업시장에 진입하기 시작했다고 보도했다. WSJ은 Z세대를 금융위기, 전쟁, 테러, 학교 총격 사건, SNS(소셜네트워크서비스), 첨단 IT(정보통신) 기술과 함께 자라온, 전례 없던 세대라고 평가했다. 그러면서 이들은 경제와 사회의 소용돌이 속에서 단단해졌으며 실용적이고, 매사에 조심스러운 특징을 가진다고 했다. 이런 Z세대의 특징은 앞서 사회에 진출한 밀레니얼세대(1980~1995년생)보다도 실용적이고 돈을 벌려는 욕구가 더 강하다는 것이다. WSJ은 금융위기 때 실직한 부모를 본 Z세대가 창업보다 취업을 선택하는 경향이 더 강하고, 경제 상황에 민감하지 않은 직장을 특히 선호한다고 분석했다. 태어나면서부터 경제침체와 금융위기 등을 겪어 불안감이 크기 때문에 안정을 추구하는 경향이 강하다는 것이다.

Z세대의 안정 선호는 개인 생활에서도 이어진다. 이들은 성관계, 음주, 운전면허 등에는 관심이 덜한 대신 삶의 중심을 일에 두는 경향이 있다. 금전적 보상을 우선순위로 두는 만큼 밀레니얼 세대보다 야근 등 초과 근무도 잘 받아들인다. 진 트웬지 샌디에이고대학 심리학 교수는 "Z세대는 좋은 직업을 갖지 못할까 봐 매우 두려워하는 경향이 있다"고 설명했다.

미국의 Z세대는 18년 내 최저 수준으로 떨어진 실업률과 베이비붐 세대의 은퇴가 맞물린 올해부터 취업시장에 뛰어들 것으로 보인다. 베이비부머가 은퇴를 시작하는 우리나라와 다른 것은 취업시장에 뛰어드는 젊은이들의 자세다. 경제 호황기에 흐트러진 삶의 자세를 바로잡고자 원칙으로 회귀하는 모습을 보여주고 있다.

일본도 경기 회복이 시작되어 취업률이 최고치에 달한다고 한다. 그러나 취업에 적극 나서지 않는 젊은이들 때문에 고민이란다. 미국 Z세대와 비슷한 1990년대 이후에 태어난 일본 청년들은 생애 대부분을 침체된 '잃어버린 20년' 시기에 보냈고, 정규직 취업에도 어려움을 겪었다. 이런 침체기에 일본 청년들은 '바나레'에 고착화되어 버렸다. '바나레'는 일본어의 '멀리하다'라는 의미에서 유래된 접미사다. 다른 말로 다 싫다는 것이다. 예를 들어 '자동차 바나레'라 함은 자동차를 멀리한다는 것이다. 지하철이 있으니 굳이 차를 살 필요가 없고, 면허도 없으며 앞으로도 딸 생각이 없단다. 마이카라는 단어 자체를 들어본 적 없고 촌스럽다는 답변을 하며.

일본 언론에 따르면 청년들은 거의 모든 것에서 멀어지는 존재라고 한다. 청년들이 자동차와 해외여행은 물론 TV, 맥주, 담배, 연애, 외출, 크리스마스, 바다와 같은 수많은 것으로부터 멀어지고 있다는 것이다. 어느 일본 온라인 매체는 언론에 등장한 '청년 ○○ 바나레'의 개수를 세어 봤더니 138개에 달한다고 했다. 비록 경기가 좋아졌지만 '미래가 더 나아질 것'이란 자체를 완전히 잃어버린 것 같다고. 아베 정권은 경기가 좋아진다고 흥분하지만 막상 그 흐름에 무심한 이런 청년의 자세 때문에 고민이라고 한다.

이제 대한민국도 위기를 맞이할 거라는 예측이 쏟아져 나오고 있다. 어느 나라나 경제성장 과정에 위기가 오는 것은 당연하다. 그러나 위기를 어떻게 극복하느냐가 관건이다. 흔히 위기가 닥칠 때 피해가려는 술수를 쓰다가 결국 더 큰 함정에 빠지게 된다. 세계적으로 위기 극복에 실패한 나라가 속출하고 있다. 그리스나 스페인이 그렇고 남미가 심각한 지경에 빠져들고 있다. 이는 위기를 극복하기 위해 더 큰 시련을 감내하기를 두려워했기 때문이다. 지나친 낙관론이나 포퓰리즘으로 인해 개혁을 주저하다가 시기를 놓친 것이다.

대부분의 북유럽 국가는 온 국민이 고통을 감내하고 원칙을 고수했고, 호황기에 해체되었던 가족애를 다시 찾고, 작은 것에 만족하며 근면 성실하게 사는 모습을 회복했다. 그런데 유독 일본은 '잃어버린 20년'의 과정을 보면 지독한 개인주의 성향으로 인간이기를 포기하고 산 삶에 젖어들고 말았다. 그래서 정작 기회가 와도 잡지 못하고 수렁 속에 헤어 나오지를 못하는데… 그런데 바로 옆에 있는 우리는 일본을 흠보면서 배우고 있다. 전혀 다른 민족성의 뿌리를 가진 나라인데도 말이다.

조선의 마음

19세기 중반 서구 열강의 식민지 쟁탈전으로 동북아시아는 도전과 시련에 직면했다. 1854년 일본은 미국에 개항했고, 1860년 청나라는 영국, 프랑스, 러시아와 북경조약을 체결했다. 조선 연안에도 서양 함선들이 통상조약 체결을 요구하며 빈번하게 출몰했다. 조선도 1866년 프랑스와 전투를 벌인 병인양요와 1871년에는 미국과 벌인 신미양요를 시작으로 외세가 본격적으로 물밀 듯 밀어닥쳤다. 그럼에도 빗장만 붙들고 있던 무능한 통치자와 관료들… 나라를 먹겠다고 큰 도둑, 작은 도둑이 밀어닥치면서 허술한 둑이 그대로 밀리자 대세는 기울었다며 나라를 팔아먹기에 급급한 관료들… 예나 지금이나 모양새는 어찌 그리도 같은지. 그러나 민초들이 순식간에 황폐해진 땅에서 그대로 빼앗길 수 없다며 저항하는 모습을 현실감 있게 보여준 드라마 〈미스터 션샤인〉을 보고 많은 생각을 하게 했다.

불과 100여 년 전 이 땅에서 일어났지만 최근 들어 다시 그런 모습이 재현되는 것은 아닌지 모르겠다. 동북아는 늘 전쟁의 위험을 안고 있는 지역이다. 사나운 짐승들이 배가 부르면 정글에 평화가 유지되지만 배가 고프면 정글의 평화는 깨어지고 만다. 일본이 점점 배가 고파지기 시작한다. 20년 동안 경제가 내리막길을 걷고 잦은 천재지변으로 국민들의 사기는 땅에 떨어졌다. 이에 따라 정치권은 당연히 내부의 불만을 밖으로 돌리려 한다. 코너에 몰리면 상대를 물어뜯는 기질의 민족성이 있다는 것도 이미 역사가 증명해 주었다. 거기다가 세계의 1위 자리를 넘볼 만큼 부흥하는 중국의 위세도 만만치 않다. 그동안 우방이라는 미국의 변덕도 죽 끓는 듯하다.

대한민국의 경제지수가 아무리 선진지수에 들어갔어도 정글에서는 약자다. 나라를 퍼서 다른 지역으로 옮기지 않는 한 안고 가야 하는 운명을 걸머지고 있다. 그래서 아무리 많이 가지고 있어도 가급적 눈에 띄지 않아야 한다. 강자들이 배고프면 제일 먼저 화약고를 만드는 지정학적인 약자의 위치는 절대 바뀌지 않는다. 그 사실만큼은 국민도, 지도자도 뼛속까지 알고 있어야 한다. 문제를 알고 제대로 대처해야지, 잘나간다고 문제를 바꿀 수는 없다.

대한민국은 제대로 된 자원도 없어 오로지 다른 나라와 관계를 맺어 수출입으로 먹고사는 나라다. 우리 경제가 21세기에 그래도 정보통신 강국으로 성장하며 세계 경제 규모 10위권에 들었지만 항상 풍전등화같이 몸조심, 입조심을 하고 살아야 한다.

그런데 이 나라의 최근 통치자들이 드러난 현실만 보고 너무 호기를 부리는 것은 아닌지 염려된다. 약소국의 통치자는 잘살게 해준다는 허풍보다는 위기관리에 역점을 두어야 한다. 그래서 국가 간의 관계를 개선하기 위해 간 쓸개 다 빼며 사는 아버지를 국민은 원한다. 아버지는 아이들 허벅지 꼬집으면서 울리고 남들 앞에서는 운다고 머리통을 쥐어박으면서 시끄럽게 굴어 미안하다고 머리를 조아리며 사과하고 살아남아야 한다.

다들 제 잘나서 이 나라가 오늘 이렇게 잘살고 있다고 하지만 불과 100여 년 전에 이방인의 외로운 기도가 있었다. 다음은 언더우드 선교사의 기도문이다.

◆

"주여, 지금은 아무것도 보이지 않습니다.

메마르고 가난한 땅, 나무 한 그루 시원하게 자라지 못하는 이 땅에 주님은 저희를 옮겨와 이 땅에 앉히셨습니다.

그 넓고 넓은 태평양을 어떻게 건너왔는지 그 사실이 기적입니다. 주께서 붙잡아 뚝 떨어뜨려 놓으신 곳 같은 이곳. 지금은 아무것도 보이지 않습니다. 보이는 것은 고집스럽게 얼룩진 조선 사람들 마음뿐입니다. 그들은 왜 묶여 있는지, 그것이 고통이라는 것도 모르고 있습니다. 의심부터 품고 화부터 냅니다.

조선 사람들의 속성이 보이지 않습니다. 조정 대신들의 속내도 보이지 않습니다. 가마를 타고 다니는 여자들은 영영 볼 기회가 없으면 어쩌나 합니다. 조선의 마음이 보이지를 않습니다.

그러나 주님, 순종하겠습니다.

겸손하게 순종할 때 주께서 일을 시작하시고, 그 하시는 일을 우리들이 영적인 눈으로 볼 수 있는 날이 있을 줄 믿습니다.

믿음은 바라는 것의 실상이요, 보지 못하는 것들의 증거라고 하시는 말씀에 따라 조선의 믿음의 앞날이 있게 되기를 믿습니다.

지금은 우리가 황무지 위에 빈손으로 있는 것 같사오나. 지금은 우리가 서양 귀신이라고 손가락질을 받고 있사오나. 저들이 우리의 영혼과 하나인 것을 깨닫고 하늘나라의 백성, 한 자녀인 것을 알고 눈물로 기뻐할 날이 있으리라 믿습니다. 지금은 예배를 드릴 예배당도 없고 학교도 없고 그저 경계와 멸시와 천대만이 가득한 곳이지만, 머지않아 이곳이 은총의 땅이 되리라 믿습니다.

주여, 오직 저의 믿음을 붙잡아 주십시오.